理性与浪漫的完美结合
——法国文学发展研究

宁宁 著

中国大地出版社
·北 京·

图书在版编目（CIP）数据

理性与浪漫的完美结合：法国文学发展研究 / 宁宁著. --北京：中国大地出版社，2019.11

ISBN 978-7-5200-0501-2

Ⅰ. ①理…　Ⅱ. ①宁…　Ⅲ. ①文学史－研究－法国　Ⅳ. ①I565.09

中国版本图书馆 CIP 数据核字（2019）第 260627 号

责任编辑：刘雯芳
责任校对：田建茹
出版发行：中国大地出版社
社址邮编：北京市海淀区学院路 31 号，100083
电　　话：010－66554649（邮购部）；010－66554609（编辑部）
网　　址：www.chinalandpress.com
印　　刷：北京亚吉飞数码科技有限公司
开　　本：787mm×960mm 1/16
印　　张：17.25
字　　数：224 千字
版　　次：2020 年 3 月北京第 1 版
印　　次：2020 年 3 月北京第 1 次印刷
书　　号：ISBN 978-7-5200-0501-2
定　　价：82.00 元

前　言

法国文学源远流长、光辉灿烂，它不仅是法国人民宝贵的文化遗产，还是人类文明的重要组成部分。文学是一种特殊的社会现象，属于上层建筑范畴。要深入了解法国文学的发展历史，离不开对法国历史、政治、经济、哲学、思想、艺术的研究和探索，只有这样才能揭示法国文学在各个阶段的特征。法国文学的重要特色是从中世纪末开始的，文学流派此起彼伏、层出不穷，每个世纪都有一个主要的文学流派，如16世纪的七星诗社、17世纪的古典主义、18世纪的启蒙文学、19世纪的浪漫主义、20世纪的现代主义等。这些流派本身又衍生出其他流派，因此法国文学的发展过程，实际上是文学流派相互交替和不断更迭的过程。

不过，文学本身也有其自身的发展规律，一些有影响的流派、艺术风格、作家、作品在其中仍然起着决定性的作用。早在路易十四时代，崇尚法国文化就在欧洲蔚然成风，而伏尔泰、卢梭和雨果的名字使巴黎成为世人向往的圣地。巴尔扎克和左拉等小说大师，色彩缤纷的现代主义文学，都使法国文学在世界文学中具有举足轻重的地位。在社会发展日新月异、思潮流派不断涌现的当代，了解法国文学已经成为人类文化修养不可或缺的内容。为此，特别撰写了《理性与浪漫的完美结合：法国文学发展研究》一书，旨在深入、全面地了解与探索法国文学的演变历史。

本书共有8章。根据法国文学的发展与演变，本书对17世纪以前到20世纪下半叶的法国文学进行了详细分析和论述。第一章对有着浪漫与现实相融合特点的17世纪以前的法国文学展开了分析，骑士精神宣扬下的英雄史诗与骑士文学是17世纪法国的代表文学，体现着浓郁的浪漫色彩，但这一时期也存在具有现实色彩的文学，如饱含讽刺寓意的市民文学、激进的人文主义文学和发扬民族语言。第二章对理性传统开始复兴的17世纪的法国文学进行了探究，具体包括贵族沙龙文学与市民写实文学的对立、唯理主义思想的倡导者、唯理主义思想在法国、感情与理智的矛盾、“法兰西精神”的代表以及寓言诗人。第三章对理性主义盛行的18世纪的法国文学进行了论述，18世纪资产阶级思想开始启蒙，这种新精神使得这一时期的法国文学耳目一新，并由孟德斯鸠、伏尔泰、狄德罗、卢梭、博马舍等人发展为一套完整的理论体系。第四章对浪漫主义创作趋向成熟的19世纪前期的法国文学进行了说明，包括19世纪前期的浪漫主义运动的开拓者、抒情诗苑的明星、浪漫派小说的崛起。第五章对浪漫与理性相交织的19世纪中期的法国文学进行了阐述，具体内容涉及19世纪中期浪漫主义、批判现实主义、自然主义和象征主义等文学流派的代表人物及其相关作品。第六章对理性批判逐渐崛起的19世纪后期的法国文学展开了论述，首先分析了现实主义的奠基者及其相关作品，然后介绍了批判现实主义的其他作家及其作品。第七章对继承了传统理性批判的20世纪上半叶的法国文学进行了分析，具体内容包含20世纪上半叶法国文学的发展潮流及相关的代表学者。第八章对呈现理性思维的现代化变革的20世纪下半叶的法国文学进行了研究，具体内容涉及传统小说的演变、存在主义文学、荒诞派戏剧的崛起和文学的通俗化发展。本书针对法国每一个阶段的每一种文学流派，介绍了其主要代表人物的生平及其作品，力求为读者展现一副丰富多彩的法国文学史画卷。

本书根据法国文学的特色，围绕主要的文学发展阶段来评析作家、作品，从而起到提纲挈领的作用，同时力求言之有据、资料翔实、文笔流畅、语言简洁，既评析得当又简明生动，希望真正使读者开卷有益。不过，由于篇幅所限，本书难以将完整的文学史介绍给读者，因而有所取舍。本书力求条理清晰，以便读者能以较短的时间一窥全貌。

作　者

2019 年 8 月

目　录

绪　论

一、法式浪漫及其在法国文学创作中的影响

长久以来，法国都被称作浪漫之都，这种文化认知已经深入人心。到今天，人们对法国认识最深的也就是它的浪漫。一旦踏上法国的土地，一股浓浓的浪漫气息便扑鼻而来，不管是花都巴黎及其香榭丽舍大道塑造的浪漫气息，还是在边远的地方，东到斯特拉斯堡，西到拉罗谢尔，北起敦刻尔克，南至马赛，法国人一样浪漫行事，浪漫营生。对于法国人来说，浪漫的性格似乎是从骨子里长出来的，他们最大的特质便体现在浪漫上，他们要表达的浪漫情怀无一例外地与鲜花、烛光、香水、拥吻联系在一起。无论初见、再见或是分别，男人与女人之间、女人与女人之间，总会彼此贴一下两边的脸颊，同时伴随嘴里响亮地“啵”的声音。这种近距离接触无形中拉近了陌生人之间的距离，使得原本可能拘谨的气氛马上缓和起来，而好朋友之间再加上拥抱，更觉得亲切。因此，在非正式场合，这种礼节是结交朋友的敲门砖。鲜花也是法国人生活中不可或缺的东西，法国人深谙这一点。不论花的贵贱，不论生活贫富，只要在花瓶里插上几枝姹紫嫣红的花朵，整个房间便会温馨无比。法国人还最会制造香氛，作为世界上最大的香水生产国，法国人对用香的讲究已达到无与伦比的地步。不仅冬夏有别、昼夜有别，而且光是配套使用的香氛产品就让人瞠目结舌。此外，法国人无论用什么、买什么都讲究色彩和气氛的搭配，穿衣戴帽、请客吃饭，日常生活中的一些琐事都是如此。可以说，法国人对优雅、精致、舒适生活的追求已经融入他们的日常生

活中。

这种对浪漫文化的追求也反映在他们的文学创作上，即法国文学中的浪漫主义情怀。所谓的"浪漫主义/浪漫的"(romanticism/romantic)，其词源历史悠久，可追溯到14世纪初古法语中的romanz，指由拉丁语演化而来的民族语言，如意大利语、法语、葡萄牙语和普罗旺斯语等。中世纪的欧洲各国已形成自己的民族语言，但是当时各国均把由拉丁文演变而来的方言所描述的英雄史诗、骑士传奇和抒情诗歌等统称为"浪漫传奇"。19世纪早期，人们开始用"浪漫的"来描述当时的文学、艺术和哲学运动。在此过程中，"浪漫的"一词逐渐脱去了早期"幻想的""怪异的""虚幻的"等否定性意味，而与"真实""真诚"和"率真"等意义联系起来，并在世界范围内掀起了一场轰轰烈烈的浪漫主义运动。

就法国来说，在17世纪以前，法国文学中便出现了带有强烈浪漫主义色彩的文学样式，即在骑士精神宣扬下的英雄史诗与骑士文学。其中，英雄史诗产生于11世纪，12世纪为兴盛期，随后衰落下去。11世纪的法国虽处于极端的封建割据局面，但是农业获得了发展：垦殖森林、开荒、排干沼泽河谷，徭役由实物替代(12世纪初改为货币)，这些措施在大力发展了法国农业的同时，也有效增加了法国人口。人口的增加使得封建领主有能力远征西班牙和发动十字东征军，英雄史诗就是为了鼓舞士气创作的诗歌，从形式上看，它们与叙事抒情诗大为相似；从内容上看，英雄史诗多半描绘了8—10世纪帝王和诸侯的功绩，并且夸大成分较多。骑士文学的主要体裁有抒情诗和叙事诗。在12—13世纪，法国的骑士抒情诗非常繁荣，主要表现骑士们的"典雅的爱情"，中心主题是骑士对贵妇人的爱和崇拜，《破晓歌》是其代表作。骑士叙事诗又称"骑士传奇"，主要流行于法国北部地区，内容一般写骑士对贵妇人的爱情而写他们为博得荣誉和贵妇人的青睐，进行各种冒险活动，《特里斯丹和伊瑟》是其中的代表性作品。骑士叙事诗的情节大多荒诞，但它的结构形式、人物刻画及心理描写等对后来欧洲长篇小说的发展有一定影响。

文艺复兴运动爆发以后，法国也深受影响，文艺复兴本来是指重新研究和宣扬古希腊、罗马的文化，包括语言文字、史学、哲学以及文学艺术。但实际上，法国文艺复兴的意义已远不止此。因为当时指导文艺复兴的中心思想是“人文主义”，而人文主义的具体内容表现为：用人性反对神权，用革新思想反对宗教教条，用个人自由反对封建专制，用理性智慧反对迷信和蒙昧，用博学和对经典的历史面貌的恢复以取代伪科学、伪知识以及迂腐落后的观念。因此，其后的一段时间内，理性文学思潮占据法国文坛主流，成为法国文学的主要发展方向。

从 18 世纪下半叶到 19 世纪初的数十年间，法国社会经历了巨大的变革和震荡，古典主义存在的政治和经济基础受到猛烈冲击，作家和艺术家迫切希望挣脱古典主义清规戒律的束缚，要求掀起一场思想和文化领域的解放运动，于是法国浪漫主义应运而生。

法国浪漫主义者不仅表现出对传统和权威的叛逆，而且拒绝制定任何新的标准和规则。被人们冠以浪漫主义者雅号的巴黎青年作家和青年艺术家们，没有任何艺术创作的纲领，也没有任何共同的目标：他们不用新规来取代旧制度、旧规章，具有强烈的反封建精神，对现实的不满和批判、对民族解放斗争的热情、文学中的个性解放和自我扩张成了浪漫派才子们的共同音符。法国浪漫主义文学运动是一个感情大爆发、大解放的产物，真情散发是他们共同的心声。可以这样说，法国文学出现了集中而又普遍地抒发个人心底情感的新浪潮是从浪漫主义运动开始的。

波澜壮阔的法国浪漫主义运动可以分为前期和后期两个阶段，前期的开创者为斯塔尔夫人和夏多布里昂。前者为法国浪漫主义理论的建立做出了杰出的贡献；后者却以自己的创作实绩：《阿达拉》的发表，一举震动文坛，标志着法国浪漫主义文学的成熟。因此，他们二人被誉为开拓中的“双璧”。在斯塔尔夫人和夏多布里昂之后，法国浪漫主义文学队伍中也出现了不少明星，其中有浪漫主义诗人拉马丁、维尼、瓦尔莫，浪漫主义小说作家贡斯当、瑟南古、诺迪耶等。1830 年以后，浪漫主义运动进入后期阶段，后期的特点是，浪漫主义有了新的发展，以雨果为代表的浪漫派作家高举人道主义大旗，把浪漫主义推向一个新的高度。在雨果之外，杰出的通俗小说家大仲马继承了父亲的资产阶级革命传统，加入了以雨果为首的浪漫派行列，以生动通俗的小说形式来描写历史事件和场景，是法国浪漫主义文学运动中的一员得力“干将”。与此同时，现实主义文学的兴起使二者处在同一起跑线上，从而形成相互渗透、互相影响的关系。因此，后期的浪漫主义文学由于现实主义因素的渗透而更具批判性。

19 世纪中期以后，随着现代科学的发展，理性思维逐渐压倒浪漫主义，成为法国文学创作的主流。但需要注意的是，虽然其间的法国文学带有很强的理性思维特征，但浪漫的情感表达、放肆的情感抒发、华丽的写作手法并未完全从法国文坛消失。例如，罗曼·罗兰的《贝多芬传》就是典型的罗曼·罗兰式“英雄传记”，它打破了一般传记力求忠于“传主”而尽量隐藏作者，片面强调史学价值的传统格局，而将自己的思想感情大量熔铸其中，给人强烈的情绪感染。

二、法国理性思维的发展及其与浪漫文学的此起彼伏

提到法国，人们能想到的只有浪漫？并非如此，法国也是一个充满理性思维的国家。法国人以浪漫灵活的思想维护理性，他们推崇理性却不被规则束缚，不会被独裁主义控制，法国的理性是魅力型的，而不是僵硬型的。法国人确信，依靠理性，人类可以建造自由、平等、博爱的理想王国，他们因此就崇拜理性主义和浪漫主义的结合体！也因为这一思想的广泛传播，法国产生了众多集哲学家与文学家于一身的文学巨匠，如蒙田、卢梭、伯格森、萨特、加缪、罗兰·巴特等。尤其是 20 世纪中期，法国涌现出一大批影响世界的哲学家、文学家，他们的思想和文风影响了全世界，在社会科学领域独领风骚。

理性思维对法国文学的影响也十分深远，从早期的饱含讽刺寓意的市民文学，如列那狐故事诗、《玫瑰传奇》与《巴特林笑剧》。文艺复兴运动以后，以中世纪市民阶级为前身的资产阶级，由于资本主义生产的日益发展，已经具有强大的经济力量，能够影响封建朝廷的政治。他们早晚要和封建势力分庭抗礼，甚至取而代之。为了达到这一目的，他们在思想上大肆宣扬人文主义，企图用理性的思维来反对封建统治，建立新的社会秩序。在这一思维的影响下，文艺复兴时期的法国文学呈现出浓郁的理性思辨色彩，如在激进的人文主义文学巨匠拉伯雷的创作中，我们就已经能窥见法国人早期对社会、对人性等的理性思索。又如，由龙萨、杜倍雷、巴依夫、蒂亚尔、佩勒蒂耶、若代尔、多拉等人组成的七星诗社主张实行语言改革和实现法国语言的统一，在此基础上进一步提出以规范的亚历山大诗体从事法语民族诗歌创作的设想，他们为保卫和发扬法兰西语言，为发展法语诗歌理论和在诗歌实践创作等方面做出了不可磨灭的贡献，并为后来的古典主义文学、浪漫主义诗歌的发展奠定了必要的基础。

进入 17 世纪以后，古典主义文学成为法国文学的主流，这种文学形式是新兴资产阶级与封建贵族在政治上妥协的产物，它在政治上拥护和歌颂绝对王权；在思想上提倡以“自我克制”为主要内容的“理性”，尊重君主专制政治所需要的道德规范；在题材上借用古代故事，突出宫廷贵族阶级的生活，并赋予它崇高悲壮的色彩。虽然从形式上来看，古典主义文学带有较强的政治干预色彩，但它宣扬理性，要求克制个人情欲。例如，布瓦洛指出：“首先必须爱理性：愿你的文章永远只凭理性才获得价值和光芒。”要以理性去处理个人与国家利益、家庭义务和荣誉观念的矛盾，因而爱情或情欲只能放在第二位。有的作家将吝啬、伪善、淫邪等看作不符合理性的情欲横流，力求加以讽刺。法国文学史称 18 世纪为“光明世纪”，意思就是启蒙运动世纪。这一时期，法国的启蒙文学成为主流，但古典主义还具有强大的势力，同时古典主义也反过来影响着启蒙文学。启蒙时期文学在法国主要是哲理与文学的混合体，其中成就最高的是卢梭和博马舍。卢梭是法国著名启蒙思想家、哲学家、教育家、文学家，是18世纪法国大革命的思想先驱，启蒙运动最卓越的代表人物之一。卢梭以《新爱洛绮斯》和流畅的散文在法国文学史上占了一席之地。他的散文风格清丽忧伤，内容以歌颂大自然的美、人类的情感和性格为特征。博马舍，喜剧家，作品富有讽刺性、幽默性，他最著名的是费加罗三部曲：《塞维勒的理发师》《费加罗的婚礼》和《有罪的母亲》。

19世纪，浪漫主义文学思潮开始抬头并逐渐占据法国文坛的主流，但这并不意味着理性思维就此没落。在法国大革命以后，到1871年，法国又爆发了震撼欧洲的巴黎公社起义，建立了世界史上第一个无产阶级政权，这让法国的局势变得格外敏感。法国文学作为时代的脉搏，以其特有的敏感和特有的形式，传达出了这个时代的变幻、动荡与不安："主义"频频易帜，流派异彩纷呈，思潮此伏彼起。从文坛主流上来看，浪漫主义刚刚击溃古典主义而称雄于文坛，现实主义又"螳螂捕蝉，黄雀在后"，随之迅速崛起，接着自然主义、象征主义、唯美主义纷纷登场，其间还有巴黎公社的志士奏响了法国无产阶级文学的高昂序曲。它们或齐头并进，或你赶我追，在法国文学史上各自谱写了自己的华彩乐章，令人目不暇接，这些实际上都是理性思维发展在法国文学上的投映。

进入20世纪以后，法国和欧美主要国家完成了从自由资本主义阶段向垄断资本主义阶段的过渡，时代至此出现了全面深刻的巨大反差：一方面是资本的高度集中和现代化大工业的高速发展创造了前所未有的物质文明；另一方面是对物质财富的大规模争夺和经济危机魔怪的徘徊不退引起了两次世界大战。这一巨大的反差在人们的精神世界里卷起令人眩晕的强台风，在这种情况下，现代主义文学思潮占据文坛主流，倡导这一思潮的作家大都反对甚至背叛过去刻板保守的艺术形式，并认为传统的文学形式对表现新的经验力不从心。他们不但试图通过对文学艺术形式的有效组合、调整乃至重建来创造具有时代特征的新型文学，而且热衷于以离经叛道的手法和光怪陆离的形象来折射现代经验和现代意识。从某种程度上来说，它的基本倾向是反传统、非理性。它在思想内容和艺术表现上都对传统文学，尤其是传统现实主义文学有所悖逆。在人与社会的关系上，它表现出从个人的角度全面地否定社会的倾向；在人与人的关系上，它揭示出一幅极端冷漠、残酷、自我中心、人与人无法沟通思想感情的可怕图景；在人与自然和物质世界的关系上，它持二者对立或人被“异化”的基本态度；在人与自我的关系上，它表现出贬低自我，无法把握自我，对自我感到陌生的特点。它是人们在异变的20世纪初的文学表现，它虽然反理性，但也有机会使文学创作的技巧得到革新、文学作品结构与模式得以变更，甚至在一定程度上重新构建了整个文学秩序。但现代主义过分偏重对文学结构、技巧和语言方面进行内部革新，从而使作品文本显得十分模糊、破碎，最终走上末路。再加上20世纪50年代以后，世界步入多元化发展的相对平静期，文学创作又再次回归理性的道路，只不过相较传统的理性思辨，新时期的理性文学渗入了很多其他的元素，如意识流、反传统逻辑等元素，但总体来说还是行走在理性思辨的道路上。

第一章　浪漫与现实的融合：17 世纪以前的法国文学

17 世纪以前，法国文学可以说是文艺复兴时期的文学，并且文艺复兴时期是欧洲人文历史的最重要时期，为灿烂的现代文明打下了坚实的基础，这一时期推崇以现实的人为思考中心。从整个法国文明史的角度而言，这一时期是唯一一个产生了众多文化巨人的时代。与世界文学发展的大体情况相同，法国文学的最初表现形式也是富有浪漫色彩的诗歌。显然，这一时期是浪漫与现实的融合时期。除了纪事散文，英雄史诗、小故事诗、骑士传奇等都是由诗句写成。这段时期的文学是适于吟唱的，并且长篇叙事诗在这一时期达到了繁荣。叙事诗的体裁也非常发达，英雄史诗、骑士文学、列那狐故事诗、《玫瑰传奇》等都是典型的代表，并构成了 17 世纪以前法国文学的主体。基于此，本章开篇对这一时期的法国文学展开论述。

第一节　骑士精神宣扬下的英雄史诗与骑士文学

中世纪时期，法国在骑士制度下派生出一种所谓“骑士精神”。这种骑士精神，从某种角度上看代表了法国的“民性”。在这种精神的宣扬下，法国文坛出现了以帝王将相武功为内容的英雄史诗和反映骑士阶层生活理想的骑士文学。他们虽然内容不同，但就其实质而言，可谓是一种“冒险精神”，它表现为：对于正义、事业和爱情，进行奋不顾身和孤注一掷地追求、庇护和斗争。

一、英雄史诗

（一）史诗系列

英雄史诗是至今被大量保存的法国最古老的文学，其被埋没了好几个世纪，直到19世纪才被发掘。当前发现的英雄史诗大约有100部左右，这也说明在历史上，英雄史诗曾经非常繁荣。

英雄史诗形成于加佩王朝（987—1328）建国之后，是法国封建社会在特定发展时期的产物。对于其源头，19世纪的资产阶级评论家大多认为其产生于墨洛温王朝（481—751），20世纪才逐渐发现其形成于11世纪。

虽然大部分的英雄史诗都是基于加洛林王朝或墨洛温王朝这一背景，但是英雄史诗所描绘的“历史”并不属于史实，甚至与史实有着很大的距离，有些甚至没有史实根据。在这些英雄史诗中，“历史事件”仅仅是供人物活动的一个舞台罢了。如同罗马文学和古典主义文学，英雄史诗中的历史人物仅仅是作者用来对当时社会生活进行表达的文字形象。事实上，英雄史诗主要反映的是对建立中央集权的、统一的封建国家的意愿和憧憬，而这正是从加佩王朝开始，直至14世纪初法国四分五裂的封建王国逐渐过渡到统一的等级制封建王国的历史特征，英雄史诗就是产生于这样的土壤中。至今发现的最早的英雄史诗手抄本都被确定产生于11世纪末。

需要指出的是，在英雄史诗成文之前，还经历过口头传诵的阶段，其中具有英雄史诗雏形的口头文学在11世纪前期就已经出现了。在这一时期，它将民间的一些关于帝王与封臣的传说融入进去，并汲取了更古老的诗歌的营养，极大地丰富了其形式与内容。因此，在英雄史诗中，人们可以找到远至墨洛温王朝的反响。但不得不说，英雄史诗的口头文学还是与这些传说和赞歌有根本的不同，它经过了大量的加工，反映的是当时的社会现实。

英雄史诗的口头传诵者被称为“鬻歌诗人”。“鬻歌”一词源于拉丁文，是创作的意思。因此，鬻歌诗人其实是一群民间作家。他们在集市或宫堡中弹奏着乐器咏唱。但他们并不识字，做的只是一些对资料的搜集与整理工作。在加佩王朝以后，由于与社会的需要相适应，鬻歌诗人的口头创作逐渐具有了史诗的形式。

但是，英雄史诗的成文工作并不是由这些鬻歌诗人完成的，而是由另外一部分人完成的。这些人识字，并且在11世纪末，作为书写工具的羊皮纸、鹅毛笔、墨水、蜡块等非常稀缺，记录和编写这些工作只能由这些识字的人来完成。因此，这些流传下来的英雄史诗被深深打上了文字记录者的阶级烙印。

不得不说，英雄史诗与当时的历史发展趋势相符，表达了当时封建统一王朝的愿望，属于封建阶级上升期间的文学。因此，英雄史诗的出现就彰显了其自身强大的生命力。12、13世纪，英雄史诗达到了空前的繁荣，其最先在法国北部出现，后来很快在法国南部蔓延开来。但当法国封建等级制确立以后，英雄史诗逐渐没落和衰败。从这一点可以说明，英雄史诗有着明显的封建等级制度，并且随着封建等级制度的确立，其逐渐没落甚至消失。

随着历史的发展，行吟诗人从那些最吸引人的题材和人物出发，对其进行扩充，对某些英雄的事迹进行改写。《敦·德·梅央斯》的作者曾将英雄史诗分为三类：[1]

在富饶的法兰西只有三类英雄史诗；
帝王史诗最为尊贵，
我合情合理地说，另一类是
银白胡子的敦……
备受重视的第三类史诗
是骄傲的加兰·德·蒙格拉纳
其实，这三类是主要的史诗，但是还有其他的系列。

[1] 郑克鲁.2003.法国文学史[M].上海:上海外语教育出版社:11.

1. 帝王系

帝王系主要是对查理大帝一生的描写,包含他的武功和事迹,因此又称为"查理大帝系"。帝王系涉及很多史诗。《阿斯普尔蒙之歌》叙述查理大帝在意大利的卡拉布里亚作战;《梅奈》叙述小梅奈遭到佩潘的一些私生子的捉弄;《于翁·德·波尔多》叙述查理大帝让于翁经受考验,他杀死了自己的儿子而不自知;《大脚贝尔特》叙述查理母亲的不幸遭遇;《奥吉埃的骑士事迹》叙述查理大帝在丹麦的奥吉埃的帮助下解放罗马;《路易加冕》叙述查理放弃帝位,让给儿子路易,路易得到吉约姆·德·奥朗日的护卫。

2. 敦·德·梅央斯系

敦·德·梅央斯系主要是对封建王国的诸侯叛乱的描写,因此又称"叛乱者系"。敦·德·梅央斯系描写查理大帝的平叛,叛乱的诸侯有梅央斯的儿子埃蒙·德·多尔陀纳以及他的孩子们。其中《列诺·德·蒙斗邦》是最著名的一部,讲述的是埃蒙的四个儿子阿拉尔、列诺、吉沙尔和里沙在谋害了皇帝的侄子贝尔托莱以后潜逃。他们先后躲在阿登纳的森林、加斯柯涅,在那里建造了蒙斗邦城堡。查理围攻他们,神马驮着他们四人,他们又在表兄弟即魔法师莫吉·德·埃格尔蒙的帮助下逃到科隆。查理紧追而来,列诺与他讲和,最后去朝圣,以赎罪行,圣洁地死在科隆。《拉乌尔·德·康布雷》叙述10世纪康布雷和维尔芒都瓦的几位伯爵进行的战争。拉乌尔的忠实侍从贝尔尼埃受到良心的谴责:他发过誓,不得不留在主子身边,但他的亲人受到拉乌尔的敌视。最后,贝尔尼埃自己也受到威胁,终于杀死了拉乌尔。

3. 吉约姆·德·奥朗日系

吉约姆·德·奥朗日系是对吉约姆及其家族勤王征战的事迹的描写,因此又称为"加兰·德·蒙格拉纳系"。吉约姆·德·奥朗日是这一系列的主角，后来成为图鲁兹伯爵，并被国王路易保护，在保卫比利牛斯山边境，反对穆斯林的战斗中表现得非常出色，并成为该国的传奇人物。他孔武有力，有一只鹰钩鼻，并且食量大、有海量，性格乐观、暴烈但心地善良，对王室非常忠贞。奥朗日是一个南方城市，被他收复，他由此得名。关于他的事迹的史诗约有 20 多部。

4. 其他系列

除了上述三个系列，还有十字军系与洛林系。

十字军系史诗写于 12 世纪至 15 世纪，其中包含多个主题。描写第一次十字军东征的有《囚徒之歌》《安蒂俄什之歌》等，描写天鹅骑士的有《天鹅骑士》《天鹅之子》等。14 世纪中叶，第二组十字军系出现，其中添加了第三次十字军东征的事件，戈德弗罗瓦的表兄弟博杜安·德·塞布克成为耶路撒冷的国王。另外，还有一组以布伊荣公爵为题材的史诗。

洛林系包括《埃尔维·德·梅兹》《昂塞伊斯·德·梅兹》《荣或弗罗蒙丹的复仇》。《埃尔维·德·梅兹》约 10 000 行至 12 000 行，叙述未来的梅兹公爵以及他的三个子孙埃尔维、加兰、贝贡的童年。《昂塞伊斯·德·梅兹》约 14 600 行，叙述弗罗蒙丹死后，吕迪杀死了热贝尔。热贝尔的儿子昂塞伊斯联合他的堂表兄弟，与吕迪的家族对垒。吕迪后来被自己的丈夫杀死。洛林一族取得了胜利。但是，在天神的示意下，昂塞伊斯的一个手下人杀死了他。他的母亲不得不嫁给弗罗蒙丹的一个表兄弟，生了九个孩子。国王佩潘与贝尔特结婚，秃头查理诞生。《荣或弗罗蒙丹的复仇》约 6 700 行，叙述敦·德·梅央斯要复仇，而洛林家族聚集在巴黎，等待儿子获得骑士称号，并与吕迪对峙。王后支持洛林家族，让和平维持了 17 年。

(二)《罗兰之歌》评述

《罗兰之歌》是最优秀、最古老的一部英雄史诗。其中，1837

年发现的、英国牛津图书馆收藏的手抄本是当前最为出色的手抄本。这份手抄本约写于 1170 年,用盎格鲁—诺尔曼方言写成,共 4 002 行,291 节,十音节诗,该手抄本的最后一行诗写道:

Ci falt la geste que Turoldus declinet.

杜罗尔德创作(或抄写、咏唱)的史诗到此结束。

在这句诗中,最后一个词是关键,但这个词含有“编写”“抄写”和“咏唱”等多重意思,因此杜罗尔德究竟是作者、抄写者还是鬻歌诗人,这里是不得而知的。

全诗共分为三部分。第一部分叙述的是加奈隆叛敌的经过。查理大帝经过 7 年征战,征服了西班牙,只剩下萨拉哥斯城的国王马席斯仍在顽抗。马席斯设下求和诡计,罗兰提议让他的继父出使敌营,加奈隆认为继子想要置他于死地,便向马席斯献计,对查理大帝班师回朝的大军后卫进行偷袭,然后加奈隆又向查理大帝提出让罗兰统率后卫。第二部分叙述的是罗兰英勇战死。马席斯率 10 万之众在荆棘谷突袭罗兰的后卫部队,罗兰直至 2 万骑兵濒于覆没才吹响号角求援。查理大帝回师击溃对方军队,获取了萨拉哥斯,这是史诗的主体部分。第三部分叙述的是对加奈隆的审判。通过比武决定了加奈隆的命运,最后被四马分尸。

从这三个部分可以看出,这个故事与史实大相径庭。据埃然亚尔的《王室年鉴》记载,778 年 8 月 15 日,年轻的国王查理率师从西班牙返回时,在比利牛斯山他的后卫部队遭到巴斯克或加斯孔山民的袭击,罗兰伯爵战死。查理荡平了邦普吕纳城,却在萨拉哥斯受挫。

《罗兰之歌》只是借取上述史实的一些材料,并加以改进铺陈而成。它集中反映了要求建立巩固的封建王国、统一法兰西的愿望。从卡佩国王开始,王室便不断谋求扩大控制诸侯领地。有些诸侯由于自身的欲望,入不敷出,不得不采用借贷或者将自己的土地出卖。王室领地正处于塞纳河和卢瓦尔河边,是主要的交通线。商人纷纷借钱给国王,从而保证交通便利、贸易顺畅,王室也逐渐富有起来,力量变得强大。从菲利普·奥古斯特(1180—1223)起,王权逐渐得到了巩固。13 世纪初,他征服了诺曼底、安茹、都兰和梅纳等地。路易九世(1226—1270)继续扩大战果,1259 年从英王手中夺回大部分英军占据的土地。另外,王室采用联姻手段,将诸侯的领地吞并:1183 年,菲利普二世靠联姻掌握佛兰德尔伯爵领地;1272 年,王室吞并图鲁兹伯爵领地;1285 年,香槟地区落入"美男菲利普"手中。1283 年,国王购买了马孔伯爵领地。1100 年至 1313 年,王室征服了 15 个省,从 1340 年至 1481 年又征服了 10 个省,控制了大半领土。游离在外的诸侯领地主要分布在东部、西部和西南部的边沿地带。与此同时,国王极力完善国家机器,明确国王的最高权力地位。1260 年,立法载明"法国的国王是他的王国的皇帝",置国王于封建统治金字塔的顶端。路易九世宣称:"法国只有一个国王。"他设立行政和军事管理机构以及法院,国王的咨询机构定期研讨世俗事务,派出军官控制城市商务。"美男菲利普"更是宣称:"君主是人间法律的化身","君王所满意的,具有法律效力。"他反对教皇对法国事务的干预,表明自己要具有独立性,国王在他的国土内应该拥有至高无上的地位和权力。他战胜了教皇波尼法斯八世,拥立波尔多为教皇,教皇领地迁至阿维庸,这表明了王权在进一步扩大。王权的巩固经历了漫长的几个世纪才最后完成。百年战争以后,路易十一(1461—1483 在位)经过十多年的斗争,终于获得了布戈涅、皮卡第和普罗旺斯等地。由此看来,史诗描写的是刚开始形成封建王国的历史进程,它憧憬和讴歌的是理想的封建王国——一个统一的法兰西。

要想构建一个统一的法兰西,一位英明的君主是必不可少的。查理就是这样的一位君主,这位君主当政有 40 多年之久,他建立的这个王朝虽然不是很稳固,但是版图非常辽阔。在史诗中,他深谋远虑、英勇善战,集合了一切力量,成为天主的宠儿;他善于倾听谋士建议,从不专权武断;他用勇敢来对他人进行评判,并且富有情感,如果损失了大将和亲人,他都会非常悲痛;他对自己的弱点也进行衡量。这样一位集中了一切美德的国王必然能够完成统一大业。史诗里的查理大帝是一位理想化的君主形象,他既能捍卫法兰西，又能制服封建领主的叛乱，既英明能干，又身先士卒，正是当时人民大众所期待的好国王。

罗兰的形象是忠君思想的体现，他热爱“可爱的法兰西”，对查理大帝也是忠诚的。当敌人重兵就要袭击他的后卫部队时，他坚定地说：

我们要为国王坚守阵地。
为主上赴汤蹈火，
甘受烈日烤炙，严寒侵袭，
抛尽血肉也在所不惜。

罗兰坚持“死总比屈辱强”。史诗对罗兰“耿直”的性格进行竭力刻画，这种“耿直”就是对国王的忠诚，而且是绝对的忠诚，直至愿意奉献出自己的生命。在这里，史诗同样把罗兰理想化了，罗兰不是死于敌手，而是因吹号角用力过度，胀裂了太阳穴才死去的。显然，罗兰是一个理想的忠臣形象。

《罗兰之歌》通过罗兰这一英雄形象，歌颂了保卫祖国、抵御外侮、为民族舍身战斗、不惜献身的英雄精神，反映了当时法国人民要求统一、建立强大中央集权国家的愿望和进步要求。诗篇颂扬勇敢、正直、虔诚的品德，并且善于铺陈，结合人物感情的变化，制造各种悬念，情节生动，扣人心弦。全书保留了民间创作的粗犷、豪放的风格，具有浓郁的浪漫主义色彩。

除此之外，史诗的其他形象往往围绕着主题展开。叛徒加奈隆贪生怕死，为私怨而背叛国王。史诗特别指出他同查理、罗兰之间的亲戚关系，而这一点丝毫也不能减免查理和罗兰对他的憎恶以及查理对他严厉的判决。这些细节表明封建的忠君观念是凌驾于亲族观念之上的。此外，马席勒国王是查理的反衬，他不是身先士卒、战死沙场，而是抛弃溃败的军队，独自逃回宫里。奥里维埃和图尔班则是另外两个忠臣形象。

从艺术层面来说，《罗兰之歌》明显要高于其他英雄史诗。首先，其对几个鲜明的艺术形象进行塑造。其次，它无论是刻画人物性格，或是描写景色，都只用一个准确的形容词，显得更加简洁明快，如“罗兰英勇，奥里维埃明智”“山峦高耸，号角声悠长”。最后，史诗的叙事按照逻辑顺序展开，善用重叠法和对比法，这些都是民间文学留下的痕迹。

但是不得不说，《罗兰之歌》也有自身的缺点，即缺乏风俗的描写。战斗场面千篇一律，语言也不够丰富多彩，描写有多处前后矛盾之处。

二、骑士文学

（一）骑士抒情诗

骑士抒情诗出现于11世纪下半叶的法国南部，是紧接着英雄史诗之后产生的，由于大贵族的扶持，骑士抒情诗得到迅速发展，并从南方传播到北方。在骑士抒情诗的传播过程中，普瓦图伯爵兼阿基坦公爵吉约姆第九（1071—1127）的家族起了举足轻重的作用。他本人是第一个有名的骑士抒情诗人，他的宫廷是庇护行吟诗人的地方。他的孙女玛丽·德·香槟于1137年嫁给亨利·普朗塔日奈，她的宫廷成为北方骑士抒情诗人活动的场所。玛丽的两个女儿对骑士抒情诗非常热衷，她们举办了多种活动，这些活动也推动着北方骑士抒情诗的发展。

在法国，抒情诗最早是与音乐结合的。“抒情”一词来自古琴（lyre）。16世纪七星诗社诗人杜贝莱说过：“给我唱一曲颂歌……弹起像古希腊罗马古琴一样优美的竖琴”，便可得到印证。例如，纺织歌是唱给在刺绣或纺织的妇女听，或者是她们边织边唱的情歌，被认为是最古老的抒情诗；破晓歌写的是男女幽会，天将破晓，女方提醒离别时刻已经到来；牧歌描写的是骑士向牧羊女求爱；伴舞歌是节日舞会上的歌曲等。

骑士抒情诗同这些诗歌已经融为一体，至今很少流传下来纯粹属于这类民歌体裁的诗歌，它们或多或少被骑士抒情诗所改变。因此，关于盖叶特和热拉尔的一首纺织歌就显得特别宝贵。

这首诗歌描写盖叶特和她的妹妹奥莉娥在泉边沐浴,年轻的热拉尔从阿吉泰纳经过,看上了盖叶特。盖叶特让奥莉娥汲完水,自己回去,奥莉娥伤心落泪,只得让热拉尔把盖叶特带往城里。诗歌最后一节写道:

热拉尔、盖叶特双双离去,
他们走向他居住的城区,
他一回到家,便把她迎娶。
轻风徐来,树枝摇曳:
愿多情人睡得安逸。

诗歌采用复调的形式一唱三叹,不仅节奏明快,而且有着抒情的色彩。

骑士抒情诗发展到13世纪已有3 000多首(现存),但是由于骑士抒情诗往往按照一个模式创作,缺乏新意,优秀作品屈指可数。

在南方的行吟诗人中,有代表性的是马卡布吕(Marcabru)、若弗雷·吕代尔(Jaufré Rudel)等。马卡布吕有一首《牧歌》,骑士用第一人称千方百计向牧羊女求爱,牧羊女回答他:

老爷,一个人在狂热中会立下誓言,提出婚约,做出保证。不过,您对我这样另眼相看,我不安得很。我可不愿为了微不足道的高攀,拿我的贞操换来婊子的臭名声。

老爷,疯子做出疯狂举动,浪荡公子寻花问柳,农妇农夫成双配对,是同样的自然。老人们说得好:失去约束离丧失理智并不远。

老爷,猫头鹰说得清楚:"这一个张嘴想咬画饼,另一个空等面包出炉。"

上述诗歌采用一问一答形式彰显了牧羊女洁身自好的品质。牧羊女的驳斥充满了鞭笞与智慧,这样贴合的语言源于自己实际的生活。

在北方的行吟诗人中,较著名的有加斯·布吕莱(Gace Brulé)、柯农·德·贝图纳(Conon de Béthune)等。布吕莱有一首《家乡的小鸟》:

我在布列塔尼
听到家乡的小鸟唱歌，
歌声令我若有所悟。
我在可爱的香槟
也曾听到它们啁啾，
如果我没有搞错。
鸟儿使我陷入温柔的沉思，
歌声震动了我，
爱神早就应承我的求乞，
我终于觅到柔情许许多多。

上述诗歌富有田园情趣，给人一种清新朴实的感觉，诗歌引用小鸟的歌声来抒写爱情。

到了13世纪中叶以后，骑士抒情诗逐渐衰落，但从14世纪开始，又获得了复兴。新出现的一批诗人处在战乱频仍的时期，他们大多生活凄惨，这些凄惨的生活经历使他们扩大了诗歌题材，冲破爱情的狭小范围，开始思索人们的生活状况、人生经验和生与死的问题。他们更为注意诗歌的形式，刻意求工，在诗歌的艺术表现方面有所发展。

吉约姆·德·马肖（Guillaume de Machaut，1300—1377）在音乐方面很有修养，对音乐与诗歌也是十分敏感的。他用严格的音乐形式赋予一些短小的诗歌体裁，使这些诗歌更为完美。在他看来，艺术家应该跳出形式困难的境地，追求形式的完美。他的诗作有的追求博学和隐喻，有的描写幻想的爱情。他善写故事诗，《真理故事诗》是最有名的一首，描写的是他同一个贵族少女的爱情故事，虽然不认识他，但是因慕他诗人之名而钟情于年老的诗人。另外，马肖还写过大量的抒情诗，《回旋诗》是较有名的一首，其写道：

白如百合，比玫瑰更艳红，
像东方红宝石闪亮晶莹，

使你的美丽无双添雍容,
白如百合,比玫瑰更艳红。
这首诗运用比兴手法来形容贵妇。另一首谣曲写道:
我诅咒时辰、光阴和白日,
还有星期、地点、月份、年龄,
以及我的贵妇那双眸子,
她的柔情剥夺我的欢欣。
我诅咒我的思想、我的心、
我的爱情、愿望、我的正直,
还有危险:在那奇异之地
使我悲苦的心哭个不停。

上述诗歌采用排比式的句子将自己的情感抒发出来,并且诗人将具体事物与抽象事物融合为一体,凸显贵妇的双眼和她的柔情,这种手法非常独特,其颇有点超现实主义诗人并列意象的意味。三节诗的最后一句多半是重复的,加强了抒情的力量。

沙尔·德·奥尔良(Charles d'Orléans,1394—1465)是查理六世的侄子,在阿赞古战役中成为英国人的俘虏,后被囚禁多年。在囚禁期间,他写诗遣怀,思念故国,如谣曲《我朝法兰西的土地遥望》。

我朝法兰西的土地遥望,
从杜弗尔驶向大海的一天要来临,
我一想起就欣喜若狂,
返回故国成了我习以为常的心境。
因此我的心开始叹息悲鸣,
虽然看到我热爱的法兰西
就使我快乐无比。

上述诗歌表现了作者对法兰西的思念和热爱,因为战争,他不得不羁留在异国,因此他非常厌恶战争,期待和平。

（二）骑士故事诗

12 世纪下半叶，骑士故事诗在法国北方兴起，并以极大规模发展起来。12 世纪有古罗马诗人和历史学家维吉尔、奥维德、史塔斯的著作，其中的爱情故事和神话传说受到贵族欢迎，成为古代系故事诗取材的对象。

在艺术上，骑士抒情诗较之英雄史诗也有所发展。骑士抒情诗讲究形式工整、结构对称和辞藻华丽，大多采用民间流行的短诗，相比之下精练得多。骑士抒情诗开始对人的精神生活进行探索，从英雄史诗只着眼于外部世界和人的行动转向描写人的内心感受。骑士抒情诗相当细腻地描写了爱情心理的矛盾复杂和痛苦，并善于同大自然的景物融合，运用比兴手法，创造出浓重的抒情气氛。在文学描绘上，这无疑是一个很大的进展。诗人们还十分注意文字的锤炼和用字的准确。骑士抒情诗对全欧产生了重大影响，尤其在意大利，连但丁也从中汲取了有益的营养。

1135 年，若弗罗瓦·德·蒙慕特（Geoffroi de Monmouth）写出一部《不列颠诸王史》，由罗贝尔·华斯（Robert Wace，约 1100—1183）改写成《布鲁图斯故事诗》，描绘了亚瑟王麾下圆桌骑士的事迹。另外有一些不列颠传说和寓言，这些都可能是不列颠故事诗取材的依据。不列颠系最重要的诗人有玛丽·德·法兰西（Marie de France）和克雷蒂安·德·特鲁瓦（Chrétien de Troyes），另有一部故事诗《特里斯当和伊瑟》。

在骑士故事诗中，《特里斯当和伊瑟》是最动人的诗篇。这个源于克尔特人的传说，先在法国流传，后在欧洲广泛传播。这部作品不同于英雄和美人如愿以偿的骑士抒情诗，是一部爱情悲剧，诗歌的动人力量也在于此。特里斯当和伊瑟相爱，命运却不让他们结合。社会要求他们遵守习俗义务，但他们的爱情力量更大，一对情侣双双逃走。待到他们不得不分手，特里斯当仍然不忘旧情，千方百计要见一见伊瑟。他在王后必经之地放上一根榛树枝，并扎上一串金银花——他们不可克服的爱情象征。特里斯当死前呼唤着伊瑟：

你知道我过世以后，我了解，你得不到安慰。你会悲恸万分，加上你十分疲劳虚弱，你永远也不会恢复过来……我的痛苦就在于知道没人救你。想到我死了，你举目无亲，没有支持，难免一死，我痛苦难受，心如刀绞。我毫不在乎死；如果天主非要这样，我心甘情愿。可是，我知道我去世以后，朋友，我明白你也会溘然长逝。

伊瑟在特里斯当的遗体前痛哭：

如果我及时赶到，朋友，我会使你恢复健康；我便能对你温柔诉说我们之间的爱情；我会边哭边说我们爱情的遭遇、幸福、苦难和悲痛；我会回忆起这一切，拥抱你，亲吻你。我要是能治好你，我们就能一同死去。

诗中描写的爱情比天上和人间的法律更有力量，比流亡更有力量，比死亡更有力量。在他们毗邻的坟旁，从特里斯当的墓中长出一根连理枝，一直伸入伊瑟的墓中。人们愈是剪断它，它愈是长得茁壮：他们死后和生前一样，始终结合在一起。《罗兰之歌》与《特里斯当和伊瑟》同样以死来表达人物的精神达到升华境界，但《罗兰之歌》是歌颂骑士荣誉的史诗，而《特里斯当和伊瑟》是讴歌骑士爱情的优秀诗篇。这个故事令人想起岱赛和人身牛头怪物的古代神话。

另外，骑士故事诗的作者有的是低级僧侣，他们多半依附于宫廷，但同下层人民有所接触，了解民间疾苦。他们的写作虽然要取悦王公贵族，却常常流露出进步的思想倾向。克雷蒂安·德·特鲁瓦的故事诗在讴歌骑士之爱的同时，总是着眼于社会的幸福：在《艾雷克和爱妮德》中，爱情的获得也使“宫廷的欢乐”——社会的利益得以实现；朗塞洛的所作所为不仅是为了解救王后，而且是为了王国所有臣民的利益；伊万更进一步，他还救助受压迫者，诗中插入了“惨遇宫堡”里两个魔鬼的囚徒——纺织女工的诉怨：

我们不停地织着丝绸，
却永远穿不上好衣服。
我们始终贫困，衣不蔽体，
永远口渴难熬，饥肠辘辘；
我们从来也挣不够，
吃的东西总是不足。
我们很难吃到面包，
早晨一丁点，晚上更少；
每人为了糊口，
要织一斤丝绸。
所以我们无法
拥有足够的食品和衣衫
因为一星期挣二十苏，
并不是毫无困难。
您要真正明白，
我们当中没有一个
所挣超过二十苏：
因此王公自然富有！
而我们却非常困苦：
我们替主人做工，
他靠我们的活计致富。
我们挣钱要做一整天，
还要熬上大半夜；
主人威胁我们，
我们一停手就有皮肉苦，
所以我们不敢歇一歇。

这一段描写完全是现实生活的严格写照，对12世纪香槟和阿尔瓦图地区的工场工人的贫困生活刻画得十分真切。工人处在最底层，贵族老爷和主人如同魔鬼一样，残酷榨取工人的血汗。伊万把他们从水深火热中解救出来，反映了诗人对底层人民的深切同情。

第二节 饱含讽刺寓意的市民文学

从中世纪中叶开始,随着城市的建立和发展,市民阶级在法国产生并不断壮大,它与封建统治阶级的矛盾和斗争也日益加剧,反映市民阶级生活和斗争的市民文学便应运而生。市民文学具有鲜明的阶级特性,代表市民阶级利益,反映市民阶级情绪、趣味和世界观。其中,列那狐的故事诗、《玫瑰传奇》和《巴特林笑剧》便是市民文学中的代表作,本节主要对它们进行分析。

一、寓言故事诗

在中世纪,市民文学最突出的成就是大量以列那狐为共同主人公的故事诗,俗称"列那狐故事诗"。关于动物题材的外国文学作品,诸如伊索寓言和拉丁童话,早已在法国流传。但是,列那狐故事诗并不仅仅是简单模仿这些作品,而是在法国民间动物故事的基础上发展起来的。它的思想内容源于中世纪的法国社会生活,所描写的宏大场景和包含的丰富寓意,大大拓展了动物故事的深度和广度。

流传至今的中世纪列那狐故事诗主要有三部:《列那狐传奇》《列那狐加冕》《新列那狐》。这三部故事诗产生于 12 世纪到 14 世纪,是法国封建社会在经济上和政治上发生深刻变化的时期,当然由于历史阶段不同,这些故事诗也有着不同的特色。

《列那狐传奇》(*Le Roman de Renart*)产生于 12 世纪 70 年代到 13 世纪中叶,全诗长达 30 000 余行。《列那狐传奇》假托动物世界的故事,实际上扮演的却是人类社会的话剧。故事中的飞禽走兽不仅会说人的语言,而且被赋予封建社会中人的基本社会属性。在故事所描绘的"禽兽之国"中,狮王诺勃勒是最高封建统治者,雄狼伊桑干和狗熊勃朗等宫廷重臣构成封建统治阶级的中坚,鸡、猫、乌鸦、麻雀等弱小动物则是广大被压迫阶级。狐狸列那就其在这个世界的地位来说,像是个小贵族,它的阶级本性决定了它必然欺凌和残害弱小者;但在统治阶级内部,它又必须与狼和熊那样的大权贵进行斗争以保存和发展自己。故事以列那狐为主要角色,便于展示中世纪法国封建社会各种力量对立和斗争的错综复杂的状况。列那狐与伊桑干狼的斗争是贯穿始终的主线。值得注意的是,相对弱小的列那狐总能战胜强有力的狼伊桑干,伊桑干狼虽有暴力可恃,却敌不过列那狐的狡猾。计谋胜过暴力,谋士击败武士,这是市民文学经常宣扬的观念。列那狐虽然要对付强者狮王和狼,但它对那些更为弱小的动物犯下累累罪行,残酷之极。这是中世纪法国广大劳动人民惨受剥削和迫害的真实写照。

《列那狐加冕》产生于13世纪中叶。在这部作品里,列那狐的形象开始发生了改变。它的行动不再是仅为获取食物和图报私仇,而是具有了政治目的。它处心积虑谋取王位,扮成修道院住持,敦促病危的狮王指定继承人;狮王想要菲拉培尔豹继位,它申辩道王国应属于最善计谋者,而不属于最强大者,并且不指名地赞颂列那狐。最后列那狐如愿以偿,继承了王位。登基后,它首先革去拥戴它的刺猬和绵羊的官职,显示自己的“大公无私”;它拒纳贡品,却让妻子背地里收下。从此,在它的治理下,富人得意,穷人遭殃。它到处游历传经,罗马教皇也请它去传授成功秘诀。

《新列那狐》长8 000余行,作于13世纪末,作者是雅克马尔·谢列(Jacquemart Gelée)。故事叙述列那狐杀死伊桑干狼之子,狼起诉,狮王兴兵围攻列那狐的城堡,两攻不克。狮王无钱开支军饷,士兵倒戈。列那狐以实力为后盾与狮王修好。它又因拐骗狮王和豹、狼的妻子出逃,与狮王重开战端。这是一场血腥的海战。列那狐的战舰“邪恶作底,背叛是舷,钉满卑劣,涂满耻辱,桅杆叫舞弊”。国王的战舰则由各种美德构成。国王虽然获胜,但他的战舰神秘地失踪了,所有的人都登上了列那狐的邪恶之船。最后,罗马教皇称列那狐为“世界之王”。

《列那狐加冕》和《新列那狐》反映了13世纪政治斗争形势的一个重要特点。13世纪在法兰西王权的巩固上是一个重要阶段,路易九世(1215—1270)通过司法改革限制地方法院的作用,加强王室司法权,通过军事改革以国王的军队代替封建主的自卫军,通过货币改革发行全国流通的统一货币。菲利普四世(1285—1314在位)继续这方面的努力,这场斗争以王权的胜利告终。王权的加强、国家的统一有利于社会的进步,因此也得到市民阶级的支持。上述两部作品,表现了市民阶级的这种政治倾向。

二、长篇叙事诗

13世纪,法国文坛流行一种“隐喻诗”。所谓“隐喻诗”,即用人的形象、言语、动作来表现一种抽象的概念。这种诗通常以梦游的故事情节来隐喻作者不便明言或不敢明言的内容。在当时流行的隐喻诗中,《玫瑰传奇》最为著名。

《玫瑰传奇》是一部具有独特风格的作品,规模较大。这部长篇故事诗包括两个部分,由两位作者在不同年代写成,两部分的阶级倾向不同。

第一部分写于13世纪20年代,长约4 300行,作者是吉约姆·德·洛里斯(Guillaume de Lorris)。他的诗基于自己的一段爱情遭遇,采用隐喻的手法,用“玫瑰”比作心中少女,用“情人”对“玫瑰”的追求比作自己对少女的爱情,把各种促进爱情的因素和阻挠爱情的因素都加以拟人化,如“美貌”“坦率”“优雅”“慷慨”“吝啬”“嫉妒”“坏嘴”“胆怯”等,把整个故事寄托于主人公的梦境中。吉约姆的故事虽然在表现手法上彰显了新颖性,但不过是过时的贵族“典雅爱情”作品的翻版。

第一部分还没写完,吉约姆就去世了。大约过了40年,另外一位作者让·德·墨恩(Jean de Meun)继续写下去,故事这样延续:“情人”经过种种努力,包括借助“财富”去博取欢心,直到最后

"爱情"战胜了"嫉妒""坏嘴"和"危险","情人"获得了"玫瑰"。这些显然是早期法国人的理性思索的产物,故事以"情人"追求"玫瑰"不果而结束。从思想意义上看,整个故事情节还停留于骑士文学中那种"典雅"式的爱情复述。就艺术表现而言,这种隐喻和写梦的表现手法对后世文学产生了深远影响。

让·德·墨恩的续作问世后与吉约姆的作品合成一体,统称《玫瑰传奇》。但正如前面所述,两部分的思想倾向不同,这一方面是因为他们关于"爱的艺术"观点截然不同,另一方面是因为长达 17 000 余行的续作远远越出纯粹爱情故事的狭隘题材,涉及现实的许多重大问题,广泛地表达了市民阶级的社会政治观点。为此,让·德·墨恩创造性地设置了两个角色——"自然"和"伪善",并大大提高了第一部分中一闪即过的"理性"的地位。它们在故事进行当中,经常发表似乎脱离本题的议论,实际是作者社会政治观点的代言人。

让·德·墨恩对封建贵族毫不容情。《玫瑰传奇》批判以出身决定贵贱的血统论,表达了市民阶级要求取消封建贵族的政治特权的强烈意愿。当"爱情"率领所部为解救"玫瑰"酣战之际,"自然"及其司祭进行了学识广博的长谈。[1] 论及所谓彗星出现便预示某王公死亡的迷信时,"自然"说道:

王公并非那么尊贵,
须劳星辰为其报丧。
比之农民、文书、马夫,
他们身价并无两样。
尽管强弱胖瘦有别,
落地一般赤裸精光。

"自然"对因出身而自命高贵的封建贵族痛加嘲骂:

---

[1] 柳鸣九.1991.法国文学史[M].北京:人民文学出版社:50.

本人无功又无价值，
借他人高贵做装饰，
此辈有何高贵可言？
否，他们才堪称“维蓝”，
比无赖之子更卑贱。
对他们我决不吹拍，
纵是亚历山大后代。

“自然”反复强调的是，以人们实际表现出的品质作为分别贵贱的标准：

缺乏美德即非高贵，
没有恶习即非“维蓝”。
若无优良道德品质，
门第高贵分文不值。

可以说，后世的资产阶级人文主义思想因素在这里已见端倪。

《玫瑰传奇》也没有放过富有的上层市民阶级。“自然”指出：

商人生活不会幸福，
贪欲折磨使他痛苦。

“自然”认为财富应该周转分散，以救助穷人，所以它特别诅咒高利贷者：

财富使用三把利剑，
直插在他们的心间：
第一是攫财的艰难，
第二是被盗的恐惧，
第三是破产的心酸。

以让·德·墨恩的续作为主体的《玫瑰传奇》在中世纪有

广泛的影响，它是法文抄本最多的一部中世纪文学作品，它的不同文字译本从13世纪末陆续出现。15世纪初，围绕《玫瑰传奇》爆发了一场持续3年的论战。以巴黎大学主事瑞松为首的势力攻击《玫瑰传奇》第二部分“不道德”，叫嚷“与其加以桂冠，莫如付之一炬”，而人文主义者们坚决维护让·德·墨恩的续作。

三、市民戏剧

《巴特林笑剧》不仅是最出色的闹剧，而且是中世纪最出色的戏剧作品，不少评论家认为它应算作法国第一部喜剧。

律师巴特林既无主顾又缺金钱，但他想出一计，高价买下布商吉约姆的布料，让吉约姆到他家取钱。待吉约姆来到巴特林家，这个律师陪同妻子装作久得重病，不可能买布，吉约姆两手空空而归。祸不单行，吉约姆的牧童打死绵羊，他告到法院。牧童请巴特林辩护，巴特林让牧童学羊叫，作为对提问的回答。在法庭上布商认出巴特林，又气又急，语无伦次。法官急于赴宴，认为牧童头脑简单，免于判决。可是当巴特林向牧童索取酬金时，牧童继续学羊叫，骗人者反而受骗。

《巴特林笑剧》主要以布商为嘲弄对象。商人往往狡猾诡诈，习惯于哄抬物价、欺骗顾客，普通市民非常厌恶这一点。巴特林捉弄他，以其人之道还治其人之身。作者开始便点明巴特林家庭非常贫困，也是给予其同情，接着又交代布商吉约姆以高出原价五分之一的价钱欺弄对方，他为了贪吃一顿鹅肉而不坚持收取现钱，是个既刁又馋的家伙。吉约姆不仅经营布店，还从事畜牧业。他榨取牧童的血汗，但只支付他们很少的工钱，牧童拿羊出气，鞭打羊至死，又拿来充饥。吉约姆不仅想要牧童赔偿这头羊，还想把自己在巴特林那儿损失的布料钱捞回来。他告到法院，想通过法律制裁，作者嘲讽鞭挞了这样一个唯利是图的商人，可谓是大快人心的。剧作者的抨击到此并没有结束，他又让骗人的巴特林受到牧童的捉弄，牧童用的是巴特林教唆他对付布商的办法。这个结局用意在于点明剧本主旨：欺人者自欺。作者肯定以欺骗取胜的态度，反映了市民意识。他让社会最底层的人—牧童—成为胜利者，则反映他的思想具有民主倾向。

《巴特林笑剧》也触及了法庭的劣迹和法官的昏庸。剧本描写法官同巴特林律师之间的友好，因此法官处处偏向律师。他急于草草收场，前去赴宴，对案情并不十分感兴趣，糊里糊涂地宣判牧童不用赔偿，让布商败诉。这些场面是中世纪法庭的真实写照。

从艺术层面来说，剧本的成就也很突出。人物各有特点：布商口齿伶俐，会说多种语言，善于通过顾客的嫉羡解除不信任，用装死的办法来取胜对手，但在狡黠的外表下显出愚蠢，在模仿别人受骗时显出得意忘形；巴特林多的是鬼主意，口若悬河是他的职业特点，此人常在社会上寻找主顾和受害者，像个低级律师；牧童外貌粗俗，但包不住灵敏的内心。

从结构层面来说，剧本已具备序幕、发展、高潮、结局四大部分：巴特林和牧童的事由构成两条线索，汇聚到法庭一场，形成高潮，而结尾出人意料，全剧脉络清楚。剧本特别在制造喜剧效果方面有独到之处，采用了各种各样的手段。巴特林装病时，口中胡言乱语，却又能押上韵。最精彩的是审判场面，这个场面确实达到了闹的气氛，笑料纷呈。

从语言层面来说，是前所未有的纯熟：巴特林的妻子重复“小声一点”，自己却大声说话，重复滑稽的一两个字，这为后来的喜剧广泛采用；巴特林的呓语插入各种方言，他的话是地道的口语，既夹带谚语，又伴随咒语；巴特林的辩护词则符合空泛的修辞要求。总之，人物语言喜剧色彩强烈。剧本不使用乔装打扮、棒打、做鬼脸、粗言秽语等闹剧常用的手法，而是注重场面的滑稽、情节的重复与倒转等，这些是柏格森所重视的笑的手段。由于此剧十分成功，从15世纪末开始，人们把它称为“笑剧”。

第三节 激进的人文主义文学

激进的人文主义文学的代表人物是拉伯雷。拉伯雷(Francois Rabelais,1493—1553)生于卢瓦河流域的小城希隆,祖上是富裕的农民,其父发迹之后成了希隆城一个有名望、有地位的律师,并在城外的瑟伊乡拥有一个田庄。他从小就有受完备教育的条件,很早开始学习当时作为文化与学术的语言拉丁文,但他在学堂里被迫学习的课程给他留下了痛苦回忆,蹩脚老师强行灌输的烦琐哲学、形式主义演绎论,使他不胜其烦,其逆反心理后来在《巨人传》中对主人公早年教育的描写中有充分的反映。他刻苦钻研希腊文化典籍,与当时著名的人文主义学者纪约姆·比代进行学术通信,与著名法学家第拉科交往,后来遭受虐待与迫害,这些经历更磨练他的意志,培养了他的人文主义精神。

约在1524年至1527年之间,拉伯雷写作并发表了他的处女作,这首百来行的长诗是用普通的法语写成的,这在通行以拉丁文进行写作的当时,对于一个高级的人文主义学者来说,是一件很不寻常的事,颇具开创意义。大约也是在这个时期,拉伯雷还到著名的普瓦捷大学钻研考察法律与司法,他听了有关的法律课程,掌握并熟悉了种种法律条款与清规戒律,观察过司法人员形形色色的执法现象,充分认识了法律只不过是统治机器的部件,与人情正义格格不入,贫穷人是无缘得到司法公正的,他积蓄下来的对司法黑幕的愤怒,日后显然都表现在他的长篇小说里。

此后,拉伯雷开始云游四方,似有求知求索之志,他途径波尔多、图卢兹、布尔热、奥尔良、巴黎等地,足迹遍布半个法国,此行使他广识社会黑暗、世间不平、民生疾苦、人性窒息,无疑给他提供了日后创作《巨人传》的丰富素材,有助于他形成现实批判的自觉意识与深刻力度。

1530年，他结束游历，来到蒙彼利埃，这时36岁的他已经是一位人文主义学者、法学家，却在蒙彼利埃医学院注册入学。六个星期后，他获得了毕业文凭，看来他在医学方面早已具备一定的基础与相当丰富的知识。在医学院里，他扎实研习过人体解剖学，这对于培养他的唯物精神与科学习惯大有帮助，从日后《巨人传》中可以看出，他那种神聊漫扯的风格中确实透出了严谨科学的真髓，而且对当时种种反科学的偏见、迷信进行了辛辣的讽刺。

从医学院毕业后不久，他定居在里昂行医，这个当时已规模甚大的城市不论在经济上还是思想意识上都极为活跃，充满了大众化的气氛与科学精神，正是拉伯雷感到惬意的所在，在这里的行医生涯显然又扩大与加深了他对世道人情的了解。他继续自己的精神求索的行程，仍然接受人文主义大思想家伊拉斯谟的影响，很可能就是在这个时期，他开始写自己的长篇小说。1532年秋，他在里昂出版了《庞大固埃传奇》，即为他巨著《巨人传》的第二部，其大胆的精神、敏锐的思想、泼辣的讽刺颇有振聋发聩的效应，小说很快被抢购一空。1533年，他出版了与上一部相关的《卡冈都亚》，因其中的主人公是庞大固埃之父，故后来反倒成为《巨人传》的第一部，这一部同样引起社会轰动。

1534年，他离开里昂，暂住意大利，在暂住的几个月里，他钻研了古代文化的典籍与古代建筑术，回国后又继续行医，并再次到蒙彼利埃大学进修医学，获得了硕士与博士头衔，1535年，政治气氛极其紧张，拉伯雷有一段时间为避风而隐退到自己的故乡，利用居留在罗马的时间，他正式获得了义务行医的特许，在与政府当局的关系有所缓解后，拉伯雷回到了里昂。他又继续行医，其医术上的声誉足以与他作为人文主义学者、作家的名声媲美，他的生活也还算安定，不是居留在蒙彼利埃就是在里昂，还曾得到过宫廷的差遣，正是在这段相对安定的时期，他又继续写他的《巨人传》。

《巨人传》第三部于1546年出版，在卷首，有作者写给国王的妹妹玛格丽特·纳瓦拉王后的献词，与王权的关系有了调整，拉伯雷在这一部也就署上了自己的真名。1550年，他又获得了国王恩准该书公开出版的“御诏”，不过，“御诏”所准许的只是《巨人传》的删节本而已。1548年，《巨人传》第四部出版，不久由于其内容而被禁，但拉伯雷又做了大量增补后于1552年重新出版，很快即被巴黎议会宣布为禁书，出版商，拉伯雷的好友埃季艾姆被烧死并陈尸示众，拉伯雷只得逃往国外，直到法王亨利二世得子，拉伯雷趁机以献词祝贺的方式，得到了王室准许他回法国的“恩准”。

拉伯雷晚年为生活所迫，逝世于1553年4月9日。他去世后，《巨人传》第五部于1562年出版了删节本。1564年，《巨人传》五卷全本得以问世。

《巨人传》共分五部。第一部主要写的是巨人卡冈都亚的教育。卡冈都亚家世的谱系源远流长，一言难尽，其父大肚量，是一个乐天的、爱喝酒、酒到杯干、世无敌手的国王。卡冈都亚的母亲在一次狂欢酒宴中临产，因暴食豪饮而脱了肠，男孩被逼得从母亲的左耳钻了出来，一出世就高喊：“喝呀！喝呀！”他每天要喝17 000多头奶牛挤出来的奶，外加母乳1 400多桶，得“卡冈都亚”之名，寓意喉咙之大。他身躯极为硕壮，一件上装用了近1 500米的缎子，一条裤子用了近2 000米的毛呢，一顶帽子用了500多米白色丝绒。他性情开朗，乐天欢快，纯洁朴实，爱好自由。他小时候过得无拘无束，一天到晚在泥坑里打滚，脸上脏乎乎的，用袖子擤鼻涕，用筐子蹭肚皮，成天只想玩与吃，不遵守规矩，总之放任本性、背离文明规范，过的是一种自然的、野性的生活。但是，到了受教育的年龄，卡冈都亚先碰见了一位诡辩学大博士，他竟用了5年零3个月的工夫教卡冈都亚读方块字，用了18年零11个月教卡冈都亚读《词义大全》之类的书，要求他读得滚瓜烂熟、倒背如流，而卡冈都亚要带的文具盒足有7 000多公担之重，里面的墨水瓶容量为1吨。然后，又来了一个生痨病的大师，教的仍是一些咬文嚼字的烦琐学问。经这么一番荒诞的教育，一个生性聪慧的卡冈都亚,反倒成了一个木讷痴呆的人。后来,他又到巴黎游学,所遇见的均为迂腐低能的学究以及半死不活的"文艺大师",他在这里接受教育,让他生活更加懒散,整天沉迷于酒精与游戏。最后,他碰见了良师巴诺克拉忒,他首先用清泻的办法,把卡冈都亚在旧教育积下来的种种恶习除掉,然后开发他的才智与进取心,教他运用各种科学文化以及有益的生活知识,从事各种各样的体育运动锻炼身体,引导他欣赏音乐与文学,弹奏种种乐器,从事各种社会活动,参加人文聚会与友情交往,于是卡冈都亚日渐进步,成长为一个知识丰富、兴趣广泛、修养全面、百艺俱能、头脑健全、体魄强壮的有为青年。大肚量国王所辖的葡萄农与邻国霹雳火国王手下的烧饼商贩因鸡毛蒜皮的事而打群架,引发了两国的战争,大肚量的国土惨遭掠夺与蹂躏,他把在巴黎游学的儿子卡冈都亚召回,由他主持抗敌,卡冈都亚得约翰修士的协助,取得了整个战争的胜利。

第二部是从卡冈都亚、庞大固埃父子久远的家族历史讲起,比第一部更为详细。据说,44 天也讲不完,其粗俗不雅,滑稽突梯,亦更有过之。且说卡冈都亚的妻子生下了儿子庞大固埃,其临盆生产可谓巍巍壮观。那时正赶上大旱,因此博学的卡冈都亚根据希腊文与非洲毛里塔尼亚文加以组合,给儿子取为"庞大固埃",寓意"全世界万物皆在干渴"之意。巨人自有巨量,仅每顿他就需要喝 4 600 头奶牛的奶,其他衣食住行可想而知。少年庞大固埃有其父得法的教育,心智体能均得正常发展,他求知若渴,四方游历,所到之处,但见弊端丛生,社会现实尽不合理。在游历中,他得遇一个名叫巴汝奇的年轻人,两人结成莫逆之交。庞大固埃继卡冈都亚之后,努力建立功业,深得巴汝奇之助,战胜了渴人国人与巨人,从乌托邦向渴人国大规模移民,整治国土、调理百姓、繁荣经济,极见成效,而巴汝奇则被任命为渴人国的总督。至此,庞大固埃的精神仍不满足,他又与巴汝奇共议,并联合约翰修士,决定不惜跋涉万里前去寻找神瓶,因为据说神瓶中装有世上最宝贵的东西:智慧源泉。

第三部没有紧接着第二部写取神瓶之旅，而是写巴汝奇为了要结婚去听取各种人士的意见，他遍访了诗人、哲学家、医生以及癫疯者，众说纷纭，莫衷一是，最后无果而终。

第四部写庞大固埃、约翰修士、巴汝奇一行寻找神瓶的漫长旅程，他们万里跋涉，历经了种种艰辛困苦与惊险磨难，但也见识了广阔的世界，增添了一些乐事趣闻，也干出一些不平常的业绩。他们在美当乌提岛购得大量珍奇物品；在海上捉弄与惩治了无礼的羊商；在无鼻岛考察了当地奇特的家庭婚姻习俗；在诉讼国看到了一些为了钱什么事都愿意干的执达史；在混沌岛与空虚岛，听到人之脆弱、死于种种鸡毛蒜皮小事的情形；在海上遇暴风雨承受了生死的考验；来到长寿岛与老寿星就人的生活与死亡进行对话；在荒岛附近与巨鲸进行奋战；在香肠岛上与“喜欢搞阴谋”的香肠人做了较量与斗争等。

第五部写庞大固埃一行来到骗人岛，将那些充当法官、以贿赂为生的“穿皮袍的猫”全部消灭；来到皮桶岛，看到了饕餮者可怕的恶果与下场；在“第五元素”岛，他们开了眼界，见到了种种不可思议的奇事；在木履岛，他们目睹了“半音修士”荒淫无耻、纵欲无度；过了丝绸国与灯笼国之后，最后他们终于来到了神瓶所在的地方。存放神瓶的殿堂气象万千，殿内有奇异之水，通过若干程序与仪式，他们接近了神瓶，获得了神瓶所藏的谕示，原来那只是一个简单的字：“喝！”他们一行三人喝了三瓶神水，登上船只，将取道气候温和适宜、物产丰饶多产、风光赏心悦目的路线，扬帆而归。

《巨人传》是法国文学史上第一部长篇小说，它不仅在真正意义上开辟了法国长篇小说的创作道路，而且以恢宏的气势与划时代的艺术力量提供了第一个辉煌的范例，它熔法国本土的民间传说、希腊罗马文学的影响、人文学者广博精微的学问、生动丰富的民俗知识、中世纪文学中讽刺幽默的传统、语言学者庞大的词语量以及无拘无束的奇妙想象等种种成分于一炉，形成了一种独特的百川交汇、奔放不羁、雄浑有力的艺术景观。

在人物形象上，不论是卡冈都亚还是庞大固埃，都是法国民间传说中早已有之的人物：卡冈都亚是一个农民英雄，庞大固埃则是一个代表了水这个元素的魔鬼，前者仅具有原始的力量，后者则完全笼罩着神秘主义的气氛。拉伯雷却借用民间传说中的躯体，对之加以改造，填进了自己崭新的内容，他在巨人主人公出生与成长的过程中注入了人本理念与人性解放的理想，他又在主人公的所作所为的故事中，安排了奥德赛式、埃涅阿斯式的"路漫漫其修远兮"，把法国民间传说成分与希腊、罗马史诗成分，巧妙地糅合起来，使主人公成了寻求真理、建功立业、实现新的人文理想的形象。总之，原来法国本土原始的、迷信的人物模型到拉伯雷这里，在精神境界上与事业作为上都大大升华了、诗化了，他们都成了具有崭新的人文观念、广博的学识、卓越的活动能力、坚毅执着的新时代理想人类的形象，在某种意义上就是欧洲文艺复兴时期那些知识巨人、能力巨人的写照，具有文艺复兴时代的典型性，即使他们是以粗线条勾画而成，但实在没有理由评定他们写得"不完整"，因为拉伯雷毕竟是在写意。

《巨人传》的基调是讽刺，这是作品的寓意性与讽喻性所决定的特定语势，在这方面，拉伯雷充分展示了他大师级的才能，在这里有泼辣的热讽，也有刻损的冷嘲，还有不动声色的影射暗指，特别因为拉伯雷具有广博精深的哲学、历史、民俗的知识，掌握了多种外国语以及本土俚语方言，他的联想与比喻也就格外丰富，由此而来的暗讽隐喻、旁敲侧击、影射针砭的空间与途程也就格外广阔、令人意想不到、妙趣横生。

《巨人传》的风格是豪放、恢宏、气象万千。

首先，这种风格来自丰富的、自由不羁的想象，这种想象虽如天马行空，但作者对之又收放自如，而作为派生物附着于这种想象的，还有大胆的、无拘无束的联想，有些联想即使流于粗俗不雅，作者亦不割爱。

其次，这种粗放不羁的风格也来自巨量的语汇投放，在这里语源是多方面的，包括各种外国的语言，也包括多种本土的方言，作者在利用这些语源时，是无拘无束、毫无节制的，不求雅求文而避开粗鄙的词语，也不求为一个语段的平衡而控制词汇的使用量，因此其语段往往就像汹涌澎湃、势不可挡的泥石流。一般说来，到了16世纪，法国的言语已经脱离了15世纪那种自由度较大的状态，言语准则变得较为严格，俗语言语与正式官方语言的界限已相当分明，但《巨人传》完全不在此规范之内，它成为法国语言自由时代的一个"遗老"，气象万千的遗老。

最后，《巨人传》豪气十足的风格也来自它万里求索的故事构思，这一构思无疑给它带来了史诗般的恢宏气势。《巨人传》毕竟是法国的第一部长篇小说，在艺术经验上它是从零开始的，因此它不可能具有以后时代高度发展的长篇小说的完备形态，如对环境景物的描绘，对人物形貌与心理的刻画等，当然豪气恣意，也不可能不带来某些粗疏，这既是时代所带来的局限，也是作者创作个性的结果。

第四节　发扬民族语

16世纪的诗歌以七星诗社的声望最高，而七星诗社的主要建树是它在语言改革和诗歌理论上的贡献。

语言的统一和改革是时代提出的要求。16世纪中叶，封建制度进一步确立，但是由于封建割据的影响，方言土语五花八门，各地语言差异极大。另外，由于教育的垄断，法语得不到重视而日渐贫乏。这样，语言统一和改革的任务便提上了日程。在诗歌创作方面，"辞藻派"和"里昂派"一味雕琢堆砌的形式主义诗歌，已经日暮途穷，同发展民族文化的要求相去甚远。在这种形势下，一群与王室有密切关系的人文主义作家便发起了一场改革运动。

由杜倍雷执笔的《保卫和发扬法兰西语》是七星诗社的宣言书。这是法国文学史上第一部文艺批评论著，它在文学发展史上也占有一定的地位。以后,龙萨又在他的诗集序言和《诗艺简论》中对诗歌理论做了进一步的阐述。

七星诗社在语言改革和诗歌理论方面的进步主张,是在人文主义思潮的激发下提出来的。[1]

在语言方面,七星诗社提出要统一民族语言。为此,就必须“保卫”它,要改变法语的贫乏、粗陋的状况,从而提高它的地位。法语同别的语言一样,只有细心培植才会丰富起来。这就是说,要“发扬”它,办法是向希腊和拉丁语借用词汇,将旧字改成新字,加进约定俗成的某些方言、术语,创造新词,以丰富法语。在七星诗社的推动下,对法语的研究和语言规范化的工作受到了重视,法语作为民族语言终于取得了它应有的地位。

在诗歌创作方面,七星诗社提出要建立与希腊罗马文学相媲美的民族文学,特别是创作大型史诗。在形式上,它认为“自然足以使作品不朽”,反对矫揉造作的浮华文风;要求韵律和谐、响亮而多变化。这是针对“辞藻派”“里昂派”的诗歌而发的,有一定的积极意义。七星诗社的贡献还在于大力提倡亚历山大诗体。龙萨说:“亚历山大诗体的诗歌在我们的语言中的地位,好比英雄史诗在希腊和拉丁语中的地位一样。”另一个七星诗社诗人贝罗在评论龙萨的《爱情集》时,认为亚历山大诗体“最法国化,最能表达我们的热情”。这种诗体是在中世纪出现的,14、15世纪时被埋没了。自七星诗社提倡以后,便成为法国诗歌的主要形式之一。

然而,七星诗社也有着一些局限性。

首先,七星诗社在语言和诗歌理论上凸显了贵族偏见。他们对古希腊罗马文学的诗体和意大利十四行诗是十分推崇的,将法国民间诗歌贬为“败坏语言”;它要求作家“出身高贵”,把文学创作看成贵族阶级所专有。从这一方面来说,七星诗社的主张是保守落后的。

---

[1] 王允道.1991.法国当代七星诗社[J].当代法国文学(4):162-168.

其次，七星诗社在诗歌理论上主张一味模拟古人。七星诗社诗人把文学创作的流当作文学创作的源。他们的不少作品与其说是创作，不如说是对古人作品的意译。由于生搬硬套古人的文学形式，结果往往不是半途而废，就是写得毫无特色。

七星诗社在语言和诗歌理论上所表现的贵族偏见，是诗人们的贵族阶级立场所决定的，也是封建王室对文艺施加影响的消极结果。

彼埃尔·德·龙萨（Pierre de Ronsard，1524—1585）是七星诗社的领袖，又是当时文坛的坛主。他出身于旧贵族家庭，从10岁起就在王宫中陪伴王子们。后来随从出使，去过英国、苏格兰、丹麦、德国和意大利，因耳聋而转向写诗。他研读古希腊罗马作品，对之十分崇拜。晚年他因效力宫廷，得到多处财产封赠。

龙萨是个典型的宫廷诗人。他的《颂歌集》仿效古希腊诗人品达罗斯（公元前约518—438），企图写成英雄史诗；《爱情集》先仿意大利诗人彼特拉克，后仿古希腊诗人阿那克里翁（公元前560—478）。

《颂歌集》有名的第十七首代表了龙萨这个时期的思想。他在诗中说，“自然这个后娘”让玫瑰“只从早上活到晚上”，他让爱人珍惜青春，因为“像这朵花儿一样，老年会使你的美丽憔悴”。人生易逝，青春不再，及时行乐，是这首诗的主题。

《爱情集》中运用了亚历山大诗体，引起人们的注意。他的诗歌内容是如此卿卿我我，形式又很新颖，给听腻了“辞藻派”“里昂派”诗歌的上层阶级提供了新的精神消遣品。在十年之内，他的声名大振。他接二连三地发表诗集，尝试过各种诗体，成为一个十足的宫廷诗人。他不是为君主歌功颂德，就是抒写“爱情、酒、欢宴、跳舞……”，他在反对禁欲主义的同时表达了人生短促、郁悒虚无的消极思想。

龙萨被称为法国第一个近代抒情诗人，他的诗很讲究技巧，然而思想内容忧郁低沉，渗透着贵族阶级的情趣爱好，如最有名的《致爱伦娜十四行诗》第四十三首：

当你到了垂暮之年,夜晚,你在烛光之下,坐在炉火旁,边理线边纺纱,……那时我已长眠地下,成了没有形骸的幽灵,休憩在姚金娘的阴影下;而你是一个蛰居家中的老妇人,怀念着我的爱情,悔恨自己的不就自大。要生活啊,信我的话,别等待明天,就在今天采摘生命的玫瑰吧。

这首诗虽以歌咏爱情的形式出现,却以凄凉哀怨、愁肠郁结的情调表达了贵族阶级的人生观。此类抒情诗特别符合贵族阶级的口味,故而深受他们欢迎。

若阿基姆·杜倍雷(Joachim Du Bellay,1522—1560)地位在龙萨之下,他的实际成就却比龙萨要大。他出身贵族,自幼父母双亡,"受尽凌辱",青年时期"在黑暗的年月里度过"。他学过法律。1547年结识龙萨后,开始他的文学生涯。

杜倍雷的诗歌创作有一个转变过程。早期的《橄榄集》受七星诗社理论的影响,完全模仿彼特拉克。1553年到罗马,是他创作上的一个转折点。离开七星诗社的小圈子,这对他摆脱龙萨的影响、转而面向现实生活具有重要作用。首先,视野的扩大使思路产生了变化。《罗马怀古集》和《村戏集》标志着这种转变的过渡。在《罗马怀古集》中,他感世伤时,凭古吊今,从罗马的强盛说到现今的衰落,表达了社会和环境给他的窒息感。《村戏集》则表达了他对现实生活的厌恶,对乡村生活的向往。其中《扬麦农民的愿望》写农夫对轻风的絮语:

用你温柔的呼吸,
吹拂着这片平原,
使这儿凉风习习,
而我扬着麦子,
冒着这炎炎烈日。

节奏跳荡热烈,描写了劳动的情景。从这两部诗集都可以看到作者开始摆脱仿古的努力。稍后写成但同在回国后发表的《憾然集》,是杜倍雷最重要的作品。错综复杂的时代矛盾使他对早先梦寐以求的罗马产生了厌恶，理想破灭了，失望、苦闷和悔恨使他怀念祖国和故乡。他呼唤着祖国，但没有回答，“在平原上，我徘徊在恶狼之间，我感到好像冬天来临一样，恐惧使我不寒而栗。”他怀念故居，厌弃罗马宫殿；他更爱精细的石板，而不爱这些坚硬的大理石，……思想的解放使形式也突破了模拟的框框，他明白晓畅地写道：

我热爱自由，事务却多得使我厌倦，
我不爱宫廷，却不得不去供职，
我不爱装假，却不得不矫揉造作，
我喜欢朴实，却学会了狡黠，
我不爱财产，却为吝啬奔波……

上述诗歌中，诗人用对比的手法，将自己的不平遭遇抒发出来。面对恶浊混沌的现实，他情不自禁地抒发胸中的愤懑：“我写不出温柔，因为只感到冷酷；我写不出欢乐，因为只感到痛苦；我写不出幸福，因为我感到不幸……我写不出正直，因为这儿没有；我写不出友谊，因为只感到伪善；我写不出美德，因为这里也没有；我写不出博学，在这些僧侣之中。”罗马的日常生活和各种人物纷纷走进诗里来。诗人善于捕捉形象，能抓住特点，击中要害。

诗人回国后所写的讽刺诗《宫廷诗人》保持着同样的特色。此外，《时论诗》四首大胆揭示了人民所受的痛苦，提出改革捐税等要求，为政治诗开辟了道路。

当然，杜倍雷的诗歌也毫不例外地打上了阶级的烙印。杜倍雷毕竟出身贵族，他的诗歌的根本缺陷是带着贵族阶级公子哥儿的消闲情调：或者是向往乡村恬淡的生活，或者是发思古之幽情，有一种惆怅之感。即使他最好的作品之一《扬麦农民的愿望》，一望而知作者对劳动并无亲身体会，而是一个旁观者的有感之作，因而诗中看不到农民劳动的艰辛和受压迫的情景。杜倍雷的不得意、不畅快，一部分也是由于家庭败落、自己不能过大贵族的悠闲生活而引起的。这些都阻碍了他更深入地观察现实，不能写出更有分量的作品来。

尽管如此,杜倍雷的诗作因具有某种批判的色彩而有别于其他七星诗社诗人的作品。龙萨等人是为宫廷写作的,杜倍雷却对现实有所不满,这种差异反映了诗歌领域中的两种思潮:一种是保守的,作品消极无力;另一种是有所批判的,因此较有生气。

第二章　理性传统的复兴：17世纪的法国文学

17世纪，法国正处于君主专制时期，资产阶级政治革命的条件还没有成熟。这一时期随着君主政体民族国家的建立以及资本主义的发展，导致古典主义这一文艺思潮形成，这一思潮从古希腊罗马文学里面吸取艺术形式和题材，主张拥护中央集权，尊重主权，歌颂贤明君主，并且崇尚理性，克制个人情欲，有严格的艺术规范和标准。同时，古典主义文学开始跨越国界，对全欧产生了巨大影响。其中，法国文学成为欧洲各国文学的典范，并逐渐发展到高峰。本章就来分析理性传统的复兴：17世纪的法国文学。

第一节　贵族沙龙文学与市民写实文学的对立

一、以矫揉造作为特点的贵族沙龙文学

17世纪资产阶级与贵族呈现既妥协又矛盾的局面，这一局面使文学领域变得十分复杂。在17世纪上半叶，存在着两个对立的文学流派，即贵族沙龙文学，以矫揉造作为特点；市民写实文学，以自由粗俗为特点。这是贵族阶级和资产阶级在意识形态上的反映。从1610年亨利四世被刺至1624年黎世留掌权，以及后来1648年至1652年两次“投石党”运动期间，专制王权受到挑

战，分立主义思潮曾经数度泛滥，使这两种文学流派盛行起来。如同王权的发展是在它作为表面的调停人对封建贵族和资产阶级同时加以控制的过程中进行的一样，法国古典主义的文学规范化作为君主专制制度在文艺上的体现，也是在反对和抑制这两种各走极端的文学流派中发展起来的。

17世纪，法国贵族阶级中很多较大的封建主投靠国王，成为宫廷贵族，正是在这一社会条件下，贵族沙龙文学得以产生。16世纪，大批贵族离开他们世代相传的庄园，逐渐集中到凡尔赛和巴黎，但他们还留恋过去封建主的独立性，既不能马上适应宫廷的生活，又不屑与资产阶级为伍。他们百无聊赖，因此组成了一个社交小圈子，在这个圈子里，很多贵妇人参与其中。为了将自己的特权地位彰显出来，他们在举止、衣饰、习惯、语言等一切层面都要求与众不同，提倡一种“高雅”的境界。于是，从路易十三时期起，沙龙成风，其中以1608年开张的朗布绮侯爵夫人的公馆最为出名。在17世纪上半叶，几乎法国整个上流社会人士和文艺作家都做过这个沙龙的座上客。贵族沙龙文学就是在这种条件下兴起的。

由于贵族妇女在沙龙生活中崭露头角，逐渐形成自己的交往中心，很多作者就为了取悦贵妇人来创作，瓦蒂尔（Vincent Voiture，1598—1648）就是其中的典型代表。他以写纤巧的情诗和谄媚的书信出名，文风装腔作势，正投合了贵族男女粉饰其丑恶关系的需要。这样的作家在朗布绮公馆最受欢迎，几乎成了不可缺少的人物。

在这个贵族沙龙里面，很多贵族的精神极为空虚，因此有些作者为他们编写悲欢离合的艳情故事，于是承袭骑士爱情小说的长篇田园体小说流行起来，其代表作是奥诺莱·德·于尔菲（Honoré d'Urfé，1568—1625）的《阿丝特莱》（*Astrée*）。小说的内容也是非常无聊的，讲述的是牧羊人塞拉东受到情人牧羊女阿丝特莱的无故猜忌，非常失望，因此投河自杀，之后被仙女救起，乔装成牧羊女，当上阿丝特莱的亲密“女友”，一直等到阿丝特莱亲口提出希望要他显出原形，才和她言归于好。这样一个故事再加以无数插曲和缠绵的对话，将这部小说扩大成五大卷六十册，从1607年直到1627年才发表完。这部小说既冗长又无聊，但是取得了相当好的效果。在整整30年间，使法国贵族社会都为塞拉东和阿丝特莱的命运叹息，这是因为它迎合了长期内战后破落贵族们逃避现实的情绪。小说被称为"田园体"的主要原因是其写的是披着"牧羊人"外衣的贵族在乡下谈情说爱、赋诗作文的田园牧歌生活，这正反映了因长期内战和社会变乱而破产的贵族留恋往昔安逸生活的心理。

继田园体小说之后，又有一种所谓长篇历史小说风靡一时。17世纪的封建大贵族虽然遭到削弱，但为了争权夺利，也曾策划反黎世留的阴谋，发动反马扎兰的"投石党"运动，参加"三十年战争"。他们在战场上标榜英勇尚武，在沙龙里又自命殷勤多情。于是，对这些大封建主进行美化的历史小说应运而生，小说的作者开始编造王公贵族的风流史、冒险趣事，长篇累牍，动辄十余卷。这类代表作有贡伯维尔（Marin le Roy de Gomberville，1600—1674）的《波勒山大》（*Polexandre*，1629—1637）、拉·卡普勒内德（Gautier de Costes de la Cal prenède，1609—1663）的《卡桑德尔》（*Cassandre*，1642—1645）和《克莱奥帕特》（*Cléopâtre*，1647）等。这些书中的主人公大多都是理想化的贵族，他们为了博得情人欢心，不惜走遍天涯海角，与敌人一拼高下、决一死战。这类小说往往题赠给当时的封建显贵，充分说明了它们就是要为那些在实际生活中已经衰败的大贵族歌功颂德、树碑立传。

沙龙文学的历史小说到斯居代里（Madeleine de Scudéry，1607—1701）与她弟弟合编的《伟大的西律斯》（*Artamène ou le grand Cyrus*，1649—1653）和《克雷里》（*Clélie*，1654—1661），逐渐不再写贵族的"英雄气概"，而开始对他们的心理情感进行渲染与刻画。故事虽假托古代波斯、罗马的题材，实际上却是巴黎贵族社会的写照。主人公大多可在沙龙里的贵族身上找到原型。内容大多写的是所谓的"精神恋爱"，用以掩盖贵族男女腐朽关系，或者写的是对市民写实文学的攻击。贵族沙龙文学发展到此时已是穷途末路。这些作品中的古代人物操着 17 世纪贵族社交场合中"文雅"的语言已经不伦不类，再加上散漫的描写和冗长的篇幅，使人根本无法卒读。

在戏剧方面，亚历山大·阿尔迪（Alexandre Hardy，1569—1632）是 17 世纪初期的典型代表，反映的是封建贵族阶级趣味。他创作的特点是粗制滥造，他一生大多数的写作都是改编与模仿。他的悲剧大都取材于古希腊、罗马，用描绘耸人听闻的事件和安排庞杂的布景等形式主义手法掩盖内容的空虚。他写得最烂的悲喜剧，则脱不掉骑士美人恋爱故事的俗套。他的田园剧内容更是大同小异，不外是牧羊人追求爱人，经过一番周折最后皆大欢喜。阿尔迪的戏剧受到百无聊赖的贵族阶级的欢迎，使他们开始光顾巴黎的剧院。

到 17 世纪 50 年代，贵族沙龙文学使矫揉造作的风气达到鼎盛，尤其在巴黎和外省新组合的许多沙龙中所流行的语言达到了难以形容的可笑程度，如把"眼睛"叫作"灵魂的镜子"，把"喝水"说成"一次内部的洗浴"等。贵族们所使用的这些词汇，必须靠《时髦秘书》《女雅士大词典》这类工具书才能了解其意思。但是，随着"投石党"事件后封建贵族政治势力的进一步没落，贵族沙龙文学也受到了应有的谴责。1659 年，莫里哀首次上演的《可笑的女才子》，就对那些荒谬的沙龙习气进行了辛辣的讽刺。

二、以自由粗俗为特点的市民写实文学

市民写实文学的作者往往是一些蔑视封建道德的自由思想者，讽刺诗人雷尼耶（Mathurin Régnier，1573—1613）、德·维奥（Théophile de Viau，1590—1626）等都是早期的著名代表。他们对贵族沙龙文学的虚假造作持有反对的姿态，主张"真诚"和"自然"，对古典主义的发起人马莱伯的诗歌理论也持有反对意见，主张应从个性自由出发进行创作，表现出资产阶级中下层的市民在

文学上摆脱王权控制的倾向。雷尼耶的讽刺诗数量不多,但嘲笑了各种社会寄生虫,反映了亨利四世时代的人情风俗。德·维奥是自由思想的代表,曾被加以无神论的罪名,于1623年判处死刑,后改为放逐,不久即死去。他的抒情诗代表作是《清晨》,其中描写铁匠打铁时火星四溅的动人场面,在17世纪是难能可贵的。但他最有价值的还是讽刺诗和哲理诗,它们充满着大胆反抗的精神。

在市民写实文学中,一些模拟体的长篇叙事诗是比较突出的讽刺诗歌,专写"英雄"丢脸的故事。保罗·斯卡龙(Paul Scarron,1610—1660)的《大风歌》(*Le Typhon*,1644),尤其是七卷本的《化了装的维吉尔》(*Virgile Travesti*,1648—1652)是这类诗的代表作。达苏西(Charles d'Assoucy,1605—1677)的《好脾气时的奥维德》(*Ovide en belle humeur*,1650))等也是同类性质的作品。当时就有一位作家指出:"这种诗与其说是对古诗的嘲弄,还不如说是对今人矫揉造作模仿古人的嘲弄",说明了滑稽叙事诗的实质就是反讽贵族沙龙中盛行的所谓歌颂贵族英雄的"史诗"。在法国"投石党"事件期间,市民作家也卷了进去,用诗歌对当权的首相马扎兰进行抨击,斯卡龙的小册子《马扎兰之歌》(*Mazarinade*,1649)和西哈诺的《火烧首相》(*Le Ministre d'Etat flambé*,1649)就是著名的几篇。

小说是市民写实文学的重要表现,其中查理·索莱尔(Charles Sorel,1599—1674)、保尔·斯卡龙、安东尼·菲雷蒂埃和西哈诺·德·贝尔日拉克(Cyrano de Bergerac,1619—1655)是比较重要的代表。很大一部分的市民写实小说反映的是社会世态风习,其风格特点为粗犷滑稽。索莱尔的《弗朗西翁的趣史》(*Histoire comique de Francion*)通过一个流浪汉的生平描绘了巴黎社会中形形色色的人物和现象,主人公弗朗西翁出身低微,但蔑视封建社会的偏见和信条,会同一帮青年人争取独立自主的命运。

在戏剧方面,市民文学也有所表现,其中戴奥菲勒·德·维奥是影响较大的作家,他的代表作《比拉姆与蒂丝贝》(*Pyrame et Thisbé*)于1619年演出时曾风行一时。他的戏剧是基于资产阶级个性解放的观点，对男女之恋进行描写，呈现了鲜明的反封建道德的色彩。主要是小说家的斯卡龙也从事戏剧创作，其中尤以喜剧为多。《亚美尼亚的唐雅费》(*Don Japhet d'Arménie*，1652)、《可笑的侯爵》(*Le marquis ridicule*，1656)等，都嘲讽了贵族上流社会虚假的"荣誉"观念和可笑的自吹自擂，剧中机智的仆人和笨拙的主人常常形成鲜明的对照，而他的《防不胜防》(*La précaution inutile*)、《伪君子们》(*Les Hypocrites*)等短剧的故事情节，对以后莫里哀的喜剧创作又有所启发和借鉴。作为资产阶级的意识形态，市民文学的戏剧与体现了绝对王权的政治要求的古典主义之间必然存在着控制与反控制、规范化与反规范化的斗争。但由于 17 世纪 30 年代后期王权逐渐巩固，文学的规范化运动已成大势所趋，市民写实文学作家所提出的原则在当时未能产生影响。

市民写实文学是资产阶级的产物，它不是与绝对王权有千丝万缕关系的资产阶级上层的代表，而是与绝对王权比较疏远的资产阶级下层市民的思想与趣味的反映。绝对王权对文学艺术规范化的要求在它这里不仅得不到反映，而且往往会受到违反和挑战，因此这种文学就不可能具有古典主义文学那种封建文明化的色彩。它继承了 16 世纪人文主义作家的传统，表现出一种乐观粗犷的精神。但这些作品的创作技巧是不成熟的，不论小说还是戏剧，结构大多松散，人物塑造不够集中和典型化，语言也不精练，影响到它们不能久远流传。

17 世纪上半叶，贵族沙龙文学和市民写实文学的对立与斗争反映的是文艺层面的贵族阶级和资产阶级势均力敌的阶级对立。它们作为两个阶级的不同意识形态，无论在思想内容上，还是在艺术风格上，都是针锋相对的。受当时的社会历史条件的限制，它们都无法占据文坛上的统治地位。于是，在君主专制政权扶植下的古典主义文学迅速兴起之后，它们的影响便逐渐减退。而在成为 17 世纪文学主潮的古典主义的内部，则又形成了更加隐蔽的两种倾向的对立。

第二节 唯理主义思想的倡导者

一、语法诗人与韵文作者

弗朗索瓦·德·马莱伯(François de Malherbe,1555—1628),出生在一个"穿袍贵族"的家庭,父亲是康城初审裁判厅的顾问,想从小就将他培养成法官。但马莱伯的青年时代正赶上法国内战十分激烈,他被迫中辍学业,过着颠沛流离的生活。1605年,他来到巴黎,晋见亨利四世,并为其献上《为到利穆森去的亨利大帝祈祷》这首颂诗,受到国王的喜爱,因此马莱伯被挽留下来。从此,50岁的马莱伯竭力为宫廷效劳,被称作"波旁王朝的官方诗人"。亨利四世死后,他为摄政的太后玛丽·德·梅迪契宠幸服务,接着又受到路易十三的庇护。

马莱伯毕生的志愿就在于把语言规范化和建立古典主义诗法,但他并未发表系统的理论,只在龙萨以及比他年岁稍长的同时代诗人德波尔特(Philippe Desportes,1546—1606)的诗集上写过评注,提出了一些具体的原则。马莱伯认为,七星诗社引进不同来源的大批词汇,使法语处于庞杂不纯的状态,他要为"这座过于茂密的树林"做剪枝工作,清除从拉丁文、希腊文、意大利文、西班牙文中借来的词汇和来自民间的粗俗语言,以便留下"纯粹的法语"。他认为,语言作为阐明思想的媒介,应该明晰、准确、和谐。他反对矫饰的句法和词汇,更不能容忍民间的语言,他要求把宫廷和巴黎上流社会内通用的语言作为书面语言的楷模和标准。

马莱伯是个承前启后的诗人。他的早期创作属于巴洛克诗歌,其后他改变了诗风,成为古典主义的前驱。就诗歌创作而言,他也是17世纪初期最重要的诗人。他的早期诗作以《圣彼得的眼泪》(1587)为代表。这首诗的叙事委婉曲折，对夸张、对比、大段插入描绘、浓墨重彩的爱好，意象的堆积，大自然的人格化，字句的复杂交织，还有对和谐的敏感，都表现出巴洛克文学的特点。试看结尾的这几行诗：❶

清晨出门的时候，她用一只手
拿着一瓶憔悴和枯萎的花，
用另一只手倒掉花一瓶，
又用浓雾和风雨织成的纱巾
蒙住她的金发，她的脸上显出
心灵在忍受剧烈痛苦的情景。

表情达意比较曲折，描绘较为夸张，再加上清晨的鲜亮与憔悴的花儿、脸色的对比，色彩颇为浓重，意象更为重叠，自然较为人格化，字句组织彰显繁复，都在这几句诗中得以集中展现。这些特点不仅反映了马莱伯早期诗作的特征，而且多少在他后来的诗歌中保留下来，尽管他竭力摆脱早年的诗歌趣味，但是仍然留下了这种痕迹。

有人说，马莱伯是一个诗歌革新家。的确，他的诗歌主张主要反映在对 16 世纪后期诗人德波特的评论上，还有在他的弟子们的转述之中。

其一，是他关于语言的主张：七星诗社丰富语言的方法都被他摈弃，他反对语言外省化，反对用古字、技术用语、复合字、演化字，认为这些词汇低级，意义模糊。他要让语言纯洁化。应该说，七星诗社的主张是起过历史性作用的，但是在后来的诗歌创作中也出现了一些用语混杂、胡乱创造的现象，不利于诗歌创作。马莱伯的主张，虽然使诗歌的语言有所贫乏化，却使它更注重锤炼、单纯而有力，导向了古典主义的语言。此外，他不能容忍打破语法规范，反对滥用修辞，主张思想表达要符合逻辑。总之，他要求

❶ 郑克鲁．2018．法国诗歌史[M]．北京：商务印书馆：58.

语言明晰、纯粹、和谐。

其二,在诗歌创作上,他反对七星诗社所主张的跨行、元音重复,亚历山大体只允许中间停顿,用韵严格,反对用同一词族的词来押韵,反对含义不增加的凑音步,反对一系列单音字出现,反对声音不和谐。他还规定了诗节的长短:亚历山大诗体是6行一诗节,十音节诗是10行一诗节。他的节奏变化少于龙沙,但是精粹得多。

马莱伯身体力行,他的诗歌创作确实是少而精。他的名作《劝慰杜佩里埃先生》感情真挚,说理委婉而透彻,韵律和谐,用词精确,是一首杰出的悼亡诗。布瓦洛在《诗的艺术》中写道:"马莱伯终于来了,在法国,他首先让人意识到正确的韵律,指出一个词位置准确的作用……"[1]马莱伯在诗歌史上的作用体现在以下几个方面。

第一,古典主义得益于他的观点,他使法国诗歌向纯粹、简洁、和谐和庄重发展。他的诗歌富有理性精神,同古典主义文学直接相通。无论从精神特点,还是形式方面,他都直接影响了古典主义作家,他的作用超过了同时代的其他诗人。

第二,他提出诗歌要做到次序井然、明晰和用词严格,表达倾向于冷漠,诗歌要说理,这些观点符合时代的倾向和法国人的气质。

第三,他的影响超出了17世纪,凡是追求精粹的诗人都把他奉为楷模。波德莱尔就赞赏过他的诗句"匀称、韵律和谐",可令人长久地赞赏。

二、唯理主义哲学倡导

唯理主义哲学体系产生于封建制度开始由盛而衰、资本主义不断向上发展的历史条件下。勒内·笛卡儿(René Descartes,

---

[1] 郑克鲁.2018.法国诗歌史[M].北京:商务印书馆:59.

1596—1650)就是其著名的代表。笛卡儿出身于“穿袍贵族”，《方法论》(1637)、《形而上学的沉思》(1641)等是其重要作品。

在他的哲学里，笛卡儿把“理性”置于最高的地位，认为人凭着抽象的理性演绎，可以获得正确的认识，他甚至把理性的重要性强调到这样的程度，得出了“我思故我在”的公式。这就用人的理性代替了神的启示，用科学的分析论证代替了盲目的信仰。但是，笛卡儿反对唯物主义的反映论，认为感性知识是不可靠的。只有理性才是可靠的。而他所谓的理性，又是脱离对具体事物的感知、脱离社会实践的主观自生的东西，这就将主客观的关系予以颠倒，陷入了唯心主义的“天赋观念论”。

笛卡儿的哲学是折中的二元论，反映了 17 世纪法国资产阶级对贵族的妥协。笛卡儿长期侨居荷兰，他的哲学仍然适应了法国君主专制制度的需要。笛卡儿的唯理主义哲学为法国古典主义文学提供了哲学基础。笛卡儿在方法论上认为，科学认识必须符合“明白与确切”的标准，把这一方法论运用到美学上，他主张应该创设一些严格、稳定的规则，以使艺术体现理性的标准。在对人的认识上，笛卡儿把“灵”与“肉”截然对立起来，认为对于与“肉”相关的“情”，必须用“理性”和“意志”加以双重控制，运用到艺术创作中，则应以理性来抑止感情的冲动。笛卡儿的理论对古典主义作家高乃依、布瓦洛等影响很深，古典主义文学之形成重视理智、规则和标准，要求结构明晰、逻辑性强等特点，与笛卡儿的唯理主义的影响有直接关系。笛卡儿是第一个不用拉丁文而用法文写作的哲学家，他的文字清楚、简洁，在法国古典主义散文中有着一定的地位。

三、法国语法学家之父

沃日拉(Claude Favre de Vaugelas，1595—1650)是法兰西学院的成员。在古典主义的形成过程中，法兰西学院的建立起了重要作用。法兰西学院的基本任务是统一文字，为法语制定规则，确立共同的美学标准，评判诗人的作品并使之适应王权的要求。他们按照黎世留的意图，在章程中规定要编纂一部字典、一部语法、一部修辞学和一部诗学。他们还密切注意当前的创作动向，对戏剧发表他们的“感想”，这一切都是为了加强国家对文学至高无上的控制。

沃日拉以语言学权威著称，是《法兰西学院词典》实际上的主编。在这部词典中，沃日拉提出了“正确用法”这一概念，从此语法担负起教学的使命，对语法进行运用的目的在于帮助学生更好地掌握词汇、理解文章。

沃日拉著有《关于法语的考察》(1647)，指责外省和平民的用语是“坏习惯”，要予以废除，同时号召“按照宫廷中健全的部分和优秀作家的好习惯去说话和写作”，企图以贵族阶级的语言为标准给法语定下“基本固定的规则”。

第三节　唯理主义思想在法国

彼埃尔·高乃依(Pierre Corneille，1606—1684)开始创作的年代，恰是法国结束封建割据，专制王权日臻巩固，古典主义文学应运而生的时期。高乃依的悲剧代表了古典主义的最高成就，它以古希腊罗马的悲剧为典范，崇尚理性，宣扬以理智与意志战胜个人感情，以个人利益服从封建国家的整体利益，并恪守“三一律”的规则，以细腻而又真切的心理分析刻画理想化的人物。

高乃依一向被称为法国古典主义戏剧的创始者。他出身于一个“穿袍贵族”之家，父亲是鲁昂水泽森林特别管理。高乃依中学毕业后去学法律，1628 年担任鲁昂王家水泽森林事务律师和法国海军部驻鲁昂律师等职务，供职长达 20 多年，这些职务使他能过上宽裕的生活。

高乃依的故乡鲁昂是当时法国戏剧的中心，并且文化生活十分活跃。据统计,17 世纪初大部分剧本都是在鲁昂印刷的,巴黎的重要剧团也经常在鲁昂演出。在这种环境的影响下,高乃依开始从事戏剧创作。从 1629 年的喜剧《梅里特》起到 1636 年,他共写了四部喜剧、三部悲喜剧和一部悲剧《梅苔》。这些作品往往都是附风雅、赶时髦,但同当时充斥舞台的一些杂乱无章的作品相比,他的剧本风格显得更为简朴,稍微与当时的风格不同。因此,引起了黎世留的注意,被吸收到他指定的五人创作班子写喜剧。于是,他开始领取年金,还能涉足上流社会的沙龙,不久虽因意见不合退出了五人创作班子,高乃依却从此按照三一律写作,开始了他的戏剧创作的新阶段。

1636 年,高乃依的著名悲剧《勒·熙德》公演,轰动了巴黎,为法国古典主义戏剧的建立奠定了基础。但这部作品引起贵族阶级右翼的不满,他们组织力量抨击《勒·熙德》。高乃依在这种压力之下沉默了几年,终于改变了创作倾向,向贵族阶级右翼靠拢,悲剧《贺拉斯》(1640)、《西拿》(1640)、《波里厄克特》(1643)、《庞贝之死》(*La Mort de Pompée*,1643)、《罗多古娜》(*Rodogune*,1644)就是这样写成的,甚至对"投石党"运动有所反映的《妮高梅德》(*Nicoméde*,1651)和《佩尔塔里特》(*Pertharite*,1653)也改变不了作家创作走下坡路的趋向。高乃依还开始追求情节的复杂,所谓"效果剧"《安德罗梅德》(1650)、"英雄喜剧"《阿拉贡的唐桑肖》(1650)就属于这种类型。高乃依的创作越来越脱离反映现实的道路,终于导致惨重失败。他中断创作达 6 年之久。从《俄狄浦斯王》(1659)到《苏莱纳》(1674),没有一个剧本是成功的。高乃依一生写了 30 多部剧本,最后以失败告终。晚年他退出了戏剧界,默默无闻地死去。

高乃依的文学活动始于喜剧,在 1629—1644 年间,他创作了 8 部喜剧体裁的作品。高乃依最初的喜剧(到 1634 年的《国王的广场》为止),带有描写风俗习惯的性质。剧作家将自己的作品有意识地既与悲喜剧的奇异虚构(除了接近这种体裁的《克利丹特尔》之外)相区别,又与法斯闹剧的插科打诨唱反调。高乃依的早期喜剧一方面具有情节模式的所有程式化特点(这里照例是讲两对情人之间的各种各样的纠葛);另一方面,又富有对享有特权的上流社会的典型习俗和观念的观察。金钱统治一切,婚姻由斤斤计较和出于利益的考虑而确定。剧作家则偏向心灵的召唤和个人权利一边。喜剧作家高乃依比马里沃更早去分析人们内心所产生的矛盾,因为人们碰到了社会地位和财产的不平等造成的障碍。

虽然最初从事的是喜剧创作,可是喜剧不是高乃依创作的主要体裁,给他带来作家名声的是悲剧。高乃依的代表作《勒·熙德》是古典主义戏剧的奠基作品。这出五幕诗剧以西班牙历史上一个民族英雄熙德的故事为题材,并参考西班牙作家卡斯特罗(1569—1631)的剧本《熙德的青年时代》写成。幕启时,女主人公施曼娜正在焦急地等待父亲是否被选为太子师傅的消息,因为这关系到最后决定自己和男主人公唐·罗德里格的婚姻。罗德里格的父亲唐·狄埃格是个老功臣,他被选上了。但是,施曼娜的父亲唐·高迈斯落了选,他很不服气,争吵中打了狄埃格一个耳光。根据封建荣誉观念,被人打了一记耳光乃是奇耻大辱。狄埃格要他儿子为自己报仇雪耻。罗德里格经过内心斗争,终于服从家族荣誉的观念,向高迈斯寻衅,杀死了他。消息传到施曼娜那里,她内心矛盾不已。为了报杀父之仇,她坚决向国王请求惩罚罗德里格,但当罗德里格跑到她那里让她处置自己时,她又犹豫不决了。这时,摩尔人入侵,狄埃格让罗德里格前去杀敌,罗德里格出奇制胜,打败了敌人,还俘虏了摩尔人的两个国王,罗德里格被他们尊称为“勒·熙德”(意为“君王”)。正当罗德里格向国王叙述自己如何打败敌人时,施曼娜又来向国王吁求报仇,并表示愿接受杀死罗德里格的武士做自己的丈夫。国王勉强同意了她的请求。其实施曼娜内心是矛盾的,罗德里格再一次要她决定自己的命运,她表示“你只准打胜不许打败”。罗德里格的对手桑西果然被打败了,但罗德里格饶了他的命,他感恩之余跑来向施曼娜报告结果,施曼娜却以为罗德里格被杀死了,泄露了真情。最后，国王出面，让她和罗德里格在一年后结婚。矛盾终于得到解决。

剧本一开始就把主要人物放在两种思想意识的尖锐冲突中，最后以明智的妥协导向矛盾的解决。男主人公罗德里格历来被说成是封建荣誉观念的化身，其实不然。当他被迫要为父亲雪一记耳光之耻而去找情人的父亲决斗时，内心曾经有过激烈的斗争：

> 要成全爱情就得牺牲我的荣誉，
> 要替父亲报仇，就得放弃我的爱人。
> 一方面是高尚而严厉的责任，
> 一方面是可爱而专横的爱情！
> 复仇会引起她的怨恨和愤怒，
> 不复仇会引起她的蔑视。
> 复仇会使我失去我最甜蜜的希望，
> 不复仇又会使我不配爱她。

这段描写表明在这个人物身上，对个人幸福的追求与封建道德观念发生了尖锐的矛盾。但"理性"告诉他，"这个爱情不可保"，因为他不能"任凭全西班牙在我身上加上个不能善保家声的不肖之子的名字"。于是，感情向理性低了头。"这样迟疑实在不该，这样的犹豫真该惭愧。"他决定先为荣誉替父亲报仇，再到施曼娜面前去听候爱情的宣判。为了使罗德里格得到解救，也为了使封建的"理性"与资产阶级的所谓"人性"协调一致，作者安排了杀敌立功、国王赐婚的情节。这样一来，罗德里格便成为贵族和资产阶级双方都可以接受的英雄：他既是忠君爱国的勇士，又是贵族家庭的孝子贤孙，同时顾全了个人的幸福和利益。至于女主人公施曼娜，她的封建道德观念比罗德里格更薄弱。当她听到罗德里格和自己的父亲决斗的消息后，她对于封建道德观念发出这样的抗议：

可诅咒的虚荣心，可厌恶的疯狂，

最明达的人也难免受你们的残酷折磨，

荣誉呀，你一点不照顾我那最亲切的愿望。

当她知道罗德里格杀死她父亲时，内心激烈斗争：“我要他的头，我又怕得到手；他死我也活不了，而我又要惩罚他！”她斗争的结果比罗德里格更进一步：“我唯一的希望，却是希望任何事也办不成。”她虽然要求国王主持公道，但罗德里格来见她，要她决定自己命运时，她又不许罗德里格打败。同时，封建道德观念紧紧地箍住她，她知道“这事有关我的荣誉，我必须复仇”，“我绝不迟疑，依然按照我的义务行事”。然而，她的行动显得十分勉强。她的思想更容易接受妥协性的安排。总之，作者笔下这对贵族男女已有相当浓厚的资产阶级意识了。

另外一个占据重要地位的是国王的形象。和现实生活中一样，剧中的国王是作为两个阶级两种思想的调停人出现的。一方面，国王享有绝对的权威，高迈斯自恃有功，冒犯了他的权威，他便勃然大怒：“攻击我选择的人，就是同我作对，也就是伤害了最高的权威。”当他得知高迈斯在决斗中被杀后这样说：“伯爵所做的事似乎是咎由自取，他是那样的狂妄。”另一方面，他在冲突中表现为英明的仲裁人。在他的直接干预下，施曼娜放弃了复仇的愿望，同意和罗德里格结婚。国王是解决矛盾的纽结，是剧情发展的一个不可或缺的人物，这个形象反映了当时资产阶级对国王的依赖和企望。

从艺术层面来说，《勒·熙德》形成了高乃依的悲剧风格，取得了超过前人的重大成就。其一，高乃依能着眼于对人物性格的刻画。剧中的主要人物罗德里格和施曼娜都因其行动的果断坚决而被称为高乃依式的悲剧人物，但这两人仍有刚毅冷静与热烈奔放的性格之分。不光主要人物，次要人物也有血有肉，并不刻板。其二，高乃依善于运用戏剧冲突，一开幕就能紧紧抓住观众，这种冲突同现实生活息息相通，戏剧效果较为强烈。其三，高乃依的语言也有特色，他善于写雄辩滔滔的长篇独白，也善于写简短明晰的对白,他的风格虽然看起来华丽,却比同时代人更为简朴。

当然,这部作品也有其自身的局限性。首先在于作者本人的封建意识非常浓厚,因此他将封建道德观念写成正面的东西。罗德里格和施曼娜行动的准则之一就是封建荣誉。实际上,剧中人奉为神圣的荣誉、责任,不过仅仅承担的是封建家族的名声和孝子贤孙这些责任。高乃依努力用理智将感情克服,就是以封建道德观念对个人幸福的追求进行约束,这种思想来源于笛卡儿的唯理论。高乃依接受这种思想并非偶然,他深受封建传统观念的束缚,不仅尊崇封建的荣誉、责任,而且把门当户对的封建婚姻视为当然。

剧本的宫廷色彩是十分浓厚的。高乃依认为,只有在国王和王公贵族身上才能感受到真正的情感,所以他选取这些人物作为他剧本的主人公,他描绘的对象就是宫廷,他的剧本对当时宫廷的风气习俗做了渲染和美化,语言也颇受贵族中流行的典雅语言的影响,加上剧本宣扬的封建观念,使他的剧本明显地带有贵族文学的气息。另外,在剧本结尾,国王允诺罗德里格和施曼娜结婚,条件是让罗德里格在一年之内"还要统率军队迫使摩尔人把战火带回他们的国土,使他们的土地从此荒芜"。刚刚获得巩固的封建王国一方面需要抵御外侮,而同时已经产生侵略的野心,在这一点上,高乃依是封建王权的忠实代言人。

第四节　感情与理智的矛盾

让·拉辛(Jean Racine,1639—1699)是法国古典主义悲剧诗人、剧作家。拉辛的悲剧致力于揭露统治阶级内部的黑暗罪恶以及上流社会的物欲横流、争权夺利,具有鲜明的反封建思想。他的戏剧语言具有柔情缱绻、细腻动人之美,结构严密自然,冲突集中激烈,被认为是达到了古典主义戏剧的高峰。

拉辛生于一个中小资产阶级家庭,父亲是财务官员。他3岁时成为孤儿,由外祖母抚养,从小就进学校读书。他的老师是一些希腊文学者,因此他很早就熟悉希腊文学。1658年,拉辛到巴黎学逻辑学,并同一些诗人和演员交往。他写了一首关于国王婚姻的颂诗,得到国王赏赐。1661年,拉辛被送到舅舅那里念神学,可是他两年以后回到巴黎仍然继续写诗。他结识布瓦洛等作家后,开始进入宫廷,过领取年金的日子。他的第一个悲剧《忒拜依德或者兄弟雠仇》(1664)模仿高乃依的悲剧,但已包含不同的思想倾向。到第二个悲剧《亚历山大大帝》(1665),这种差异就更明显了。

拉辛创作的成熟期分两个阶段。

第一个阶段从1667年至1677年。其代表作是《安德洛玛克》(1667)和《费德尔》(1677),此外还有五部悲剧:《布里塔尼居斯》(1669)、《贝蕾妮丝》(1670)、《巴雅泽》(1672)、《米特里达特》(1673)、《伊菲革涅亚在奥利德》(1674)和一部喜剧:《讼棍》(1668)。拉辛的戏剧创作不断遭到封建贵族和保守分子的攻击,他们在拉辛的剧作演出时组织人喝倒彩,甚至马上写出同名剧,同拉辛竞争。这种卑劣活动在《费德尔》上演时达到高峰,迫使拉辛就此搁笔,一停达12年之久。这时候,路易十四企图控制他,于1677年封他和布瓦洛为史官。

第二个阶段从1678年到1694年。1678年、1683年和1687年他三次随从路易十四征战根特、阿尔萨斯、卢森堡等地,搜集战史资料。1690年,拉辛被封为国王侍臣,1694年任国王私人秘书。拉辛并未为国王写出什么战史来,相反,他利用曼特农夫人请他为贵族孤儿学校写剧的机会,写出两个悲剧《以斯帖》(1689)和《阿塔莉》(1691)。拉辛还写过四首讽刺诗(1694)。在“古今之争”中,他赞同布瓦洛的保守观点。晚年他同路易十四越来越疏远,死前路易十四禁止他进入宫廷。

《费德尔》(1677)是一部悲剧,是在阶级斗争的新风暴中产生的。其描写的是雅典王岱赛离家半年,音信杳无。幕启时,王子希波吕托斯忍受不了继母费德尔的虐待,意欲远走他乡。王后一直心事重重,秘而不宣,这时传来国王已死的消息,在保姆俄依娜怂恿下,她吐露了自己一直爱着希波吕托斯的真情。但希波吕托斯同王族的公主阿丽丝早已相爱,因此费德尔向他透露爱情时,遭到了拒绝。王后羞愧难言,一把夺过他的佩剑想自杀,但被俄依娜拉走了。恰巧国王这时回来,俄依娜又向费德尔献计,要她先下手为强,向国王告发希波吕托斯想污辱她,王后被迫同意让俄依娜这样做。希波吕托斯面对父王的斥责有口难辩,愤怒的国王则祈求海神波赛东惩罚他的儿子。当费德尔亲耳听到希波吕托斯拒绝自己的原因是爱着阿丽丝时,嫉恨交加,责怪保姆怂恿她向希波吕托斯表白心迹。阿丽丝这时则催促希波吕托斯向国王讲明真相,但他不愿再见国王,只希望阿丽丝随他逃走。国王听了阿丽丝的怨言想找俄依娜再次盘问,但她已投海自尽。紧接着传来海神显威,使希波吕托斯惨死的消息,费德尔闻讯对国王承认了自己的罪行。她早已饮毒,话一说完便倒地而死。

这部剧作是一个描写心理变态的爱情故事。它取材于古希腊悲剧家欧里庇得斯的作品,但在情节的处理上与原剧不同。作者赋予它以自己时代的精神。它通过费德尔对希波吕托斯的变态爱情所导致的悲剧,揭示出意志和欲望、情感和理智的斗争过程,表现了人被强烈的情欲控制时,命运必然悲惨的主题。在古典主义的外衣下,揭露了当时法国宫廷和贵族社会情欲横流、荒淫腐朽的无耻生活。这部作品标志着拉辛作为一个伟大的悲剧诗人已经达到成熟的阶段。创作这部作品时,作者在严格遵守古典主义创作原则"三一律"的同时,尽可能深刻、细致地揭示人物性格和欲念世界。采用对白、独白和他人补叙等多种手法来描绘人物心理,但他不是对人物做静态的心理分析,而是把它当作人物性格发展的运动过程。通过心理分析手法挖掘出藏在人物内心深处的矛盾与激情,从而拨动读者的心弦,产生强烈的艺术感染力。因此,伏尔泰称赞拉辛的"悲剧处理激情具有超越全部困难的高超才能"。

这一部悲剧中集中反映了矛盾冲突不可调和的主题,全剧的基调为对现实的不满和苦闷。希波吕托斯一开始就说:“这幸福的时代一去不复返了。一切都改变了面貌。”因为仇恨的火焰又燃烧起来了,人世间又充满了杀戮和掠夺。希波吕托斯最后对阿丽丝说:“离开这不祥的和渎神的地方吧”,这是作者对现实的控诉,也是当时阶级关系的曲折反映。

费德尔这一主要人物形象是十分复杂的。作者一方面指责她怀有“不正当的感情”,人物自己也自我谴责这“可恨的爱情”。但是,拉辛在很多地方美化了这个人物。他在剧本《序》中说:“我甚至有意把她写得不如古人悲剧里的人物那么可恶。”表现在剧本里,一是把费德尔的行动说成是“命运所寄”:“她的罪恶与其说是她的意志造成的,还不如说是天神的惩罚。”费德尔说:“我是上天复仇的不幸对象”,“正是天神在我身上、给我全身的血点燃了这致命的火。”另一方面,作者把罪责推到她的保姆身上:“这种卑劣行径我认为对一个保姆更合适。”因为这种反咬一口的做法“太低劣、太卑鄙,不能出于一个有着这样高尚感情和美德的王后之口”,当事情发展到不可收拾的地步时,费德尔责怪保姆催促她向希波吕托斯表白“爱情”,还骂她是“忘恩负义的人”,滥用了她的“极度虚弱”。这样写不仅是替费德尔开脱,也是为宫廷贵妇的堕落行径辩护。

《安德洛玛克》(1667)这部悲剧于1667年演出时引起很大反响,“令人想起《勒·熙德》的成功”这一称誉说明《安德洛玛克》同《勒·熙德》一样触摸到了时代的阶级矛盾脉搏,反映了当时两大阶级的关系。《安德洛玛克》的意义正在于此。

《安德洛玛克》是一出五幕诗剧,情节取自希腊故事,描写的是希腊境内的爱庇尔国王庇吕斯杀死特洛伊主将赫克托耳,毁灭了特洛伊城后,俘虏了赫克托耳的妻子安德洛玛克。他看上了她,欲娶她为妻,不愿按父辈为他定下的婚约与爱尔米奥娜结婚。安德洛玛克藏着自己的儿子,这消息使希腊人很恐慌。幕启时,希腊代表俄瑞斯忒来到爱庇尔国,要求庇吕斯杀死赫克托耳的儿子,庇吕斯拒绝了。但他以希腊人的要求来要挟安德洛玛克,他答应保护她儿子的生命,条件是要她和自己结婚。安德洛玛克拒绝了。庇吕斯一气之下表示要和爱尔米奥娜结婚。于是安德洛玛克跑来哀求爱尔米奥娜救她儿子一命,爱尔米奥娜断然拒绝。庇吕斯见到安德洛玛克,要她再加考虑,否则就在祭祀时杀死她儿子。安德洛玛克委曲求全,想利用婚姻来解救儿子,准备一旦婚礼完毕就自杀,于是答应了庇吕斯。爱尔米奥娜闻讯嫉妒万分,叫追求她的俄瑞斯忒去杀死庇吕斯。俄瑞斯忒为了得到爱尔米奥娜,不顾国与国的礼节约束,率领希腊士兵在庙里杀死庇吕斯。爱尔米奥娜知道庇吕斯真的已死,痛斥俄瑞斯忒,她跑到庇吕斯身旁,以短剑自刎。俄瑞斯忒也因疯狂过度而昏迷过去。

在这部剧中,出现了几对明显的矛盾,也正是由于矛盾的存在,导致悲剧结局,这一点同高乃依的悲剧显然大不相同。高乃依的戏剧虽也是悲剧,却以矛盾得到圆满解决而告终。《安德洛玛克》则相反,它以人物的死和疯狂来结束全剧。安德洛玛克身陷囹圄,还要保全自己的“贞节”和为国复仇的根苗,这几乎是不可能的事。庇吕斯不顾一切地企图满足自己的欲望,结果断送了性命。爱尔米奥娜不能达到与国王结婚的目的,最后自刎。俄瑞斯忒得不到旧日的情人,结果以疯狂告终。错综复杂的矛盾交织着,激烈地斗争着,无法调和,无法妥协,不可避免地导致悲剧。拉辛在这里不是为了制造悲的气氛,其要表现的是他感受到的可悲的现实,是社会现实中逐渐尖锐的矛盾斗争。这种矛盾在拉辛的早期剧作中已有所反映,如今在《安德洛玛克》中更鲜明地表现出来。

这部剧充满了悲观的宿命论思想,即认为人的命运不可改变,上天注定人是“好”还是“坏”。拉辛接受了这种观点,在剧本中,安德洛玛克的厄运被写成上天早已安排好了的,其他人物的命运也是如此。这种宿命论观点是建立在对社会阶级斗争不理解的基础之上的,拉辛不能解释客观世界中错综复杂的矛盾斗争,只能归之于命运的安排,这就使得他的剧本带上浓厚的宿命论色彩。

从上述两部剧可以明显发现，拉辛在前期戏剧创作中已形成了自己严谨的艺术风格，具体表现在如下几个方面。

其一，拉辛是古典主义悲剧艺术的典型代表。“三一律”对于他已经不是一种束缚，而是一种运用自如的法则。在悲剧《费德尔》中，作者选择了国王离家不归、误传死讯的时刻开场。由于剧中的矛盾已发展到一触即发的地步，剧情也就能集中地、紧凑地展开。同样，《安德洛玛克》也是如此，选取各种矛盾集中在一起的关键时刻揭开序幕，略去了矛盾的发展过程，一下子就进入了中心情节。

其二，拉辛擅长心理分析。在他笔下，费德尔的心理描写层次分明、脉络清楚，详尽地表现了她从不肯吐露自己的罪恶情感到时机具备时脱口而出，从被拒绝后的羞愤到把责任推诿于人，从嫉妒到坦白这一曲折过程。安德洛玛克的思想随着形势发展逐渐发生改变，对其描写也更为细致。

其三，拉辛的语言流畅、平易、自然，很少使用夸张造作之词，呈现了明显的抒情色彩。然而，拉辛的心理描写主要限于宫闱内室中缠绵悱恻的感情，语言也带有典雅趣味，这些正是宫廷色彩在他的戏剧艺术上的表现。

《阿塔莉》是一出五幕诗剧，反映拉辛的思想产生了明显变化。阿塔莉原是以色列国王之女，嫁给了大卫七世孙犹太王若拉姆。她的母亲被她丈夫前妻之子杀害后，她发誓要杀绝大卫的后裔，把她的几个孙子杀死。幸亏若拉姆前妻之女若莎伯忒救出若亚斯，交托给丈夫若亚德，藏在庙宇内，一过就是9年。剧本也从这儿开始叙述。若亚德祈求上帝报仇，他向妻子透露报仇时机已到。这时阿塔莉做了一个噩梦，梦中见母亲预言她将被一个男孩杀死。由于噩梦困扰，她闯进庙内，撞见若亚斯，认出梦中杀死她的男孩就是他。于是，她召见若亚斯来详细盘问。她派人索取若亚斯做人质，否则就要带领人马闯进庙内。若亚德觉得此时应该向若亚斯讲明他的身份了，他布置停当以后，在长老们面前宣布若亚斯是犹太人的国王。这时，阿塔莉带领军队围困了寺院，她要求交出若亚斯和庙中宝库。若亚德假装同意了。等阿塔莉一进入庙里,抬头一望,只见若亚斯由武装的人民簇拥着,坐在王位上。阿塔莉手下的士兵这时也反叛了。阿塔莉成了孤家寡人,最后被处死了。

这部剧反映了作者对暴政思想是极其反对的。阿塔莉是个暴君形象,她强迫自己统治下的人们改变信仰,为了给自己母亲报仇而使用武力,甚至企图灭绝大卫的后代。与此相对照的是第四幕若亚斯和若亚德的一段对话,这段对话反映了作者理想中的"好国王"形象。若亚斯在回答怎样做才是一个"好国王"的问话时说:"一个贤明的国王,就像上帝亲自宣布他为国王那样,丝毫也不依仗他的财富和黄金,他敬畏上帝,永远记住上帝的信条、法则和严厉的判决,并且绝不对自己的臣民施以过度的重担。"

作者写作的矛头是非常清晰的。第五幕武装起来的人民同反叛的士兵一起,将反抗暴君统治的场面表现得非常有力。拉辛创造出这个场面并不是偶然的。现实引起了他的注意,也让他对国王的幻想破灭了,他意识到专制暴政只会激发人民的反抗。拉辛想用戏剧来警告国王不要愈走愈远。

同拉辛的其他剧本一样,《阿塔莉》也充满宿命论的色彩。例如,剧本在第二幕写到阿塔莉的母亲托梦给她,说什么"残酷的犹太人的上帝要战胜你了,我可怜你要落到他可怕的手中"。她不知道若亚斯是什么样,而若亚斯却进入了她的梦乡。后来,这个噩梦都应验了。

《以斯帖》是一出三幕悲剧。波斯王后以斯帖本是犹太人,她流落到波斯后被国王看中了,国王废了原妻,立她为后。悲剧开场时,大臣阿曼刚让国王签署了一项灭绝境内犹太人的敕令。以斯帖希望能够救犹太人。这时,国王想起以斯帖的叔叔曾揭发一起危害王国的阴谋事件,意欲报答。以斯帖冒着触犯禁令的危险去邀国王参加她的一个宴会,在宴会上她透露了自己是犹太人。最后,国王处死了阿曼,任命以斯帖的叔叔为宰相,同时撤销了敕令。

这部剧的内容反映了拉辛对国王存在某些幻想,希望国王采取宽容政策。在开场白中,作者赞扬了国王的武功。作者把他的大臣阿曼写成一个善于谄媚的奸险之徒,他才是真正的罪魁祸首。第三幕以斯帖设宴是关键的一幕。合唱队唱道:"权力至高无上的国王啊,回心转意吧,掉转您的耳朵,不要听信残暴的骗人的谏言吧。是时候了,您该清醒了。就在您瞌睡时,您的手快浸到无辜者的血泊里了。"这是对国王路易十四的劝告。阿曼的面目终于被揭露。他"被愤怒的人民几乎撕成两半"。在国王下令"撤销这个恶毒家伙血腥的命令"之后,合唱队又歌颂国王:"最美好的品德也丝毫不能与此相比……陛下心地多么善良啊!他的统治多么暖人心啊!""一个母亲也没有他那样温存","愿他的名字得到祝福;愿他的名字受到赞美!"这些话显然是说给路易十四听的。剧本完全违反历史真实,对路易十四做了过分的颂扬。事实证明,拉辛企图乞求国王施恩是一种幻想。

通过对比可以看出,拉辛后期戏剧创作同前期有不同之处,后期戏剧创作要比之前的戏剧创作更具有深刻的社会政治内容,对现实有更明显的针对性,作者直接提出他所密切关心的问题,抒发他的见解,以劝谏国王路易十四。这种变化同政治局面的改变是联系在一起的,它反映了资产阶级以至贵族阶级的一部分人对专制王朝的政策深感不满,并有所指责。拉辛后期戏剧创作同后期的古典主义文学具有共同的特点,他对王权提出忠告或批评的倾向同费纳隆、拉布吕耶尔的作品相似。由于拉辛作品中含有批判君主专制政治的积极因素,因此受到后代进步作家如司汤达和雨果的推崇。

第五节 "法兰西精神"的代表

在法国戏剧史上,莫里哀(Molière,1622—1673)是一位重要的作家,他继承了古希腊、罗马社会讽刺喜剧、法国民间闹剧和意大利即兴喜剧的优秀艺术传统，继承并发展了文艺复兴以来法国文学反封建的进步传统，把欧洲的喜剧艺术推向了一个新的高度。莫里哀的艺术主张和艺术实践表明，他是一位现实主义艺术家。他始终强调喜剧艺术必须直接描写和批判现实，他的喜剧人物来自现实生活，又是现实人物的高度概括。

莫里哀原名为让·巴蒂斯特·波克兰(Jean Baptiste Poquelin)，是 17 世纪古典主义最重要的作家，古典主义喜剧的创建者，他不但在法国而且在欧洲的戏剧史上都占有极为重要的地位。

莫里哀家世代经商，他的父亲于 1631 年从他兄弟手中买下“王家室内陈设商”的职务，这一职务有贵族头衔，在路易十四统治时期兼有“王室侍从”称号。这种陈设商一共 8 个，分成 4 批，每季轮流为国王的内室或行宫的陈设服务。这样一个既有一定地位、又有殷实资财作为后盾的职务，说明莫里哀家属于巴黎中上层资产阶级。莫里哀的父亲希望他继承祖业，从小就让他熟悉商业，1635 年送他进贵族子弟学校读书，1637 年就把世袭的权利过到他这个长子的名下，1640 年给他买下法学硕士头衔和律师职务。据传他在 1642 年随路易十三南部的纳尔博纳去过。莫里哀在中学里学会了拉丁文，接触到古代哲学和人文科学，他甚至翻译过古罗马唯物主义哲学家卢克莱斯的《物性论》。他的志趣并不在商业。他的家坐落在巴黎的闹市区新桥附近，那里经常上演闹剧。戏剧成了他的爱好。1643 年，莫里哀宣称放弃世袭权利，成立“光耀剧团”。可是，剧团营业惨淡，负债累累，1645 年他被蜡烛商控告入狱。他的父亲替他还债，他不但不“浪子回头”，反而于同年冬天加入另一剧团，离开巴黎。当时，演戏是为社会所不齿的行当。据查理·佩罗叙述，莫里哀的父亲曾发动亲友逼迫他放弃当演员的念头，答应他从事别的任何职业都可以，但软硬兼施都不能动摇莫里哀的决心。他毅然离家出走，表现了藐视传统观念的极大勇气。

莫里哀生活在资产阶级勃兴、封建统治日趋衰亡的文艺复兴时期。他同情劳动人民，揭露的是昏庸腐朽的贵族，坑蒙拐骗的僧侣,无病呻吟的地主,冒充博学的“才子”,还有靠剥削起家而力图“风雅”的资产者,利欲熏心、一毛不拔的高利贷者……他从各个侧面勾画出了剥削阶级的丑恶形象。但他还没有注意到正在形成的工人队伍,因此他笔下的正面人物,常常是那些被嘲讽的仆人、佃户、工匠,这些人总是以高妙的手段使对方当场现形,让剥削者在观众的哭声中受到批判。

莫里哀的戏剧生涯大致可以分为以下四个阶段。

第一阶段是从 1645 年到 1658 年,是认识社会、积累生活经验的时期,亦即在外省辗转的 12 年。剧团周游了大半个法国,在一二十个城市里逗留过。这期间,他感受到“投石党”事件引起的社会反响,有机会看到各省不同的风俗世态和形形色色的人物。他观察到封建势力的无孔不入,还目睹了农民的悲惨生活,外省小贵族的分化、破落的各种丑态。这一切加深了他对社会现实的认识,同时使他获得丰富的写作素材。17 世纪 50 年代,剧团以里昂为活动中心时,莫里哀已成为剧团领导人。他开始自己编写剧本,开头可能是些演员能随意发挥的即兴闹剧,这些剧本大部分都散失了。在他的早期喜剧《冒失鬼》以及《情怨》中,虽然可以看到当时流行的多角恋爱、女扮男装、调换襁褓、最后认亲的俗套受意大利“假面喜剧”的明显影响,但作者力图从民间戏剧的人物中汲取营养,剧中一些现实生活的场景以及生动的语言等,使他高于同时代的喜剧作家,于是一时驰名远近,最后几乎是凯旋式地返回巴黎。

第二阶段是从 1659 年到 1663 年,是古典主义喜剧的开创时期。1658 年 10 月 24 日,莫里哀剧团在卢浮宫演出《多情的医生》获得成功,路易十四批准剧团在小波旁剧场上演,自此,莫里哀同路易十四发生愈来愈密切的联系。莫里哀的喜剧由于具有鲜明的现实内容而产生很大的社会反响。《可笑的女才子》(1659)、《丈夫学堂》(1661)、《太太学堂》(1662)、《太太学堂的批评》(1663)、《凡尔赛宫即兴》(1663)就属于这一类。另外,莫里哀写了一些迎合宫廷趣味或未脱俗套的喜剧,《斯卡纳赖尔或疑心自己当王八的人》(1660)、《讨厌鬼》(1661)等都属于这一类。在路易十四的支持下，古典主义喜剧建立起来了。

《可笑的女才子》是一出独幕散文体喜剧。它描写的是一对青年分别向一个外省资产者的女儿玛德隆和她的堂姐妹卡多丝求婚，因不会贵族沙龙那套谈情说爱的语言，被拒绝了；他们的仆人扮作侯爵和两姐妹赋诗论文，两人都佩服得五体投地。这对青年回来戳穿了仆人的恶作剧，她们则羞愤交加。

这部剧对资产者的附庸风雅进行了辛辣的讽刺，对贵族社会所谓"典雅"生活的腐朽无聊进行了抨击。剧中嘲笑以朗布绮府邸为代表的贵族沙龙制造的矫揉造作的"典雅"语言，如把镜子说成"丰韵的顾问"，把椅子说成"谈话的舒适"，作者嘲笑以斯居代里等为代表的矫饰文学所宣扬的"典雅"爱情，说什么求爱"必须按照一定的程序"等，这种"典雅"风气是贵族意识形态的表现，反映了没落贵族的颓废和空虚。莫里哀把贵族阶级所崇尚的风气搬到舞台上加以无情嘲弄，指出这种风气"不仅毒害了巴黎，也传到了外省"。剧本上演后引起了一场激烈的斗争。封建贵族势力抛出《真正的女才子》《女才子的诉讼》等剧，企图回击，并一度宣布禁演《可笑的女才子》。他们制造借口把莫里哀剧团赶出小波旁剧场。观众则热烈欢迎它，认为这是"真正的喜剧"。

这部剧引起了路易十四的注意，他为演出提供了支持，并提供王宫剧场给剧团使用，让剧团到王宫演出《丈夫学堂》，还再一次亲临王宫剧场观看。国王的支持使莫里哀又一次对封建贵族势力展开了攻击，这就是《太太学堂》的上演。

《太太学堂》是一出五幕诗体喜剧。故事写一个资产者阿尔诺耳弗收养了一个孤女阿涅丝，让她接受了 13 年的教育，想为自己培养一个愚昧驯顺的妻子。但他外出时，阿涅丝爱上一个年轻人奥拉斯——他是阿尔诺耳弗朋友之子。奥拉斯不知道底细，把他的恋爱经过告诉了阿尔诺耳弗，给自己招来一连串麻烦，但他仍把自己同阿涅丝的约会透露给阿尔诺耳弗，甚至求阿尔诺耳弗帮助他藏匿想同他一起逃走的阿涅丝。最后，阿涅丝的父亲和奥拉斯的父亲出场，阿涅丝原来是阿尔诺耳弗好友的侄女，她的父亲和奥拉斯的父亲就是为他俩的婚事而来的。

这部剧的主题是对封建教育和夫权思想的抨击。阿尔诺耳弗作为封建夫权思想的体现者，让阿涅丝接受教育的目的是让她“变成白痴”；就是让她接受那套因果报应的说教，如果她不守封建妇道，会被扔进地狱的滚水锅，永远出不来云云；就是让她只懂得“祷告上帝”和“缝缝纺纺”，做一个唯丈夫之命是从的太太。作者通过阿涅丝的形象指出，尽管接受了极其严格的教育，一旦同生活接触、受新思想的影响，还是会冲破这套封建道德的，阿涅丝最后对这种教育提出了控诉。奥拉斯更明确地宣称：企图把妇女“投入无知和愚蠢之中，难道不是罪大恶极”，“伤天害理”？

但是，《太太学堂》并不是莫里哀的成熟之作，这虽是一部社会问题剧，却并未揭露出社会问题的本质。

第三阶段是从1664年到1668年，是创作的成熟期。莫里哀这一时期的创作同路易十四确立绝对君权的政治有着密切关系，这个时期最优秀的作品是《达尔杜弗》(1664—1669)、《堂璜或石像的宴会》(1665)、《恨世者》《1666》、《吝啬鬼》(1668)等。此外，还有一些迎合宫廷趣味而写的喜剧如《艾丽德公主》(1664)、《西西里人或画家的爱情》(1667)等，则有较严重的缺陷。这一时期莫里哀同封建贵族的斗争相当艰苦，最后以《达尔杜弗》的公演而获得了胜利。

《达尔杜弗》是一出五幕诗体喜剧。主人公达尔杜弗以伪装的虔诚骗得富商奥尔贡及其母亲的信任，成为奥尔贡一家的“上宾”和“精神导师”。奥尔贡的妻子艾耳密尔、儿子大密斯、女儿玛丽雅娜、女儿的情人法赖尔以及女仆道丽娜激烈反对达尔杜弗，奥尔贡却对达尔杜弗崇拜得五体投地，甚至要撕毁女儿以前的婚约，把女儿嫁给达尔杜弗。正在这个节骨眼上，道貌岸然的达尔杜弗竟下流无耻地企图勾引奥尔贡的填房妻子，这一幕丑剧被大密斯撞见，大密斯当场痛斥了这个伪君子。奥尔贡执迷不悟，坚信达尔杜弗清白无辜，反责骂儿子诋毁圣贤，而且一怒之下剥夺了儿子的继承权，把财产全部赠给达尔杜弗，还要把儿子赶出家门。面对这一严重局面，艾耳密尔巧施计谋：让奥尔贡亲眼看见达尔杜弗向自己调情的丑恶表演。奥尔贡终于醒悟，登时要把达尔杜弗赶出去。达尔杜弗见事已败露，便露出狰狞的凶相。他这时不但已经夺得奥尔贡的财产，还掌握了奥尔贡为一个政治犯藏匿信物的秘密，他反过来向国王告密，企图陷害奥尔贡。可是，达尔杜弗打错了算盘，英明的国王洞察一切，下令逮捕了达尔杜弗，并赦免了过去“勤王有功”的奥尔贡。

这部剧的主人公达尔杜弗的形象非常典型，是莫里哀的最高艺术成就之一。至此，“达尔杜弗”一词在法语中是“伪君子”的代名词。作者在这个人物身上集中了一切伪善的特征。他假惺惺地表示不能看妇女袒胸露臂的装束，他自己却是一个十足的好色之徒，专以勾引他人的妻女为乐事。国王之所以支持这个剧本，是因为这部剧中塑造了一个英明君主：他洞察幽微，处置得当。作者当时急需王权的支持，因此热烈歌颂国王。

剧本也存在明显的不足之处，即作者极力塑造的正面形象大都不很成功。虽然莫里哀对达尔杜弗的揭露有温和、折中的痕迹，但剧中尖锐的批判锋芒仍大大触犯了封建势力。8 月底，他给路易十四写了第一份陈情表，指出嘲讽伪善完全符合喜剧移风易俗的要求，而“达尔杜弗之流，暗中施展伎俩，获得陛下恩宠”，他要求路易十四主持正义。他对《达尔杜弗》做了一些修改，在一些有影响的社会人士的府第中朗读或演出。

莫里哀就在这种情况下写出《堂璜或石像的宴会》，这是一出根据西班牙的题材写出的五幕诗体剧，主人公堂璜是个道德败坏、荒淫无耻的贵族，他诱惑了不知多少“名门闺秀”，还要勾引救了他性命的两个农民的未婚妻。他由于花天酒地、挥霍无度而入不敷出，要靠借债过日子，这个情节反映了 17 世纪贵族开始没落的经济状况。他欠债不还，却自有对付资产阶级债主的一套手腕。这一点真实地表现了当时贵族与资产阶级的关系：贵族往往倚仗自己的特权地位，利用资产者攀附权贵的心理骗取钱财，维持自己的门面，但这毕竟是金玉其外、败絮其中。作为大贵族的代表，堂璜运用伪善伎俩与达尔杜弗有异曲同工之妙。他认为伪善是“一种享有特权的恶习”，披上伪善外衣，“真有神妙不测的好处”，既可寻欢作乐，又可安全无虞。这种统治阶级的“时髦恶习”再一次受到了莫里哀的抨击。

这部剧给17世纪腐朽糜烂、横行霸道的贵族阶级提供了形象的写照，是莫里哀对这个阶级愤怒的揭发，剧中这个恶贯满盈的贵族最后遭到了毁灭，包含了作者在激愤的心情下对统治阶级的诅咒，也预示着这个阶级将来不妙的下场。但该剧也存在着明显的缺陷，全剧的重点在于描写堂璜不愿改邪归“正”。他父亲祈求惩罚他，他不理；被他欺骗的贵族小姐用眼泪来感化他，他也不理；化作幽灵的时间之神来劝告他，他用剑砍去；被他杀死的骑士的墓前石像显灵邀他赴宴，他去后身遭雷殛，大地裂开，他陷了下去。

第四阶段是从1668年到1673年，这一阶段莫里哀和王权的关系已产生裂痕，创作上也随之产生一些变化。这种变化可以从《乔治·唐丹或受气丈夫》(1668)、《司卡班的诡计》(1671)等剧中看到。

在后期，莫里哀的创作呈现了一些新的特点。后期创作中，莫里哀对现实的批判有时却同专制王权的政策发生抵触。他同路易十四的关系出现裂痕，原因就在于此。1671年，上演《司卡班的诡计》时，这一矛盾表现得最为明显。

《司卡班的诡计》是一出三幕散文喜剧。这部剧描写的是司卡班是个听差，他的小主人赖昂德爱上一个“埃及女人”——其实是赖昂德的父亲皆隆特的朋友阿尔冈特之女。阿尔冈特之子奥克达弗又恰好与赖昂德失散多年的妹妹相爱。两位家长返回的消息引起一阵恐慌。司卡班为了成全这两对情人而使出了种种诡计：一会儿是串通奥克达弗的跟班装扮打手演了一场双簧戏，一会儿又编造出赖昂德被土耳其人的战船劫走，终于从两个吝啬的家长手中拿到从埃及人手中赎回这两个女子所需要的钱。司卡班以为自己受到小主人辱骂是皆隆特捣的鬼，为了报复，把他骗进口袋，痛打了一顿。最后，两家失散的女儿都认了父亲，再加上婚事的喜悦，皆隆特饶过了司卡班。

这部剧是对封建社会的等级观念的触犯。司卡班这个“下等人”比他主人更有智慧，这种民间传统形象本不能为统治阶级所接受，而现在“下等人”竟在光天化日之下痛打他的主人，事后还没有受到惩罚，这就更为封建正统道德观念所不容了。曾经多次支持过莫里哀的布瓦洛不满地写道：“在那司卡班装自己的滑稽口袋里，我再也认不出《恨世者》的作者”，他要求莫里哀“少做人民的朋友”。布瓦洛的观点显然代表了专制当局的意见。17 世纪封建等级观念是极其森严的，逾越等级，就是“犯上作乱”。因此，这部剧本受到当局的冷落是毫不奇怪的。

这部剧标志着莫里哀喜剧创作的又一高峰。剧本对封建等级观念的蔑视以及对封建司法制度的抨击，虽然仅仅处在更激进的观点的初级阶段，但显然有别于他以前的创作。可以说，它在莫里哀的喜剧中是有重要特色的一部作品。

然而，在司卡班这个形象中，仍然可以看到资产阶级的性格特征。他的大胆、乐观、诡计多端，可以直接从拉伯雷笔下的巴汝奇身上找到渊源。狡猾与其说是劳动人民聪明智慧的写照，毋宁说是资产阶级的思想本质之一。莫里哀以资产阶级的思想意识去观察下层人民，必然会留下他本阶级的种种烙印。即使司卡班的形象超过了莫里哀笔下的其他下层人物，却仍然不能算作真正的劳动者形象。

此外，这个剧本反映现实生活还不够深广。例如，司卡班痛打皆隆特的原因缺乏深刻的思想内容。剧中两对父女的失散与重圆，从头至尾占了很大篇幅，此种俗套的运用必然妨碍作者去反映更广阔的现实生活。

莫里哀演了一辈子喜剧，他的死却是一场悲剧。他为了维持剧团开支，带病演出，终于在上演《没病找病》的第四场后咯血倒下。

第六节 寓言诗人

让·德·拉·封丹(Jean de La Fontaine,1621—1695)是法国著名的寓言作家,也是法国古代文学的代表作家。一般而言,寓言故事既要简短,也要故事情节完整,在这方面,拉·封丹显示出了他无与伦比的艺术才华。他对古代寓言进行了模仿,但这种模仿不是简单模仿,不管是内容还是形式,拉·封丹都进行了自己的创新。拉·封丹寓言主要取材于民间故事,它成功地塑造了贵族教士、商人等经典形象,生动地反映了 17 世纪法国的社会生活。

拉·封丹是古典主义的代表作家之一。他出生于香槟一个小官吏的家庭,父亲当过沙多—蒂埃里的水泽森林管理人和狩猎官等职。拉·封丹是在农村长大的,对大自然和农民的生活相当熟悉。19 岁时他到巴黎去学神学,一年半后又改学法律,并获得巴黎最高法院律师头衔。他耳闻目睹法院的黑暗腐败,十分厌弃这种职业,不久又回乡过着安闲的乡绅生活。他不能胜任父亲遗留给他的水泽森林管理的职务,也不善于管理家业,不得不于 1653 年和 1656 年出卖土地,最后跑到巴黎投靠了当时的财政总监富凯。富凯给他年金,让他写诗剧。1661 年,富凯被捕,他写诗向国王请愿,得罪了朝廷,不得不出奔里摩日。这一事件对他的思想有很深刻的影响,从此对封建朝廷怀有戒心。1663 年末,他返回巴黎后常常出入沙龙,对上流社会和权贵有了更多的接触和观察。17 世纪 60 年代初,他结识了莫里哀、拉辛和布瓦洛,促进了他的艺术观的形成。这一时期,是拉·封丹观察、体验和学习的阶段。

1664 年,拉·封丹开始发表《故事诗》。1668 年发表了《寓言诗》第一集(共六卷),引起很大反响,建立了他的文学声誉。第二集于 1678 年至 1679 年间发表,《寓言诗》最后的第十二卷直到 1694 年才问世。

拉·封丹还写过一部韵文小说《普绪喀和丘比特的爱情》和一些科学诗,如《金鸡纳霜》等。但晚年他向朝廷靠拢了,同贵族社会来往密切。在“古今之争”中,他写诗攻击佩罗的进步观点,同保守派站在一起,维护崇古守旧的文艺思想。

《寓言诗》是拉·封丹的代表作。全诗集共有 239 首,彼此独立成篇,题材绝大多数取自《伊索寓言》、古希腊罗马和古印度的寓言家的作品以及法国民间故事。经过拉·封丹的加工创造,寓言诗成了他反映现实的有力武器。

《寓言诗》力图反映 17 世纪下半叶的法国社会。它描写自然界各类动物,实际上写的是人间社会,包括国王、领主、廷臣、市民、法官、学者、农民、手工工人等形形色色人物;涉及当时发生的国内外重大事件,还涉及哲学和经济问题。作者的视野是广阔的,对社会各阶级都有深浅不同的观察。

拉·封丹的《寓言诗》描写的世界,比起冷眼看人生的拉罗什福科的世界更加温煦。这些动物寓言,尤其是在大多数的故事结尾部分拈出的抽象见解,寄意所及堪称五花八门,与儿童文学的关系其实是表面多于实情。拉·封丹把《寓言诗》的前六卷献给法国天之骄子——年仅 6 岁的路易十四之子——固然识相,他笔下口出人言的动物与无稽透顶的唐老鸭及其朋辈显然有天壤之别,与当今投青少年读者所好的连环画中对谈如流的动物也是一望即知相去十万八千里。他画龙点睛之笔一针可以见血,不是那种会逗得儿童开怀大笑的评语。“马屁精牺牲接受奉承的人以安身立命”,只是信手举出的一个例子。他的故事雅俗共赏不分古今,手法精简洗练,心理刻画入微,宜用蒲柏的新古典格言盖棺论定:“真机锋是彩笔点化人情,/老生常谈如今妙语生辉;/个中有真谛,一叶可知……”

在《寓言诗》中,反映劳动人民悲惨生活的画面占有重要地位。《死神和樵夫》是比较杰出的一篇:

一个穷苦的樵夫，身上落满了碎枝叶，
在柴捆和岁月的重压下，
呻吟着，弯着腰，迈着沉重的步子，
费力地走回他那冒着炊烟的茅屋去。
他终于筋疲力尽，痛苦不堪，
他放下柴火，寻思起自己的不幸。
他自从来到人间，何曾享过欢乐？
世上还有比他更穷的人吗？
往往吃不上面包，从来没有休息：
妻子、孩子、兵痞、捐税，
债主，还有徭役，
这一切勾勒出一个穷人的完整图画。

这首诗真实地描绘出17世纪下半叶封建社会所谓“盛世华年”时期贫苦农民的悲惨处境，他们在阶级压迫的重负下，终年不得温饱，挣扎在死亡线上。

在《寓言诗》描绘的这幅现实图景中，还有对这个制度的支柱——封建权贵和僧侣的抨击。《狼和羔羊》是其中著名的一篇：

一头羔羊在一条清澈的河边饮水。
一只饿狼，四处觅食，猝然而至，
是饥饿把它引到这一带来了。
这只野兽咆哮着说：
“谁让你这么大胆，搅混了我的饮水？
你这样胆大妄为将受到惩罚。”
羔羊回答说：“陛下，请您息怒；
试想我在您下游二十步远的地方饮水，
因此，无论如何我不会搅混您的饮料。”
这只残暴的野兽吼道：“你搅混了！
我知道，去年你说过我坏话。”

羔羊回答说:“那时我还没生出来,
怎么可能骂您呢?现在我还在吃奶。”
“如果这不是你,那就是你哥哥。”
“我没有哥哥。”
“那就是你族里的某一个;
因为你们,牧羊人,还有那些狗,
对我一点儿也不放过。
人家对我说:此仇我一定得报。”
狼随即把羔羊拖到森林深处,
无需其他形式的审判,便把它吃掉。

作者一针见血地指出,在这个社会里,“强者的理由始终是最好的理由”。作者通过狼和羔羊之间生动的、戏剧性的对话,一层层剥露恶狼的面目,它杜撰的一个个“理由”都被羔羊批驳了,索性撕下了虚伪的面具,用强力和牙齿来满足自己的欲望。这篇寓言是对“强权即公理”的豺狼逻辑的生动概括。

《寓言诗》在艺术上造诣相当高。拉·封丹十分重视《寓言诗》的结构,把诗集看作“一部巨型喜剧,幕数上百”,每一幕他都写得既简练集中,又富于戏剧性。他善于在诗中穿插性格化、拟人化的动物对话,跌宕起伏,显得别致有趣。拉·封丹的语言既流畅自然,又精巧细腻。他善于收集民间语言,贴切地应用到诗歌中,因此他的诗篇语汇丰富,接近口语。拉·封丹善于描绘大自然,并且富有抒情风味。他喜用自由诗体,也运用亚历山大诗体,韵律千变万化,音韵优美和谐。由于《寓言诗》写作的成功,影响波及全欧,这种体裁一时十分流行。

然而,《寓言诗》也存在着不足和局限性。

其一,《寓言诗》是以谏言的形式出现的。作者在诗集中对统治阶级的上层人物发出呼吁,企图规劝他们。《寓言诗》在 1668 年问世时是献给王太子的。作者认为,上层人物读了他的寓言,就会“形成判断力和改换风气,就能干大事业”。《寓言诗》甚至企图向国王进谏。

其二,拉·封丹的消极思想还表现在《寓言诗》的道德教训上。一切已往的道德论归根到底都是当时的社会经济状况的产物。而社会直到现在还是在阶级对立中运动的,所以道德始终是阶级的道德;它或者为统治阶级的统治和利益辩护,或者当被压迫阶级变得足够强大时,代表被压迫者对这个统治的反抗和他们的未来利益。拉·封丹的道德观基本上是中小资产阶级的,这个阶级的道德观有安分守己、逆来顺受的一面,《寓言诗》有不少诗篇反映了这种观念。

到了晚年,拉·封丹更加沉沦到消极颓废的思想之中。《寓言诗》第十二卷反映了他这时的思想状况。这一卷的赠诗题词有 9 首之多,充斥着对达官贵人的肉麻吹捧,而且也不及以前的作品思想性高和艺术性强了。拉·封丹思想上的消沉倒退,导致他艺术生命的衰落和终结。

第三章　理性主义的盛行：18世纪的法国文学

资产阶级启蒙思想的新精神使18世纪的文学呈现了耳目一新的局面，其既区别于此前鼓吹国家理性与宣扬绝对王权的新古典主义，又区别于此后批判现代性的浪漫主义，这就是争取现代性的文学思潮——启蒙主义文学思潮。这种启蒙精神的形成与产生并不是突然的，而是有一个逐渐发展的过程。其继承了16世纪的人文主义思想，又集合了17世纪笛卡尔的怀疑论思想，由贝尔、丰特奈尔、孟德斯鸠、伏尔泰、狄德罗、卢梭、博马舍等人发展为一套完整的理论体系。本章就来具体研究这些代表人物及其具体的文学贡献。

第一节　资产阶级启蒙思潮的先驱者

在法国文学史上，贝尔与丰特奈尔是18世纪法国文学史上十分著名的两位作家，他们继承了16世纪人文主义思想和17世纪笛卡尔的怀疑论思想，在法国宣扬启迪和开导人们的反封建意识，给尚处在黑暗中的人们带来光明与希望，是法国资产阶级启蒙思潮的先驱。

一、贝尔

皮埃尔·贝尔(Pierre Bayle，1647—1706)，青年时期完成其

学业后，先后在日内瓦担任家庭教师和哲学教授。而后又到当时自由空气较浓的荷兰鹿特丹任教，但受人排挤，被学校解除聘约。从此，他闭门著书，主要的著作有《关于彗星的思想》(1682)和《历史批评词典》(1697)等。

《历史批评词典》是贝尔最重要的论著，它原来是针对1674年莫勒里的《历史词典》一书中的错误而写的，其中广泛涉及哲学、文学、历史、地理等各门学科。他具有严谨的做学问的态度，即便是很细小的问题，他也会刨根问底，对这一问题进行深度挖掘，广泛地引证古今作家。这部论著以其内容的丰富和思想的新颖，堪称《百科全书》的雏形。但基于商业这一目的，作者穿插了一些粗俗的故事进去。对此，连深受贝尔影响、对他很崇拜的伏尔泰也这样批评说："他常流于粗鄙。"

贝尔继承了16世纪人文主义的精神和笛卡儿的"怀疑论"思想。他用怀疑论的语言否定封建意识形态的绝对权威，否定一切既成的封建道德传统，对偏见、谎言和非正义予以批判。他视传统的封建观念为真理的对立物。他否定封建的"天命论"和"宿命论"思想，认为这些思想都是主观臆造出来的，认为"它只表现于巨大的历史事件影响未及的极少数的东西上"。贝尔的这些思想是资产阶级意识形态对封建思想第一次全面的挑战，他的理论是这个世纪新思想运动的一个组成部分，对以后的启蒙思想家有着深远的影响。

贝尔论述问题的特点是用提问题和怀疑的方式来引起读者的注意与思考，引导读者获取结论。这一特点使贝尔的理论显得更加自相矛盾。就资产阶级全面批判封建意识形态以适应其夺权的需要而言，贝尔的理论和后来的资产阶级思想家相比还有所欠缺，显得不成熟、不完备，这是由18世纪初资产阶级夺权斗争还不成熟的社会条件所决定的。

二、丰特奈尔

丰特奈尔(Bernard Le Bovier de Fontenelle，1657—1757)生

于鲁昂的一个贵族家庭，是 17 世纪作家高乃依的外甥。他最初研究法律，后来到巴黎开始写悲剧、歌剧和诗，但是均没有取得成功。但他 1686 年的《宇宙万象对话录》让他名声大噪。1691 年，他被选进法兰西学院，1699 年成为该机构的终身书记。丰特奈尔一生始终在贵族上流社会里活动，是沙龙里的科学权威，是一个非常时髦的人物。

丰特奈尔虽然是贵族上流社会的一员，他的思想却显示出某些叛逆的因素，具有启蒙思想的萌芽。他否定传统而主张进步，否定封建意识形态的权威而赞扬理性。他也有怀疑论者的特点，他的怀疑针对封建社会的道德和意识，他把理性置于权威之上。

丰特奈尔的具体历史功绩在于用文艺的形式普及了唯物主义科学知识。他的《宇宙万象对话录》就是这样一部论著。这部作品叙述作者住在乡间某侯爵夫人的别墅里，每天晚上在花园里散步，面对群星闪烁的夜空，谈论宇宙天体的知识。第一晚讲地球是一个行星，它本身自转，还围绕太阳转动；第二晚讲月球是有人居住的星球；第三晚讲月球的特殊性以及其他星球也有人居住；第四晚讲金木水火土五个星球的特点；第五晚讲每颗恒星都像太阳一样照耀着其他的行星；第六晚谈天文学的新发现。这部作品虽然有些知识是不正确的，有些大体正确却带有很大的臆测性，但总体来说，表现了唯物主义的宇宙观。

第二节　孟德斯鸠及其《论法的精神》

孟德斯鸠（Charles Louis de Secondat，Baron de Montesquieu，1689—1755），本名查理・路易・德・色贡达，1689 年生于波尔多附近的拉伯烈德庄园，是 18 世纪前期最早登上历史舞台的启蒙运动思想家，他是资产阶级温和派的思想代表。孟德斯鸠中学毕业后学习法律，担任过波尔多法院的顾问。1716 年，他继承他伯父波尔多法院院长的职务，并承袭其“孟德斯鸠男爵”的称号。

在波尔多法院任职期间，他是一名循规蹈矩的法官，同时从事自然科学的研究。1721年，他的《波斯人信札》出版，并在当时引起了轰动。1726年，他将波尔多法院院长的职务转手卖掉。1728年，被选为法兰西学院院士，获得当时文人最高的“荣誉”。1728年至1731年，他周游各国，到过奥地利、匈牙利、德国、意大利、英国等国家，尤其在英国对君主立宪政体进行了考察，形成他自身的思想。回国后，他闭门著书，1734年发表《罗马盛衰原因考》，1748年发表他重要的理论名著——《论法的精神》。此后，除了两三篇短文，他没有写过其他的作品。他逝世于1755年。

孟德斯鸠的家族是一个“穿袍贵族”世家，即获得贵族称号的资产阶级。他的高祖就是在波旁王朝的第一个国王亨利四世时代发迹的。他很富裕，他的妻子又给他带来大量的嫁资，他出卖法院院长的职务也获得巨额的财产，他自己经营商业，他的领地上种的葡萄酿造成酒大部分运销英国，所以他的一生是非常舒适的。加之他活动的年代距法国资产阶级革命还有半个世纪，这种历史条件也使他在启蒙运动中只是一个先行者。他在自己论著中提出的问题，带有浓厚的改良主义色彩。

孟德斯鸠的《论法的精神》是一部体系完整的政治理论著作，是西方古典理论名著。全书共六卷三十一章，通过本国和外国历史上大量的材料，阐述了孟德斯鸠为资本主义在法国的发展开辟道路、为资产阶级登上历史舞台服务的一整套政治法律理论，其中最著名的有关于法律性质的“理性”论和关于国家结构的“三权分立说”。

在第一卷中，孟德斯鸠就提出：“法是由事物的性质产生出来的必然关系。在这个意义上，一切存在物都有它们的法。”[1]在他看来，上帝、物质世界和人类都各有各的法：上帝创造了宇宙，这是上帝和宇宙的关系；而人的法在于它支配着地球上所有人民的场合，这就是所谓的人类的理性。“理性”论是整个《论法的精神》

---

[1] 柳鸣九．1991．法国文学史［M］．北京：人民文学出版社：250．

的理论基础,这种理论把上帝和人区别开来,强调了法权问题是人类自己的问题,是人类理性的表现,不受上帝的干预,这就把上帝从政法理论的领域里排除了出去,从这个意义上说在当时有一定的进步意义。但是,政治法律的本质是阶级斗争、阶级关系,孟德斯鸠所谓的"理性"完全是一种抽象的精神,他的"理性"论抹杀了法的阶级本质,因此是历史唯心主义的理论。

孟德斯鸠提出了著名的"三权分立说",即立法、司法、行政彼此分开、互相制约,从而保证公民的自由权利。具体而言,他的政治设想就体现为君主立宪。孟德斯鸠之所以提出这种三权分立主张,实际上是代表资产阶级温和派要求与封建贵族分权,即要求资产阶级取得立法和司法的控制权,而让国王在立法和司法的约束下掌握行政权力,仿效英国以达到资产阶级与贵族平权的目的。这种主张在 18 世纪上半叶还不失反封建的意义,但也暴露出孟德斯鸠的妥协性。孟德斯鸠是一名有贵族头衔的资产者,他与英国又有经济上的联系,他以英国的君主立宪为理想,主张两个有产阶级分权,主张"贵族世袭",正是受他的阶级地位决定和制约的。他对君主政体的幻想和美化实际上有着明显的阶级性。

《论法的精神》一书在当时有着深远的影响,尤其是在自由贵族与自由资产阶级领域。虽然后来法国 18 世纪阶级斗争的发展超出了《论法的精神》所提出的理论纲领的范围,最后爆发了资产阶级革命,成立了资产阶级共和国,但孟德斯鸠的"三权分立说"不得不说发挥了重要作用。

第三节　理性主义史学的开创者

在法国 18 世纪启蒙运动中,伏尔泰(Voltaire,1694—1778),本名弗朗索瓦·阿鲁埃(Francois-Marie Anouet),可以说是一位领袖、一位导师,对当时社会起着非常重要的作用。他登上历史舞台早于百科全书派和卢梭,他活动的时间很长,横亘了整个 18

世纪的3/4。他活动的领域非常广泛，他参加了当时的社会政治斗争，他是哲学家、历史学家、政论作者。他的文学创作涉及多个领域，有喜剧，有悲剧，有哲理小说，还有史诗，如博马舍编辑出版的第一个《伏尔泰全集》，就有70卷之多。他在当时有着巨大的影响，有着很高的名望，甚至整个欧洲都倾听着他的声音。因此，伏尔泰被认为是思想界的泰斗。

伏尔泰于1694年生于巴黎一个富裕的资产阶级家庭，父亲原来是法院的公证人，后来成为国库的税吏。伏尔泰最初在一个贵族学校里接受教育，学校里贵族子弟所享受的特权让他感受到等级的不公。但资产阶级的出身又使他充满出头露面的虚荣心和向上爬的野心，因此他并没有埋头苦读，而是努力去结交其他贵族子弟。

中学毕业后，他学过法律，当过驻外使馆的秘书和法庭的文书。他混迹于贵族纨绔子弟的圈子，以锋利的谈吐和俏皮的警句闻名。由于言谈中对摄政王不敬，他被逐出京城，但他并未有所收敛，他在一首诗里讽刺了宫廷，诗的最后一行说："我只不过20岁，就见识了这些罪恶。"因此，他于1717年被捕，在巴士底狱囚禁了11个月。在狱中，他完成了第一个悲剧《俄狄浦斯王》和史诗《亨利亚特》。1718年，他的悲剧上演成功，带给他几年虚荣的日子。他讨好贵族和宫廷，他们也捧他为"法兰西最优秀的诗人"。他有资产阶级的本能，充分利用了他的社会关系经营商业，进行投机倒把，为自己积攒了大量财产。但在封建专制制度下，他的社会地位并没有保障，他和一个贵族发生了冲突，被这个贵族的仆人殴打了一顿，在上流社会传为笑谈，政府反而将伏尔泰投入监狱，后又将他放逐国外。从自己痛苦的经验中，伏尔泰开始认识专制政体的面目。

1726年，他来到已经完成资产阶级革命的英国，在这里住了3年，考察了社会政治制度，研究了英国唯物主义哲学和牛顿的物理学新成就，对他形成君主立宪制的政治主张和唯物主义哲学观点起了很大的作用。他把自己的观感和心得写成《哲学通信》（又名《英国通信》)一书,鼓吹信仰自由和唯物主义。1729年回到法国后,他又写了悲剧《布鲁图斯》和《扎伊尔》、历史论著《查理十二史》。1734年,《哲学通信》秘密出版,立即遭到查禁,巴黎最高法院下令逮捕伏尔泰。他逃离巴黎,在偏僻的小城西雷他女友夏特莱夫人家里住了15年。在此期间,他进行了多方面的创作活动,其中有《恺撒之死》《穆罕默德》《奥尔良的少女》《路易十四时代》《牛顿哲学原理》等。这时期,他常到巴黎走动,又重新得到了宫廷的信任。1746年,他被选为法兰西学院院士,后又被派往德国执行外交使命,被任命为法兰西史官。但他在巴黎的显赫,只不过是昙花一现。

伏尔泰不断遭受专制政体的伤害,然而他总是不能牢牢记取教训。他失去法国宫廷的信任后,不久又怀着对开明君主的幻想,接受了普鲁士的腓得烈二世殷勤的邀请,于1750年来到柏林。腓得烈二世任命伏尔泰为高级侍从,给他优厚的年俸,让伏尔泰给他修改蹩脚的法文诗和装点门面的"哲学论文"。伏尔泰对他极尽歌颂之能事,称为"北方的所罗门"。这个普鲁士国王是一个黩武好战、粗暴野蛮的统治者,他只是利用伏尔泰点缀其宫廷。最后,伏尔泰与腓得烈二世决裂,于1753年离开了柏林。在离境的时候,被普鲁士人侮辱性地拘留了五个星期。

他用经商积聚起来的财富,先后在洛桑和日内瓦附近分别购置寓所,后又在法国、瑞士边境购买了菲尔奈这块地产,还租下菲尔奈的领地,准备一旦有事能从容逃脱。1760年后,他定居在菲尔奈,过着阔绰的生活,俨然像一个领主。

他离开柏林后,在整个晚年进行了大量写作,其中有《里斯本的灾难》《查第格》《老实人》《天真汉》《彼得大帝治下的俄罗斯史》和《议会史》等。他还为《百科全书》撰写稿件,后来汇集为《哲学辞典》一书。

1778年伏尔泰回到巴黎,他受到巴黎人民热烈的欢迎。同年5月30日,他逝世于这个城市。

伏尔泰的基本创作思想是守旧的。如果说他在社会问题上是相信人类进步、历史发展的，那么在文艺问题上却完全向后看，他的文学观点和趣味没有摆脱17世纪古典主义的窠臼，他整个诗歌戏剧创作都致力于追求古典主义的美学理想。

从某些著作来看，伏尔泰对古典主义文学和古典主义所崇尚的希腊罗马文学，也并非全然盲目崇拜。在《论史诗》中，伏尔泰反对“艺术受法则的束缚”。他认为，“我们应该赞美古人作品中被公认为美的那一部分……在任何方面都逐字逐句地学步古人是一个可笑的错误”。应当承认，以上这些论述包含了一些可贵的见解。

他对古希腊、古罗马作家也都有所批评，但他批评的出发点是认为这些作家还不成熟，而他认为成熟的文学就是17世纪古典主义文学。他特别推崇布瓦洛与拉辛，在给布罗赛特的信中称赞他们“是仅有的两位掌握了准确的画笔、能够运用鲜明色彩、忠实描绘自然的伟大人物”，认为莫里哀“过于粗野”而加以贬低，也正因为罗马作家贺拉斯、维吉尔与布瓦洛、拉辛有某些相近，他甚至把这两个希腊文学的模仿者抬高到希腊文学之上。这里表现出伏尔泰以古典主义文学为中心的文学批评思想，其标准就是古典主义所强调的“高雅的趣味”“正大的气派”等，这种文学趣味显然散发着浓厚的贵族气息。

伏尔泰把古典主义绝对化而顶礼膜拜，认为18世纪只能因袭17世纪的道路。因此，伏尔泰的诗歌、戏剧创作完全拘泥于古典主义的法则和趣味，这就决定了它们的不成功。他的史诗和悲、喜剧，很早就丧失了生命力，到19世纪中期，他的剧本已经不再上演。由于对古典主义的模仿，后来的批评家把他视为伪古典主义者。

伏尔泰还写了大量的书简诗、哲理诗和讽刺诗。他的书简诗是和贵族上流社会应酬和唱之作，虽然颇有技巧，但基本上只是一种交际的工具。他的哲理诗也不少，最著名的有《论人》(1738)、《自然规律诗》(1751)、《里斯本的灾难》(1756)等。这些诗都表现了他的启蒙哲学思想，有一定的进步性。例如，在

《里斯本的灾难》一诗中,通过1735年里斯本大地震,伏尔泰这样写道:

啊,可怜的人类!悲惨的大地!
尘世上法定要死亡的万物,
永远承受着无穷尽的痛苦,
证明了叫喊"一切皆善"的哲学家的谬误。

伏尔泰的哲理诗说理透彻、诗风明晓。伏尔泰的讽刺诗数量也不少,其批判矛头指向《百科全书》的顽固敌人。有的文学史家批评伏尔泰的讽刺诗"态度偏激""滥施人身攻击",但这恰巧是伏尔泰的辛辣无情之处。

此外,伏尔泰一生主要的精力是从事悲剧的写作。他自己还亲身参加演出。在他的15个悲剧剧本中,比较有名的是《俄狄浦斯王》(1718)、《布鲁图斯》(1730)、《恺撒之死》(1732)等。

《俄狄浦斯王》完全根据希腊悲剧作家索福克勒斯同名悲剧的题材写成。剧中的俄狄浦斯是一个勇敢高尚、富有智慧的人,他竭力逃避神的不祥预言,但最后还是犯了弑父娶母之罪。剧本对神恶意地愚弄人、造成悲剧的命运提出了抗议。

《布鲁图斯》取材于古罗马共和派与贵族派的政治斗争,主人公布鲁图斯是一个理想化的人物,他的儿子被人引诱与被放逐的国王勾结、背叛了罗马,共和派因为布鲁图斯对国家的功绩而委托他来审判自己的儿子,他大义灭亲判处了儿子死刑。主人公有类似高乃依悲剧人物的特点,剧本贯穿了为反对专制而牺牲个人利益的理想精神。

《恺撒之死》是在莎士比亚的《尤里乌斯·恺撒》一剧的影响下写成的,写罗马历史上布鲁图斯等人合谋杀死恺撒的故事。在这里,恺撒是一个专制统治者,而他的对立面被写成是忠于共和的人物。

伏尔泰的悲剧是他用来表现自己启蒙思想的工具。他的几个主要悲剧都有比较鲜明的政治色彩,表现了反对专制,和他的哲学、政论一样，都是资产阶级大革命前舆论准备的一部分。伏尔泰在悲剧创作上是高乃依和拉辛的师法者，他所追求的是古典主义的标准，这种模仿的态度使他只能是等而次之。他也受到了莎士比亚悲剧的影响，认为莎士比亚作品中所表现的强烈的激情值得法国悲剧借鉴，但他拘泥于古典主义美学标准，把莎士比亚称为“喝醉了的野蛮人”。加之，他的悲剧大都是急就之作，没有经过充分的艺术酝酿和反复的锤炼，因此缺乏真实的典型形象和深刻的性格刻画。他的悲剧往往只是他本人思想的图解，笔下的人物只是他本人的传声筒，特别是他后期的悲剧更是如此。伏尔泰也企图给自己的悲剧加上一些新的特点，如追求布景、道具、服饰的新奇和刺激性的戏剧效果等，但这些形式主义手法只能使他的悲剧在艺术上更加不伦不类而已。

在伏尔泰的文学创作中，最有价值的是他的哲理小说。这些小说之所以保持了艺术的生命力，是因为没有模仿某种过时的僵化的文学传统，而是根据其启蒙思想内容的需要，找到了适合的艺术形式。它们一般都是以滑稽的笔调，通过半神话式的或传奇式的故事，影射讽刺现实，阐明一些哲理。小说的哲理虽然有些反映了伏尔泰世界观中的根本缺陷，其中对法国封建专制制度下社会生活的嬉笑怒骂、旁敲侧击、揭露控诉，却构成作品的可贵精华。

伏尔泰的哲理小说大多数是中、短篇，其中以《如此世界》《查第格》等最为重要。

《如此世界》又名《巴蒲克所见的幻象》，是伏尔泰的第一篇哲理小说。在这个神话式的故事里，伏尔泰阐述了自己对法国社会现实的观察和分析。

掌管天下万国的神灵伊多里埃派一个名叫巴蒲克的人到柏塞波里斯城去做一番考察再回来向他报告，以便决定对这个城市是加以惩罚还是把它毁灭。巴蒲克进入这个城市，看到神庙基底铺满了死人，上流社会一片淫乱的男女关系，文武官职公开标卖，资产阶级包税人像“无冕之王”，剥削整个国家，社会风气恶浊，舆论欺善怕恶,人与人尔诈我虞。看到这些现象,巴蒲克觉得应该让这批蛀虫在大毁灭中送命。但与此同时,他看到许多慷慨豪爽、仁爱侠义的行为,看到这个城市高度的物质文明,他发出这样的感慨:"不可思议的人类,这许多卑鄙和高尚的性格,这许多罪恶与德行。"最后,他用最名贵的金属和最粗劣的泥土石子混合起来,塑成一个小小的人像,作为汇报拿给神灵,向他说:"你是否因为这美丽的人像不是纯金打的或钻石雕的,就把它毁灭掉?"于是,神灵放弃了毁灭这个城市的念头,决定让世界如此这般下去。

小说中的柏塞波里斯城影射的就是巴黎,小说所揭露出来的种种黑暗就是法国的现实。伏尔泰用滑稽夸张的笔法,突出了社会现象的本质。

对这样一个根本不合理的旧世界是否应该加以毁灭?伏尔泰的答复却是否定的,因为他认为这个世界还有可取之处:过去这里有"贤明的君主",现在也还有"连续不断辛苦了四十年、难得有片刻安慰"的大臣;上流社会虽然腐化,但物质文明"精美动人"、人物"风雅可爱";商人虽然投机倒把,但养活了手下上百工匠,能繁荣工业、培养趣味、发展贸易、增加财富,因此他最后说:"即使不是一切皆善,一切都还过得去。"

中篇小说《查第格》不仅注意暴露和嘲讽现实,而且提出了作者的政治理想。

故事写古波斯巴比伦有一个名叫查第格的青年,他品性优良、明哲保身,但灾祸总是不断降临到他头上:爱人被权贵抢走,为了保卫她,被打瞎了一只眼睛,不久爱人却背叛了自己。他还因为司法黑暗两度无缘无故被捕入狱,他得到国王的信任和王后阿斯达丹的爱情后,又遭到谗言而大祸临头,他不得不赶快出逃,在流亡中经历了很多艰苦,最后国家动乱,国王被杀,他靠自己的本领娶了阿斯达丹,被推戴为国王。

故事虽然伪托古代,但有着现实社会的影子。查第格婚后不久爱人就变心,甚至想把他的鼻子割下来给新情人治病的故事,是对法国上流社会腐败的男女关系的讽刺;查第格几次无辜被捕入狱、险些送命的经历，是暗指当时司法机构的草菅人命；小说中国王宠信淫邪放荡的女人，把国事败坏得一团糟，是对国王路易十五耽于声色的影射。伏尔泰通过小说中人物的经历企图表现出一个政治黑暗、人情险恶，人人都不得自由、不得安宁的社会环境，小说中这个社会图景正是伏尔泰所生活的法国君主专制社会的写照。查第格那种“这个世界上的一切，连莫须有的东西在内都要害我”的感慨，显然有着伏尔泰自己早年多次受到专制政体打击迫害的痛苦经验。

《查第格》通过虚构的故事，写出了作者在封建专制政体的黑暗统治下的窒息感，这是它作为哲理小说的主要价值。不过，这种窒息感只是资产阶级在封建君主专制统治下不得自由的体验，表现在小说中，查第格是个“年少多金”的阔绰公子，他在那个社会里的痛苦是不能“快乐度日”的痛苦，与劳动人民所受的剥削和压迫当然是不能同日而语的。

在伏尔泰看来，像查第格这样的人在那个世界上也得不到幸福。那么，“人的幸福究竟是靠什么呢?”伏尔泰提出了这样的问题，他也对此做了回答。他的答案就是开明君主政治。小说中，查第格当上了宰相，用哲学家的方式治理国家，如“教每个人都感到法律的神圣，而不许一个人感觉到他爵位的压力”，他允许言论自由，提倡信仰自由等。这里表现出启蒙思想家伏尔泰的政治理想。最后，查第格当上国王，成为开明君主，伏尔泰这样结束小说：“从此天下太平，说不尽的繁荣富庶，盛极一时。国内的政治以公平仁爱为本。百姓都感谢查第格，查第格却是感谢上天。”可见，伏尔泰所要表现的主要哲理就是要说明开明君主可以使不幸的世界得到幸福。由于要服从这个主题，作者用了很多篇幅塑造查第格这样一个开明君主的形象，表现他如何明智、高尚，在患难的经历中又如何用他的哲理帮助愚昧的人们移风易俗，使小说带有开明君主政治幻想的说教色彩。至于其中对查第格与王后的爱情和悲欢离合的歌颂，更是近乎庸俗的才子佳人小说。

第四节 唯物主义的倡导者

狄德罗(Denis Diderot,1713—1784),18世纪启蒙思想家中最杰出的代表人物之一,是著名的《百科全书》的组织者和主编。对他一生的活动,恩格斯曾经给予这样的评价:"如果说,有谁为了'对真理和正义的热诚'……而献出了整个生命,狄德罗就是这样的人。"[1]

狄德罗生于外省的小城朗格尔。父亲是一名制刀师傅,家境富裕。狄德罗是长子,父母很早就送他到学校受教育,后来送他上巴黎的阿尔古公学,毕业后又让他去学法律。但是,他钻研数学、语言学、艺术和哲学的兴趣远比神学和法学来得浓厚。当他父亲发现他没有循着规定的道路发展时,便停止对他的接济。从这时起,狄德罗长期过着贫穷的生活。为了维持生计,他曾当家庭教师,为书店翻译历史、医学、伦理学等方面的书籍。在这穷困的10年中,他刻苦学习,成为一个博学的人,同时他结交了一些优秀的知识分子,如卢梭、孔狄亚克、马布莱等。

1746年,他发表第一部作品《哲学思想录》。这本书虽然没有明确主张无神论,但巧妙地让人们产生了质疑,因此巴黎法院很快就判决把它销毁,巴黎警察局也建立了狄德罗的专门档案,把他称为"极端危险的人"。

狄德罗追求真理的精神不屈不挠,事隔一年,他又写成《怀疑论者的漫步》(1747),宣传无神论思想。由于有人告密,这本书遭到警察当局没收。1749年,他又写了著名的《论盲人书简》,明确地站在无神论的立场上,他通过描写一个盲人数学家对物质世界的感觉,阐明客观世界是物质的,人可以通过感觉器官去认识它,

[1] 恩格斯.1972.费尔巴哈和德国古典哲学的终结[A].马克思恩格斯选集[C].中央编译局.北京:人民出版社:228.

从根本上为无神论提供了唯物主义的哲学基础。这本书更加触犯了统治阶级，狄德罗被投入了监狱，经过多方营救，3个月以后，他被释放了出来。

出狱后，狄德罗以最大的热情主持《百科全书》的编纂。出版商普鲁东原来的意图只不过是要把英国的大辞典翻译成法文，但到了狄德罗手里，却变成了对科学艺术发展成果全面的总结和对唯物主义启蒙思想大规模的宣传，其目的正如狄德罗自己所说："是要改变人们普遍的思维方式。"参加这个工作、为《百科全书》撰稿的，几乎包括了当时所有的先进思想家和各个知识领域中一切杰出的代表人物。《百科全书》的出版从1751年至1772年持续了整整20年，共出版了37卷。它对封建社会从政治制度到法律机构的整个上层建筑，对贵族阶级从法权观念到文学艺术等全部意识形态，进行了大规模的批判，给予了毁灭性的打击；它宣扬政治平等和思想自由，为新兴资产阶级大造舆论。以《百科全书》的出版为中心，形成了法国启蒙思想运动的高潮，参加了《百科全书》的编写工作、有共同的唯物主义启蒙思想的人士，在历史上被称为"百科全书派"。

《百科全书》从一开始就被统治阶级仇视，不止一次遭到政府的干涉和查禁。在当局的压力下，有的人退缩了，如达朗伯；有的人疏远了，如重农主义的代表人物杜尔果等。狄德罗在种种困难面前，始终以坚强的毅力和巨大的热情坚持工作，他不仅是全书的组织者，而且他自己为该书工艺、哲学、美学、伦理学等方面撰写了1 000多篇文章或条文，为新兴资产阶级完成这个意识形态的巨大建设工程，献出了他一生的主要精力。

在为《百科全书》进行大量工作的同时，狄德罗在哲学理论方面留下了杰出的成果，其中主要的是《达朗伯和狄德罗的谈话》(1769)、《对自然的解释》(1754)、《关于物质和运动的哲学原理》(1770)。在这些论著里，狄德罗承认物质的第一性，把时间和空间看成物质存在的形式，认为物质和运动是不可分的。在认识论上，他坚持反映论的思想，认为对客观物质的感觉是认识的第一阶段,而思维是在感觉的基础上产生的。狄德罗这些思想构成了法国18世纪唯物主义哲学的完整体系,虽然他的唯物论基本上是机械的、形而上学的,和同时代其他唯物论者比较,却多少含有一些辩证法的因素,列宁这样评价说:"狄德罗非常接近现代唯物主义的看法。"[1]

此外,在编纂《百科全书》期间,狄德罗在美学、艺术批评、戏剧理论和小说创作方面,也写出了出色的作品。

狄德罗的唯物主义哲学思想大大超过了他同时代的思想家;但他的社会政治思想并没有超出他的前辈伏尔泰、孟德斯鸠的水平,没有脱离唯心史观的樊笼。他迷信理性,以为体现了理性的法律和政体就可以保证社会的幸福。狄德罗政治思想的这个缺陷使他受到了俄国女皇叶卡捷林娜二世的利用。这个残酷的封建农奴制国家的统治者为了给自己涂上开明君主的色彩,长期用经济上的小恩小惠对狄德罗进行拉拢,并邀请他到俄国去装点她的宫廷。1773年,狄德罗来到俄国。在彼得堡的宫廷里,他成为王公贵族猎奇的对象。1774年4月,狄德罗离开彼得堡回国,在这个专制的黑暗的国家,他只待了7个月。

晚年,狄德罗无所作为,他逝世于1784年。

1757至1758这两年,狄德罗努力进行一种尝试,即打破古典主义戏剧的框框,建立一种新的戏剧类别——"严肃喜剧"或"正剧"。他写作了《私生子》(1757)和《一家之长》(1758)两个"严肃喜剧",还写了两篇总结他的创作经验和宣传他的戏剧主张的论文《关于〈私生子〉的谈话》(1757)和《论戏剧诗》(1758)。他的两个剧本是不成功的,但这两篇论文以及他晚年写的《演员奇谈》所阐述的戏剧理论,在法国戏剧理论发展史上意义巨大,标志着一个新阶段的到来。

17世纪以来,法国戏剧一直是古典主义占统治地位。古典主义根据封建专制主义的规范化要求,规定悲剧与喜剧之间有不可

---

[1] 列宁.1957.唯物主义和经验批判主义[A].列宁全集[C].中央编译局.北京:人民出版社:24.

逾越的界限:悲剧用来表现崇高的事件,喜剧则是讽刺世态人情。因此,要表现正面的理想人物只可能采用悲剧的形式。然而,古典主义又规定悲剧必须用韵文,趣味必须“高雅”,其中出现的人物必须是帝王将相、王公贵族。这样悲剧就成了为封建阶级服务的文学工具。随着时代的发展、随着第三等级最后夺取权力的时日愈益临近,资产阶级表现自己、为自己大造舆论的需要就更为迫切。已经程式化的古典主义悲剧根本容不下资产阶级的形象,而它又不甘心在喜剧中充当可笑的角色。正是在这种阶级要求下,狄德罗主张打破悲剧、喜剧的界限,建立新的剧种。他从十七八世纪之交英国出现的“感伤剧”得到启发,这种剧用散文的语言表现普通人的日常生活,说教气息浓、情调感伤,法国人称为“泪剧”。狄德罗总结了这种戏剧形式,并从理论上加以概括和提高,系统地提出了建立新剧种的主张。

狄德罗认为,在悲剧与喜剧之间,应该有一个新的“中间类别”,这就是他主张的“严肃剧种”或“严肃喜剧”。在题材上,他主张“表现自然中发生的一切”,接触和讨论各种社会问题,“使全国人民严肃地考虑问题而坐卧不安”。在人物形象的塑造上,他认为古典主义戏剧把人物性格描写成类型化如吝啬、伪善等是不够的,而强调人物性格“各有不同”,特别是主张表现人物的社会身份,也就是表现人物性格的社会内容。在情节上,他要求“真实”“自然”,应该“摈弃奇迹”。在语言上,他反对用韵文,主张用散文,要求“台词应该逼真”“每个性格有一种与它相适应的语气”。此外,在布景、服装和演技等方面,他提出了真实表现生活的要求,反对古典主义戏剧的夸张、富丽、矫揉造作。

狄德罗的新剧种就是市民剧,也就是后来所谓的“正剧”。它以家庭的题材与宫廷的题材对立,以市民形象与贵族人物对立,以市民的重视道德和贵族的腐化堕落对立,其目的在于正面表现资产阶级市民的形象或资产阶级的理想人物,证明这个阶级在思想上、道德上高于没落的贵族阶级。狄德罗自己写作的“严肃喜剧”样本《私生子》就体现了这种目的。这个剧本写两个市民阶级的青年人同时爱上一个少女。一个为了忠于友谊,宁可自己失恋,甚至企图自杀以成全朋友的爱情;另一个得知真相,也要以高贵的行为报答好友,但是由于意外的原因,发现前者原来是那个少女的哥哥,最后两个青年都得到了满意的婚姻,各自娶了对方的妹妹。这个剧本又名《道德的考验》,它显然是要歌颂市民阶级人物"道德高尚""忠于友谊",以与当时贵族的丑恶虚伪对照。因此,剧本在1757年发表后,遭到封建统治阶级的"肆行迫害",直到1771年才得以上演。

在启蒙运动思想家中,狄德罗在文艺理论上的成就最高。他在反对古典主义美学方面,态度比伏尔泰明确、先进;他也批判封建贵族的精神文明,但没有像卢梭那样笼统地否定文学艺术;而且,他反映了资产阶级的要求,提出了一整套适应这个阶级的利益的现实主义艺术论,这使他成为新兴资产阶级在美学理论上的代表人物。他的文艺理论的实质是,以要求表现人性来为表现资产阶级性开辟道路,以要求表现自然来为资产阶级在文艺中争地盘,其理论核心是人性论。

狄德罗不仅在戏剧上成就斐然,在小说创作上也十分出名,他的两部小说《拉摩的侄儿》和《定命论者雅克和他的主人》在法国文学上占据十分重要的地位。这两部作品在宣传启蒙思想、富于哲理性上,与其他启蒙运动作家的小说作品是完全相同的,而在真实描绘现实生活和人物形象上,又显出了自己的特色。狄德罗要求小说创作遵循现实主义的原则,强调细节描写的真实。他实践了自己的主张。在18世纪小说中,他的作品有较多的日常生活图景和接近现实的细节描绘,对于现实主义小说艺术的发展有一定的贡献。

《拉摩的侄儿》这部中篇小说写于1762年左右,但直到1823年发现原文本,才第一次在法国出版。

小说采用对话体裁,写主人公拉摩的侄儿和第一人称"我"在咖啡馆里的谈话。拉摩的侄儿实有其人,是狄德罗早年贫困生活中在巴黎街头咖啡馆里认识的一个潦倒的文人。他的叔父拉摩是法国18世纪著名的音乐家，他本人长期过着流浪生活，以教唱为生，后来死在流浪汉收容所。狄德罗对生活中的原型进行了典型化的艺术加工，塑造出一个具有深刻社会意义的形象。

狄德罗笔下的拉摩的侄儿，瘦削憔悴，穿着破衬衣、破裤子，衣衫褴褛，差不多光着脚。他每天很多时间都在咖啡馆里闲荡。早晨起来，他第一件心事就是到哪里去吃午饭，午饭后又要想到哪里去吃晚饭。夜晚，他经常没有宿处，要请求马车夫让他睡在稻草上。他有出色的歌喉和音乐才能，知识相当丰富，见解非常深刻，还是一个技艺高明的演员，但他没有职业，是流落在咖啡馆里那些为数众多的落魄文人的一个典型。他有时也能到贵族家庭里去教点音乐，但不足以糊口，他经常要设法到某些大人先生家充当食客。在那里，他要不停地讲些机智戏谑的笑话给主人逗乐，要向他们卑躬屈膝、阿谀逢迎，还要像弄臣小丑一样，嬉皮笑脸地接受主人的侮骂。凡此种种，都是为了能够在餐桌上狼吞虎咽地饱吃一顿，或者得到一点“资助”。在他顺利的时候，他完全是另外的形象：他扑着粉，鬈着头发，穿着漂亮的衣服，昂首阔步，神气十足，呈现在人们面前的就是这样一个既悲惨又可耻的复杂形象。

这个形象的复杂性还在于他并不单纯像恶棍坏蛋一样认为他所过的生活是正当的、合理的，他非常清醒、非常自觉地认识到自己的生活肮脏卑鄙；他骂自己是“不识羞耻的、懒惰的可怜虫”，“一个极端的无赖、骗子，一个贪食者”；他谈起自己的生活，都是用极刻薄的嘲讽口吻和最自我菲薄的语气；他有时还表现出一些“理性”“诚实”和“尊严”，但所有这些又不妨碍他继续自觉地“采取蠕虫的方式”过着卑污的生活。狄德罗这样评论他：“使我惊讶的是，这样的精明和这样的卑鄙在一起；这样正确的思想和这样的谬误交替着；这样邪恶的感情，这样极端的堕落，却又有这样罕见的坦白。”

那么，这种性格是如何形成的呢？狄德罗进一步挖掘了它的社会原因。在小说里，拉摩的侄儿用深刻的语言，对他的时代社会做了描绘。他看到了那个社会的不平，他看出在那个社会里人对人是狼、是窃贼，因此他自己也以狼的方式、窃贼的方式去对待别人。狄德罗通过拉摩的侄儿之口对时代社会的评论，不仅是当时封建专制社会中人与人关系的真实写照，而且深刻地触及了当时已经成为社会现实的资本主义关系的某些本质特征，而拉摩的侄儿就是这样一个封建资本主义人与人关系的畸形产物。

《拉摩的侄儿》作为"辩证法的杰作"，主要在于作者以辩证的方法挖掘和表现了主人公性格中尖锐的矛盾，特别是这种矛盾着的性格所反映的社会现实生活中的尖锐矛盾。通过这个人物，狄德罗对18世纪下半期的法国社会进行了深刻的批判。

在小说中，第一人称的"我"和拉摩的侄儿进行了辩论，向他宣传启蒙思想，如人的生活应该有理性、有道德、尽社会责任等。具有讽刺意味的是，"我"这些言论却被拉摩的侄儿以社会现实为依据加以反驳，在拉摩的侄儿那种赤裸裸的言论面前，启蒙思想的说教倒显得软弱无力。

作品的最后，拉摩的侄儿结束和"我"的辩论说："但愿我再经历40年的这种不幸吧。最后笑的人是笑得最好的。"40年后，启蒙思想家为之奔走呼号的资本主义秩序已经建立，他们的说教和鼓吹的理想却成为泡影，而拉摩的侄儿那种无耻人物以及他们的无耻哲学充斥了整个资本主义社会。

小说的篇幅不长，完全由对话组成，只插有很少的简短叙述。主人公的生活经历、思想性格以及对社会现实的反映和描写，都通过人物个性化的生动语言表现出来，显示了作者的艺术技巧。

《定命论者雅克和他的主人》是狄德罗晚年所写的最后一部重要作品。生前只以手抄本流传，狄德罗死后的第二年，德国诗人席勒把其中一部分译成德文。在法国，这部作品直到1796年才第一次印行。

小说的形式采用对话体。雅克和他的主人漫无目的地到处游历，一路上漫谈各种话题，讲述各自的经历和恋爱故事。整部小说没有贯穿全书的情节和严谨的结构，是由两个人物带有哲理性的谈话、他们一路上的所见所闻、再加上他们讲述的一些故事所组成的。小说的笔调诙谐滑稽，风格与《巨人传》类似。

主人公雅克是一个头脑灵活、办事能干的仆人，他机智诙谐，有哲学头脑，经常发表一些精彩的哲理议论。但狄德罗又把他写成一个定命论者，他的一句口头禅就是："一切都是上天安排好的。"他用似乎认真但又带有嘲讽的口吻说："世界上人们所遭到的一切幸和不幸的事情都是上天写好了的。"统治阶级的思想是统治的思想。狄德罗把这种思想放在雅克身上，并不是肯定它，而恰巧是要用作品中具体的形象去加以否定。每当雅克念起这个口头禅，完全是用冷面滑稽的口吻，而且往往是在发生了最偶然、最荒唐可笑的事情的时候，在闹剧般的场合下，因此雅克这句口头禅就成为一种绝妙讽刺。狄德罗还经常用一些极不合理的事件来反衬这种思想的荒唐，如雅克替主人找回了丢失的钱包和表，却被主人打了一顿，这时雅克就讽刺地念这句口头禅来解嘲。

小说通过主仆二人路上的见闻和穿插的故事，广泛描写了18世纪封建社会的现实，暴露出这是一个黑暗的时代。在这里，一对农民夫妇悲叹"年头不好，粮食贵得吓人……债权人贪婪狠心令人胆战心惊"；一个老乡在大路上呼天抢地："我是再也不能养活我女儿和我儿子了"；一个女仆打碎了主人的大瓮，坐在道旁哭诉："我这一个月完了，在这个月里谁来养活我可怜的孩子们呢？心比石头还硬的管家是不会减免我一个钱的"；资产阶级市民也受封建压迫，一个糕饼铺的老板，妻子被大贵族府上的总管占有，还被这个总管加以政治陷害，几乎家破人亡。这些苦难和不平是如何来的？当雅克讽刺地念着"一切都是上天安排好的"的同时，狄德罗用形象的描写回答了这个问题：他揭露统治阶级穷奢极欲的生活，贵族太太喂一条狗的食品"足够做两三个穷人的粮食"；他描写警官如何与贵族、神甫勾结、为非作歹；他表现高利贷盘剥的狠毒、拆白党骗子的横行，这些构成了封建社会中阶级剥削和阶级压迫的阴暗景象。狄德罗通过人物之口这样说："人民都是暴君压迫下的奴隶"，更指出了当时人民不幸的根本原因，表现了作品真正的主题。

小说关于雅克和他主人关系的描写是颇有寓意的。雅克出身于农民,他精力充沛,身上还有一股粗野的乡土气息,他诙谐乐观的精神,有点像拉伯雷的人物,而他聪明机智的特点又和司卡班相近。他的主人是个贵族老爷,整天死气沉沉,迷迷糊糊,"他的表、他的鼻烟和雅克这三样东西是他生命的主要源泉,他的生命就是在吸鼻烟、看时间和问雅克问题中消磨过去的",他缺乏基本的生活能力,离开雅克几乎寸步难行,是一个寄生虫的形象。狄德罗通过两人的关系,表现了这样的寓意,那就是平民的雅克比贵族主人有充实得多的精神力量,在现实生活中起决定作用的是雅克而不是贵族老爷。特别有意思的是,雅克不止一次和他的主人争平等的地位。一次,雅克针锋相对地和他主人争吵了一顿之后,向这条寄生虫做了一次富有哲理意味的谈话,论证主人必须要有雅克,而雅克可以没有主人,最后的结论是:雅克应该领导他的主人。狄德罗以此预示着腐朽没落的贵族阶级是没有前途的,而被它统治的平民将成为生活的主人。随着资产阶级革命的日益临近,这样一个第三等级的代表战胜贵族人物的主题,在博马舍的剧本里又有了进一步的发展。

第五节 浪漫主义文学流派的开创者

卢梭(Jean-Jacques Rousseau,1712—1778)是法国18世纪最杰出的思想家之一,也是一位具有深远影响的文学家。他的一生是被侮辱与被损害的一生。他的出身和生活经历比孟德斯鸠和伏尔泰较为接近人民,因此思想也更为激进。他是封建社会愤慨的抗议者。他反映了小资产阶级的某些愿望。在后来的资产阶级革命中,他的论著成为激进民主派的精神向导。

卢梭于1712年6月18日生于日内瓦一个小资产阶级钟表匠的家庭。他的祖先是法国血统,因受到迫害,在16世纪中叶移居日内瓦,并取得了"公民"的资格。他在这个民主政体的共和国度过了他的童年，对它感情很深，他一生都以“日内瓦公民”自诩。

他自幼丧母，父亲对他从不束缚和管教，对他的教育不外是和他一道读文艺小说。父子二人读起来往往通宵不眠，甚至读到第二天清晨听到燕子呢喃的时候。卢梭在他童年时代所读过的大量书籍中，最喜爱的是普卢塔克的《希腊罗马名人传》。他后来回忆说，那些古代的历史人物，使他形成了自由思想和民主精神，以及不愿忍受奴役和束缚的骄傲性格。”

卢梭很小就寄人篱下，14 岁被迫外出谋生。他在店铺里当过学徒，受尽了老板的折磨。但这不仅没有使他不羁的性格就范，倒是更激起他的反抗。一次，他到郊外游玩，乐而忘返，最后城门已闭，他不愿意回去受东家的惩罚，决然不辞而别，离开了日内瓦，开始了他的流浪生活。这时，他还不到 16 岁。

他流浪过很多地方。他在店铺里当过伙计，后无缘无故被赶走；他做过贵族家庭的随从，不久他宁可与流浪汉到自由天地里去游历，放弃了向上爬的前程。他在流浪中，广泛接触了社会生活的实际，他亲眼看到农民是如何受压榨、平民是如何被损害，从统治阶级的横行霸道中，他痛感在那个社会里“强权即公理”。他在受苦的生活里，受尽富贵人家的白眼和虐待，却得到劳动人民的照顾和帮助，深切体会到在人民中，纯朴的感情到处可见，而在上等阶级里，只讲利害与虚荣。所有这一切在他心里种下了反对不幸的人民所遭受的苦难的根苗，使他后来在自己的论著里对这个时代、这个社会发出了激愤的抗议。

他流浪生活开始不久，就认识了华伦夫人。每当遇到困境，他便去投靠她。从 1732 年起，他先在尚贝里华伦夫人的家里过了几年，学习了音乐，成为音乐教师。1736 年，他们又移居到阿尔卑斯山麓一个小村庄夏默特。在这里，他广泛学习了数学、天文学、历史、地理，系统地钻研了唯物主义哲学。他特别喜爱当时刚出版的伏尔泰的《哲学通信》，他说：“这部作品引起了我对学术的极大热情。”他还参加田园劳动，在葡萄熟了的时候，与农民一起分享收获的愉快。他常年生活在山区优美的景色中，培养了他以后在文学作品中表现得很动人的对大自然的美感。

1741 年,他前往巴黎,口袋里带着他所发明的音乐简谱法。他把简谱法呈给法兰西学院,学院被保守迂腐的学究所控制,完全否定了他的发明创造。他谋得驻意大利使馆秘书的职务,不久又因与上司不合而丢了饭碗。他回巴黎后,以抄写乐谱为生,同时应狄德罗、达朗伯之约,替《百科全书》写音乐方面的稿子。他和狄德罗友谊很深,狄德罗被捕入狱,他上书要求释放,并声称愿意陪同过监狱生活以示抗议。1749 年,在从巴黎到范赛纳监狱去探望狄德罗的路上,他看到第戎学院公开征文的广告,题目是"科学与艺术的复兴是否有助于改良风俗"。在狄德罗的鼓励下,卢梭写了《论科学与艺术》这篇论文去应征,中选后,他的名声很快传遍了法国。1755 年,第戎学院又以"人类不平等的起源"为题公开征文,卢梭再一次撰文应征。他的论文虽然没有中选,但出版后影响更大,这就是他著名的《论人类不平等的起源和基础》。卢梭不仅在这两篇文章里表现了惊世骇俗的激进思想,而且在生活为人上也表现出独立不羁、与贵族统治阶级不同流合污的反抗态度。宫廷演出他的歌舞剧《乡村卜师》(1752)时邀他出席,他故意不修边幅以示怠慢;国王要亲自"赐给"他年金,他为了洁身自好,"以后敢于讲人格独立、主张公道的话",而不去接受。他非常厌恶"巴黎的繁华和上流社会的奢侈",从 1756 年起,他隐居到巴黎近郊的蒙特莫朗西森林的附近,直到 1762 年。在这里,他发表了他的《就戏剧问题给达朗伯的信》(1758)及出版了《新爱洛伊丝》(1761)、《社会契约论》(1762)、《爱弥儿》(1762)三部重要的作品。也是在此期间,他强烈的个人主义和落落寡合的性格,使他与狄德罗以及百科全书派的朋友产生裂痕;他因对戏剧意见不一,和伏尔泰、达朗伯也进行了激烈的争论。

他的为人和论著,早为统治阶级所嫉恨。1762 年《爱弥儿》出版后,大理院下令焚烧,并要逮捕作者,卢梭不得不逃往瑞士。瑞士当局同样下令焚烧他的书,他不得不逃到普鲁士的属地莫蒂业,他在莫蒂业又无法容身而不得不流亡到圣彼得岛。该岛所辖的伯尔尼政府命令他离开，他又被迫到英国去找哲学家休谟。在封建政府迫害下，卢梭的精神受到莫大的刺激，几乎失常。他到英国后不久和休谟发生了争吵，只好化名回到法国，长期在外省各地辗转逃避，直到1770年才重返巴黎。在这漫长的逃亡生活期间，他发表了他多年编成的《音乐辞典》；为了答复敌人的攻击和污蔑，他写了《山中来信》(1764)。从1765年起，他着手写他的自传《忏悔录》。

卢梭的晚年是孤独、不幸的。他仍受到封建统治阶级严密的监视。在街上，贵族的车辆故意去撞他或溅他一身泥。他过着清贫的生活。在完成《忏悔录》之后，他又写了自传的续篇《一个孤独者的漫步遐想录》。1778年7月2日，他悲愤的一生结束了。法国资产阶级革命后，1794年他的遗体在隆重的仪式下移至巴黎的先贤祠，在伏尔泰的旁边。

卢梭主要的文学作品有《新爱洛伊丝》《爱弥儿》等。卢梭这些作品的特点和形式各不相同，但都是他宣传和表现启蒙思想的工具，和他的理论著作一样，也表现了强烈的反封建主义的精神。

《新爱洛伊丝》是卢梭著名的书信体小说。小说借用12世纪青年女子爱洛伊丝与她老师阿贝拉尔的爱情故事为标题，写18世纪法国一对青年人朱丽和圣普乐的恋爱悲剧。

圣普乐是一个平民知识分子，在贵族家担任家庭教师，和他的学生贵族小姐朱丽发生了恋爱。朱丽的父亲阶级成见很深，不许朱丽和圣普乐结婚，仅仅因为这个青年人不是贵族出身。圣普乐被迫离开。朱丽也被迫嫁给了贵族服尔玛，婚后她向丈夫坦白了自己过去与圣普乐的恋爱。服尔玛表示信任，把圣普乐接到家里以宾客相待。朱丽与圣普乐朝夕相见，彼此都压抑内心的感情，感到非常痛苦。最后，朱丽因重病而死，死前再次袒露对圣普乐的感情，并要求他教育她的儿子。

卢梭对这个恋爱悲剧倾注了全部同情，他把这对青年人的爱情表现得真挚动人、合情合理。在卢梭看来，真诚的爱情的结合是一切结合中最纯洁的。但是，封建等级制度阻碍了这一对青年结合在一起,成为他们不幸的根源。在这里,卢梭站在资产阶级人道主义的立场上,提出了以真实自然的感情为基础的婚姻理想和以门当户对的阶级偏见为基础的封建婚姻对立,并通过这个悲剧的爱情故事对封建等级婚姻提出了抗议。

在卢梭的笔下,圣普乐是一个品学兼优、才貌双全的知识分子,就其实际条件来说,比他周围的人要优秀得多,根据卢梭的人权主义原则,他是完全应该得到朱丽的爱情的。然而,他们的恋爱却得不到社会的承认。那个社会只承认"高贵的血统"和贵族的头衔。朱丽的父亲就是这样一个封建卫道者,他根本不从实际的德才去衡量一个人的价值,因此他顽固地反对自己的女儿嫁给平民出身的圣普乐,而强迫女儿嫁给他自己的贵族朋友。

小说还通过圣普乐在巴黎的见闻,批判了贵族上流社会的种种习俗风尚,和小说对华莱山区人民纯朴的思想感情、道德风俗的赞美形成鲜明的对照,表现了卢梭否定贵族阶级文明、歌颂人类"自然状况"的一贯思想,使小说对现实的批判不限于狭隘的爱情问题,而有了比较广泛的社会内容。

《新爱洛伊丝》是资产阶级反封建斗争时期争取爱情自由的一部代表作。它的两个主人公都有某种反封建的精神。圣普乐不承认封建道德,而把自由恋爱视为一种基本的人权,不断向朱丽证明他们的爱情本身就具有"美德的品格"。朱丽的思想较多地受阶级地位的束缚,因此内心有更多的矛盾:爱情与名誉、与门第观念、与封建礼教的矛盾等。但她经过激烈的斗争终于接受了圣普乐的爱情。当她那专制粗暴的父亲强迫她嫁给他自己的朋友时,她对封建家长发出了愤慨的控诉:"我的父亲把我出卖了,他把自己的女儿当作商品和奴隶,野蛮的父亲,丧失人性的父亲啊!"然而,整个小说立足于资产阶级个性解放的思想,因此主人公对封建社会的反抗是很有限的。起初,他们不敢公开自己的爱情;当封建家长逼迫他们时,虽然有人向他们提供了到美洲去生活的物质条件,他们却没有勇气冒封建社会之大不韪,不敢采取激烈的反抗方式离家出走;后来,朱丽成了贵族家庭的"贤妻良母”，努力压抑自己内心深处的感情，圣普乐也按规矩行事处世。总之，他们的行为基本上没有越出封建道德的规范。他们不是封建社会的反抗者，而是封建社会的牺牲品，这也反映了作者在思想上看不出这种爱情的前途。

小说的故事在人物的通信中展开，情节进展缓慢。书信体的形式使作者能够让主人公大量倾诉自己的感情，对自己在爱情不自由、受尽压抑和束缚的处境中的种种痛苦、委屈、矛盾、失望、顾虑做细致刻画和尽情渲染，加上主人公缺少行动以及他们的爱情以悲剧告终，使整个作品具有一种感伤主义的情调。而作者对华莱山区、莱蒙湖畔、克拉伦乡间自然景色的描绘，则又在小说里留下一些清新优美的篇章。

《爱弥儿》的副标题是《论教育》，是一部讨论教育问题的哲理小说。全书共分五卷，前四卷分述爱弥儿在婴儿、幼年、少年和青年 4 个时期的成长，最后一卷是爱弥儿与苏菲结婚，成立了家庭。

卢梭的教育思想是他整个社会改革思想的一部分。他认为教育的目的是造就有用的人才，是要防止人在恶浊的社会环境中变坏。穷人接近自然状态，“没有进行教育的必要”；富人则相反，因其阶级偏见背离自然状态，所以必须进行教育。卢梭有意识地把爱弥儿虚构为一个贵族子弟，在他的教育下成长，这意味着他把贵族阶级视为一个必须加以改造的对象，而他对爱弥儿的教育，处处又是针对这个阶级的种种恶习。这表现了卢梭民主主义的思想立场。

卢梭的教育思想体系同时反映了卢梭的哲学、政治思想观点中的精华与缺陷。他认为人性本善，只是在社会环境里才变坏的，因此他提出教育不外是“顺乎天性”，让人的本性避免社会偏见和恶习的影响而得到自由的发展。为了达到这个目的，在教育环境上，他使爱弥儿远离城市，住在乡下，让他光着头、赤着脚在大自然中尽情地奔跑跳跃。在这里，爱弥儿整日“和质朴浑厚的农民接触”，和教师一道参加体力劳动，疲倦了就休憩在耕耘了的松软的土地上。在智育的内容上，卢梭主张摆脱“奴隶的偏见”，不让爱弥儿读那些帝王将相的历史以免受其毒害,也不用统治阶级的道德礼教去束缚他的思想,甚至不让他玩金、银、水晶制作的玩具,以免形成爱慕虚荣和钱财的心理。在教育方法上,卢梭从唯物主义认识论出发,认为人的观念只能来源于对客观对象的感知,人的认识产生于具体的经验,因此他总是通过实物教育、直观教育的方法,使爱弥儿在生活实践中获得知识。爱弥儿把窗户打破了,就让他夜晚睡在这屋子里,他被寒风吹醒,自然就会觉悟到自己的错误。当爱弥儿不愿意学习地理知识的时候,他就让他通过在森林里迷路的经验,明白地理知识的重要。在教育的态度上,他对爱弥儿是引导,而不是压制,并且和爱弥儿结成平等相待的师生关系。

卢梭对爱弥儿的教育,表现了他对人的理想。他不让爱弥儿成为一个文弱苍白的贵族,而要他锻炼出强健的身体,培养他吃苦耐劳的精神;他反对贵族阶级的矫揉造作,而要爱弥儿形成朴实自然的作风;他针对封建专制的精神奴役,培养爱弥儿崇尚理性、独立思考、绝不盲从;他的教育使爱弥儿清除了封建等级观念,“在他眼里,仆人和帝王都是平等的”;他培养爱弥儿的民主思想,使他对普通人“富有同情”。爱弥儿应该成为什么样的人?卢梭一反把儿童培养成脱离实际、完全寄生的人的贵族教育,以“自食其力”的劳动者要求爱弥儿,他培养爱弥儿不仅会务农,而且成为一个职业的木工。卢梭所有这些理想和标准,都是以贵族教育、贵族偏见为对立面的。他还特别强烈反对贵族阶级、灌输神的观念,他认为这会使人“走上邪路”。正因为《爱弥儿》一书具有强烈的反封建统治的精神,所以出版后,封建政府立即下令焚毁,卢梭也长期受到残酷的迫害。

卢梭的教育思想的最终目的美其名曰是培养对社会有用的人才,其实是培养驾临群众之上的个人主义者,如在第四卷中,卢梭公开提出应该教育儿童“鄙视群众”。第五卷关于女子教育的论述也没有摆脱封建思想的影响,表现了“男子中心论”的思想和妇女应该屈从夫权的偏见。

第六节 哲理戏剧

博马舍(Beaumarchais,1732—1799),本名奥古斯特·卡隆(Pierre-Auguste Caron),是法国18世纪后期最重要的戏剧作家。他活动在资产阶级革命爆发前后的关键历史时刻。他的作品虽为数不多,其名著《费加罗的婚礼》却充分反映了资产阶级革命前夕阶级关系和阶级斗争的特点。

博马舍在行将崩溃的封建社会里的经历,是一部资产阶级个人主义奋斗史,充满了向上爬的冒险和与封建统治阶级的矛盾斗争。他出身于巴黎一个钟表匠家庭,从小没有受过系统的教育,跟随父亲学钟表技术,业余读了一些书,对他有影响的是文艺复兴时期人文主义著作中反对恶势力的斗争精神以及伏尔泰、狄德罗作品中的启蒙思想。20岁时他成为杰出的匠师,有所发明创造。为了向上爬,他与宫廷拉关系,献给显赫的权贵蓬巴杜夫人一只特制的手表,路易十五也向他订货。由此,他在宫廷立下了脚跟,并成了国王几个女儿的竖琴教师。他还参加当时大金融家、大包税商巴黎士·杜维尔奈的投机活动,成为一个富翁。1761年,他用巨款买得王室书记官的职位,并利用与一个富孀的婚姻,获得贵族姓氏“博马舍”。对于自己这样追求贵族称号,他说:“既然我改变不了社会成见,我就只好服从它。”

1764年,他因家庭事务到西班牙待了一年,在那里他写了有名的《致德·拉华里耶尔公爵书》。1767年,他的第一个剧本《欧仁妮》问世,1770年他又写作了第二个剧本《两朋友》。同年,他的同伙巴黎士·杜维尔奈死去,其继承人拉·布拉什拒不承认对博马舍的债务,并控告他伪造证件。1773年,他与一个公爵因私事纠纷发生殴斗,以“竞动手打了一个公爵和大臣”的罪名被关进了监狱,拉·布拉什趁机取得了胜诉,没收了博马舍的全部财产。博马舍继续上诉,并向法官哥埃士曼的太太行贿,这个女人扣留了一部分贿赂,但哥埃士曼不仅判他败诉,还对他反咬一口,攻击他行贿造谣。博马舍为自己辩护,写了四篇《备忘录》,对司法当局的黑暗腐败做了彻底的揭露,博得了社会舆论的同情。

路易十五死去后,博马舍设法取得路易十六的信任,他被派到国外执行秘密使命。由于财政困难,路易十六默许他向正在进行独立战争的美国贩卖军火。

博马舍精力充沛,经常同时进行多方面活动,为了保障剧作家和演员的合法权益、与剧院把头进行斗争,他组织了法国第一个戏剧家协会。他不顾政府的禁令,秘密出版了第一部《伏尔泰全集》,对这位启蒙哲学家的思想在欧洲的传播起了很大的作用。1772年,他写出喜剧《塞维勒的理发师》。1778年,完成了《费加罗的婚礼》。1787年,写了歌剧《达拉尔》。

资产阶级革命前夕,他又成了大富翁。革命风暴来到时,他态度消极。革命时期,他为革命政府做过一些事,但也受过怀疑,曾被捕下狱,被剥夺了财产,流落在国外。1792年,他写了最后的剧本《有罪的母亲》。1796年,他回到法国,三年后在巴黎去世。

《费加罗的婚礼》是博马舍的代表作,它写于1778年,第一次公演于1784年,正是资产阶级革命爆发的前夜。这时,封建王朝已经虚弱到极点,国库空虚、财政赤字庞大,工农业面临巨大的危机。《费加罗的婚礼》写出的前两年,企图进行一些改革以挽救局势的财政总监杜尔果被免职,他的继任者内克还试图做一次努力,也遭到同样的结果,于1781年下台。至此,一切挽救封建专制政体的最后尝试都归于失败。社会阶级矛盾达到空前尖锐的程度,封建旧制度全面崩溃的历史条件已经成熟。面对这样的局势,博马舍带着资产阶级的激情,把“山雨欲来风满楼”的紧张政治气氛艺术地再现在《费加罗的婚礼》里。

在新的政治形势下,为了表现新的主题,博马舍对《塞维勒的理发师》中的人物故事加以发展。在《费加罗的婚礼》中，阿勒玛维华伯爵是一个淫邪堕落的人物，他与罗丝娜结婚后喜新厌旧、追求刺激。当费加罗即将与伯爵夫人的使女苏姗娜结婚的时候，他威吓利诱，企图败坏苏姗娜的清白，破坏费加罗的婚事。他的阴谋遭到费加罗的反对，苏姗娜也坚决抵制。费加罗在苏姗娜的帮助下，争取伯爵夫人站在他这一边，还把伯爵所利用的人一个个拉过来，设下圈套，使伯爵的阴谋失败，当众出丑，最后喜剧在费加罗的婚礼的狂欢中结束。剧本又名《狂欢的一日》，突出了费加罗对伯爵的胜利，在封建势力不可挽救的颓势的历史背景上，表现了老爷输给跟班、平民战胜高贵者的主题。

伯爵不仅是道德腐朽的贵族典型，而且是封建权力的化身。在家庭里，他是封建夫权的形象，对自己的妻子也虚伪专横。在庄园里，他是粗暴的、为所欲为的封建主，利用自己的地位糟蹋农家妇女，甚至幼女也不能幸免。他维护封建的特权，把可耻的初夜权称为“可爱的权利”，口头声明放弃，实际上要偷偷赎回。他还代表着封建统治的权力机器，是“全省的首席法官”，他纵容收税员非法征收租税，对农民进行额外剥削，他公开维护贵族的法外特权，在法庭上宣布文学作品“最好是贵族署名，诗人动笔”。他为了霸占苏姗娜，利用了他掌握的一部分权力机器，对费加罗进行迫害。对这样一个封建权力的化身，作者有意让他最后败在仆人的手里，通过伯爵的失败，博马舍表现出了旧制度全面崩溃的前夕贵族阶级丑恶虚弱的本质。

费加罗的形象较在《塞维勒的理发师》中有了很大的发展。博马舍曾强调指出：“费加罗和喜剧中通常出现的仆人不同。”这个人物身上有着鲜明的政治色彩。他最突出的一个特点是不承认传统的观念，不承认存在了几百年的那种可耻的封建特权，而坚决维护自己的基本人权和荣誉，表现了平民对贵族老爷自觉的反抗精神。

《费加罗的婚礼》深深渗透了一种反对派的思想情绪，作者通过主人公之口对封建社会进行了全面的指责，在这个意义上，费加罗是博马舍的传声筒。在这个剧本里,费加罗的性格比在前一个剧本里更为复杂。他虽然以一个仆人的身份出现,但他身上体现着第三等级中资产阶级的思想特点。对他的经历,《费加罗的婚礼》又做了新的补充:他的父亲原来就是《塞维勒的理发师》中有钱的医生霸尔多洛,他从小流落在强盗窝里,后来从事过各种职业,不仅当过仆人、理发师、江湖郎中等,而且当过赌场老板,他这种复杂的经历使他的思想完全不像劳动人民。他深谙那个社会里向上爬的道路上自由竞争的规律,他说:"人这么多,谁都想跑,互相拥挤,你推我,我撞你,有的摔倒了,谁有能耐谁就能走到头里。"他从自己的经历出发这样发问:"既然在我周围每一个人都你抢我夺,偏要我做正人君子,这岂不是逼我寻死?"他认为,"要挣钱,人情世故比学问更有用",因此学得了一套为自己谋利而无诚实可言的手段,他自称:"我同时进行两桩、三桩、四桩诡计也不在乎,纠缠一起的、错综复杂的全行。我是天生当政客的。"而他"当政客的秘诀"就是"收钱、拿钱、要钱"这三句话。他骗取了霸尔多洛一百块银币,还有管家婆(后来证明是他母亲)马尔斯琳的两千银币。他和伯爵的斗争,一方面是维护自己的人权,另一方面想利用伯爵对自己未婚妻的邪念,设下圈套"骗他上钩,把他的钱弄到我的口袋里来"。他的未婚妻一针见血地说出了他的性格:"捣鬼和弄钱,这正是你的拿手好戏。"他这种"拿手好戏"是在长期自由竞争的过程中锻炼出来的,他自信他这种"学问和手腕"比一百年来统治整个西班牙的还多。这些描写使费加罗成为一个穿着仆人外衣的资产阶级个人主义冒险家的形象,这也是作者本人的精神在舞台上的投影。费加罗在斗争中那种优越于对方、有把握战胜对方的自信,正反映了当时这个新兴的剥削阶级取代没落的剥削阶级的意志。作者以资产阶级的热情写出了这个人物对贵族的胜利,站在资产阶级立场上欣赏这个人物身上那些狡诈的特点和无诚实可言的种种手段,并且对剥削阶级的花花世界、豪华糜烂的生活也颇有渲染。由此,整个剧本散发出相当浓厚的资产阶级思想的气息。

博马舍的《费加罗的婚礼》在艺术上相当完整。情节合乎逻辑，结构紧凑，对话生动、机智、幽默，人物性格刻画得较细致，不仅主要人物有典型性，而且次要人物也写得很鲜明，其中还穿插了一些像民间小调的歌曲和节日的舞蹈，形式比较活泼。在地点、环境和人物衣着的描写交代上也很具体真实，现实主义的因素比较突出，对以后欧洲现实主义戏剧的发展有所贡献。

第四章　浪漫主义的抬头：19 世纪前期的法国文学

19 世纪前期，资本主义在法国取得胜利并蓬勃发展，在文学上，也是资产阶级文学空前繁荣的阶段。这一时期的文学产生于资产阶级与封建阶级、无产阶级与资产阶级关系错综复杂的社会环境中。随着社会历史的不断发展，物质文明程度逐渐改善，各种社会思潮的衍生与传播以及文化教育的普及得到提高，导致文学在思潮、流派、内容、形式、表现方法等各个方面都较过去时代更为丰富多彩，从而形成了文学史上的一个高峰。19 世纪初的浪漫主义文学是西欧文学的高峰之一，在这期间涌现出一大批才华横溢的天才作家，他们创作了众多富有人性和个性特征的文本，大大丰富了世界文学画廊。浪漫主义文学高潮到来之前，必然会经历一段奠基和酝酿时期，后人才能在此基础上取得更加丰硕的成果。

第一节　浪漫主义运动的开拓者

法国浪漫主义文学是在德国的影响下产生和发展起来的。在 18 世纪末期到 19 世纪早期，法国文坛上占据主导地位的是歌颂王权和高扬理性的新古典主义文学。布洛瓦是这一文学的奠基人，他要求艺术创作必须严格遵守“三一律”。鉴于当时在法国文坛上的权威地位，法国作家广受波及，大都自觉或不自觉地遵守该条规，以理性为准绳创作符合达官贵人审美情趣的歌舞升平的宫廷艺术，这难免窒息了文艺的自由创作和作家思想感情的自由表露。在这时，浪漫主义运动的开拓者极力批判布洛瓦的新古典主义，如夏多布里昂、斯塔尔夫人等。

波澜壮阔的法国浪漫主义运动开创者为夏多布里昂和斯塔尔夫人。前者以自己的创作实绩：《阿达拉》的发表，一举震动文坛，标志着法国浪漫主义文学的成熟；后者为法国浪漫主义理论的建立做出了杰出的贡献。因此，他们二人被誉为开拓中的“双璧”。

一、夏多布里昂

夏多布里昂（François-Redé Chateaubriand，1768—1848）是法国 19 世纪上半叶最重要的贵族浪漫主义作家，没落贵族阶级在文学上最主要的代表人物。

夏多布里昂于 1768 年 9 月 4 日出生于布列塔尼一个没落的贵族之家。❶ 他的父亲曾一度重振家业，买下了贡堡的领地。夏多布里昂从小被父母托给乳母照管。作为幼子，他没有继承父母遗产的权利。中学毕业后，他遵父母之命到布雷斯特当海军，后又改变主意，声言“坚决要从事教职”。

在学校里，他学会了希伯来文。但他不堪学校生活的艰苦，不久就回到贡堡的领地，在那荒野的环境和中世纪的古堡中，他常沉溺于孤独的冥想，只有姐姐吕西尔同他性情相合。后来，他的家庭给他谋得少尉的职位。在哥哥的引荐下，他踏入巴黎的沙龙和文艺圈子，还进入宫廷，陪同国王路易十六行猎。他眼见法国大革命爆发，为避开革命的冲击，便想实现早已萌发于心中的到美洲探险的计划。他于 1791 年 4 月初出发，3 个月后到达巴尔的摩，又往北直至尼亚加拉大瀑布。当年 12 月从美洲启程返法。

---

❶ 杨有庆. 2014. 空间批评的物质性维度——哈维对 19 世纪法国文学的现代性阐释[J]. 文化研究(4)：17-31.

夏多布里昂并未到过美洲南部,但他后来撰写的游记描述自己曾在南部周游。路易十六企图出逃被捕后,夏多布里昂忽然匆匆返回法国,不无勤王之意。他回国后娶了一个有钱的女子,不久便把财产挥霍净尽。在巴黎,他极力逃避当时开展的控诉贵族的活动,一面又胆战心惊,怕当同情贵族的嫌疑犯而装出革命的姿态。

1792年7月,他同哥哥一起跑到布鲁塞尔,参加贵族叛乱队伍,受伤后好不容易辗转逃到伦敦。在伦敦,他靠翻译和教书生活,开始写作《革命论》(1797)。这部作品以古今各国的革命与法国大革命相比较,说明革命古已有之,事出有因,但面对革命,他又满怀着忧郁惆怅,自称这是一部"怀疑和痛苦的书"。

1800年5月,他改名换姓回到法国。不久,认识了拿破仑的兄弟姊妹和一些赞同拿破仑的上层人物。

继1803年任命他为驻罗马使馆一秘后,拿破仑又任命他为驻瓦莱公使。此后,夏多布里昂越来越多地参与政治活动。1809年,他的一个堂兄弟被当作保王党处决。他与帝国当局更加结下不解之仇。1811年他进入法兰西学院时撰写的演讲稿对当局旁敲侧击,引起一场纠纷。1814年四月他出版了一本小册子《论波拿巴和波旁王室》(*De Bonaparte et des Bourbons*),发泄他对拿破仑的不满,这是他对波旁王朝的一份觐见礼。果然,波旁王朝返回之后,夏多布里昂成为驻瑞典大使。在拿破仑卷土重来的"百日时期",他跟随路易十八流亡。波旁王室再度复辟后,他成为贵族院议员、内政大臣。

1816年9月他发表了《按宪章建立的君主政体》(*La Monarchic Scion la Charte*),并常在《保守者报》上发表文章,阐发自己的"独立"见解。1821年他进一步获得波旁王朝的重用,先后被任命为驻柏林大使和最引人注目的驻伦敦大使。

1822年他代表法国出席维罗那会议,讨论西班牙王室被共和党推翻的事件,是会议上的活跃人物,曾要求让法国单独处理这一事件。

1823 年他出任外交大臣，马上发动了侵略西班牙的战争。

1828 年出任驻罗马大使，最后他在波林尼雅克刚刚当了大臣之后，便突然提出辞呈，借口是认为这样就葬送了“自由”。

在复辟王朝的最后几年，他发表了几部作品：表现他对“自然人”的理想的《纳戚人》(*Les Natchez*，1826)、描写中世纪西班牙摩尔王国的骑士的短篇历史小说《阿邦塞拉奇末代王孙的奇遇》(*Les Aventures du dernier Abencerage*，1826)和记录他游历北美时见闻的《美洲游记》(*Le Voyage en Amérique*，1827)。

七月王朝时期，夏多布里昂仍然忠实于波旁王室。《关于贝里公爵夫人被捕的备忘录》(1832)就是他为企图煽动叛乱的贝里公爵夫人辩护的小册子。此后他两次到国外谒见流亡的查理十世。在此期间，他继续撰写他早已着手的《墓畔回忆录》。1844 年发表了宣传忏悔与苦修的《朗西传》(*Vie de Ranté*)。晚年他缠绵病榻，死于 1848 年镇压六月起义的枪声沉寂下来之际的 7 月 4 日。

《阿达拉》(*Atala*，1801)是一部中篇小说，故事发生在 18 世纪初北美的印第安人部落中。小说采用回忆手法，由一个印第安人沙克达斯叙述往事。[1] 沙克达斯年轻时参加了同世仇部落的一次战争，他的部落打了败仗。他落荒而逃，来到圣奥古斯丁，被一个西班牙人罗佩兹收留。罗佩兹待他情同父子，他仍一心想回到美洲的荒原，在归途中不幸被世仇部落俘虏。按照习俗，他应被烧死，但酋长的女儿阿达拉爱上了他，偷偷将他放走，沙克达斯却因爱她而不愿离去。看到沙克达斯因为爱她甘愿赴死，又十分感动，在执行火刑的前一晚，她贿赂了巫师，灌醉了看守，与沙克达斯一起逃走。

夏多布里昂在《阿达拉》中所要表现的主题是，他把阿达拉塑造成一个为信念而殉身的人物，制造了所谓的“爱情和信仰的矛盾”。小说中的人物都具有贵族浪漫主义的形象特征。小说的男

[1] 段妍 . 2013. 论 19 世纪法国文学中的吉普赛人形象[D]. 保定：河北大学：5.

女主人公虽然都是印第安人或有印第安人的血统,其实都是乔装打扮的现代欧洲人。阿达拉被写成一位法国化的小姐。尽管她生活在印第安人之中,却瞧不起印第安人。沙克达斯不仅具有 19 世纪初欧洲人的特点,而且具有受到大革命冲击的人的特点。他谈到人世间一切东西都十分易逝和空虚时,非常悲戚忧郁,认为这是不可避免的。在他身上毫无印第安人的特征,而更像一个没落贵族。

《阿达拉》的浪漫主义特征在短篇小说《勒内》(*René*,1805)中又有显著的发展。《勒内》描写的是一个破落贵族子弟的飘零命运。[1] 勒内来到纳威人的部落,为了同印第安人的风俗相适应,娶了一个妻子,却不同她一起生活,他常常独自到森林深处,度过忧郁的时光,后来他对沙克达斯和老传教士说出了自己的身世。他出身于法国一个贵族之家,因为不是长子,不受家庭重视,从小不在家中抚养。他的母亲在他出世时难产而死,他只有在姐姐阿美莉身边才感到些温暖。父亲死后,根据长子继承权,家产全部归了哥哥,勒内和阿美莉只能住到亲戚家去。勒内为了摆脱愁闷的心境,出国周游,但是他越来越感到渺茫绝望。阿美莉接到他的信后,赶来劝慰他。

阿美莉对勒内一直怀有"罪恶的激情"——她爱着勒内。这种感情终于压抑不住,她给勒内留下一封信,自己悄然进了修道院。勒内追踪而至,阿美莉约他在自己献身受洗时同他见面。勒内同阿美莉隔绝以后,决意到遥远的北美去,临走时徘徊在修道院的围墙下。不久,勒内得知姐姐病故的消息。最后,勒内在路易斯安那州的大屠杀之后去世。

勒内是法国文学史上著名的"世纪病"的典型,忧郁、孤独、厌世是他性格的特征。他感到自己身世不幸,这个世界没有他的容身之处,或者说他与这个世界格格不入,因此郁郁寡欢,难以排遣,在他眼里,甚至"在一切地方,人的自然歌声都是忧郁的"。他

---

[1] 王向远.2009.从宏观比较文学看法国文学的特性[J].法国研究(1):1-9.

追求孤独，在孤独中寄托自己的忧思，整日“迷茫于巨大的灌木丛中”，对着“一片枯叶被风追逐”发出无穷的忧思，或者在他蛰居巴黎郊外时，时常“伫立在桥上，观看落日西沉，并且想着，在那许多屋顶底下，就没有一个知心人”，他觉得自己像在沙漠中一样孤寂，由此进一步对生活失去了信心，并发展成为一种极端厌世的想法。

勒内的“世纪病”就是大革命后没落贵族阶级消极颓废、悲观绝望的精神病，它的形成有着阶级和时代的根由。勒内出身于破落贵族家庭，他眼见资产阶级暴发户的阔绰豪华，不禁对家中的败落景象感到羞辱，心中愤愤不平，这种内心骚动完全是由于个人欲望得不到满足而引起的。像勒内这样的破落贵族的幼子，既无财产，又不具备谋生的本领，他从小鄙视任何工作，认为从事任何职业都是不幸中之不幸，因此他只愿过着无所事事的寄生生活。这种生活给他带来的只能是消极的精神状态。如果说阶级出身和阶级地位是产生勒内的“世纪病”的根源之一，那么时代的变动则是更直接的原因。

二、斯塔尔夫人

斯塔尔夫人(Mme de Staël,1766—1817)本名热尔曼娜·内克(Germaine Necker)，出身于18世纪末一个显赫的名门世家，祖上是爱尔兰血统，曾流落德国，后来定居于日内瓦。她的父亲雅克·内克完成学业后进入银行界，由于金融业务的关系来到巴黎，成为拥有大量财富的金融巨头。

热尔曼娜·内克生于1766年，她的幼年时代正值她父亲在巴黎显赫一时，内克夫人的沙龙是当时名流聚会的所在。在这里，热尔曼娜·内克不仅在政治见解、文化修养等方面受到了一般家庭所难以得到的熏陶，而且以她的聪慧和见识在这个闻名全欧的沙龙里成为一颗明珠。她自幼深受卢梭的影响，以这位思想家崇尚自然的学说为信仰。但她的母亲是一位古板的拘泥传统的妇女,在她的严格管束下,热尔曼娜·内克颇感痛苦,她与参加过美国独立战争的青年子爵玛奇·德·蒙莫朗西的初恋就是在家庭的干预下被破坏的,后来她把这种受压抑的部分感受写进小说《黛尔菲娜》中。

1786 年,20 岁的内克小姐顺从母亲的愿望,与比自己的年龄大一倍的瑞典驻巴黎大使斯塔尔男爵结婚。男爵是瑞典国王居斯塔夫三世的宠臣,一个典型的以逸乐为业的贵族。斯塔尔夫人的沙龙开始成为巴黎社交生活的一个中心,她本人则是当时沙龙生活中卓绝的人物,以机敏的应对和才华横溢的谈吐著称,来到她沙龙的基本上都是一些自由主义贵族。

斯塔尔夫人早在 15 岁就开始写作散文、小说和诗体悲剧。1788 年,她发表了《论卢梭的著作及其书信集》,这本文风夸张的著作对卢梭做了高度的赞颂,在这里作者所深爱的既不是卢梭的政治理论,也不是他对大自然的描绘,而是他对感情至上的宣扬。

1789 年革命爆发后不久,斯塔尔夫人作为资产阶级自由派还拥有很高的声誉,她也沉醉在她父亲所享有的光荣中,她所期望的是按照英国方式建立君主立宪制。因此,革命初期的形势显然很合她的口味。但随着革命深入发展,她的切身利益也受到了冲击。首先是她所崇敬的父亲被迫流亡国外,尔后与她关系密切的那批自由主义贵族纷纷逃亡,她的密友纳尔蓬也从国防部长的职位上掉了下来,因为她的搭救才保住了性命。❶

1792 年 8 月 10 日革命行动之后,革命队伍中的温和派完全被清除,斯塔尔夫人自然也站到了雅各宾专政的对立面。她尽力援救那些被捕者,甚至还为王室的出逃制订了一个计划。最后,她眼见难以自保,也不得不逃出了法国,先在瑞士的科佩,后又来到英国。她是一个力图在法国政治生活中打下自己烙印的妇女,当她不能在巴黎的政治舞台上扮演角色的时候,她就用笔来顽强地表现自己。

---

❶　张桂琴,许明.2007.十九世纪法国文学政治意识的表现形态[J].河北大学成人教育学院学报(3):57-58.

1793年，她发表了一个小册子，为在革命中被处死的路易十六的王后玛丽安东奈特辩护，竟然颂扬这个女人"天性善良""为人正直""临危不惧""母性深厚"，她这样做既不是出于私利也不是因为与王后有旧，而完全出于一个温和派的热情。雅各宾专政被推翻后，她于1794年、1795年先后发表了《关于和平问题向庇特先生与法国同胞提供的意见》与《关于国内和平的意见》，主张欧洲和平和法国国内政治的稳定，她还提出自己的政治设想：在法国成立一个立宪制的政府，以保王党中拥护自由的一派与其和党中维护秩序的一派的联盟为基础，而宪法所规定的选举权完全属于有产者。

所有这些活动和论著清楚地表明了斯塔尔夫人在政治上作为一个资产阶级温和派的实质。也是在这一时期，斯塔尔夫人开始了作家的生涯，在1794年发表了第一个短篇《聚尔玛》(*Zulma*)，1795年、1796年又相继发表了三个短篇小说《米尔查》(*Mirza*)、《阿兑拉意巷与泰奥多尔》及《渡里纳的故事》(*Histoire de Pauline*)和理论著作《论激情对个人幸福与民族幸福的影响》。

1795年，斯塔尔夫人回到巴黎，这时正是执政府时期，对政治的热衷使她又打开自己的沙龙，并把它变成了政界温和派人士活动的一个中心。她在1794年结识的本杰明·贡斯当(Henri Benjamin Constant de Rebecque)就是这个派别的领袖，也是她众所周知的情人。1800年，她重要的文学理论著作《论文学》出版，据她自己回忆："该书的成功使我完全成了上流社会的宠儿。"但在这个时期，她与拿破仑之间产生了矛盾。当拿破仑光彩夺目地出现在政治舞台上并逐渐得势掌权时，斯塔尔夫人几乎是带着崇敬的心情设法同他接近，甚至在拿破仑和她谈话时，她由于"赞赏备至"慌乱得"找不到言辞来回答"。但她并没有得到拿破仑的友谊。

失望之后，她由崇拜转为怨恨，很快成为拿破仑的敌人，她的沙龙变成了反拿破仑舆论的制造所。当拿破仑得知斯塔尔夫人的敌意而派人去问她需要什么代价才能停止攻击时，她回答说：

“问题不在于她要求什么而在于她的思想。”不久，贡斯当在立法院公开提出反拿破仑的建议，斯塔尔夫人的父亲又在《对政治和经济的新观察》一书中表示了反对个人独裁的思想，这两件事最后使拿破仑下令将斯塔尔夫人驱逐出巴黎。1803 年 10 月，斯塔尔夫人接到命令，不许居住在巴黎方圆 40 里以内的任何地方，被迫离开了她心爱的舞台，这对斯塔尔夫人来说是一次沉重的打击。

1803 年，斯塔尔夫人出版了重要的文学作品《黛尔菲娜》(*Delphine*)，同年 12 月，她获得拿破仑的允许访问德国。访德期间，她与歌德、席勒有了直接的交往。1804 年底至 1805 年初，她在意大利旅行，研究意大利的文物和艺术，考察当地的风俗习惯，获得了写作另一部重要小说《柯丽娜》(*Corinne*)的灵感。《柯丽娜》出版后获得了很大的成功，但拿破仑又下了新的命令，把斯塔尔夫人驱逐出法国。

斯塔尔夫人回到科佩，作为拿破仑的反对派，她的家又成为欧洲封建君主国那些著名的王子和贵族名流经常造访的中心。此后，她还到德国、奥地利短期居留，继续研究德国的语言文学，并开始写作她重要的理论著作《德意志论》，该书于 1810 年完成。虽然斯塔尔夫人获准在巴黎出版这部作品，并得到许可居住在离巴黎 100 里的地方，但该书发行的那一天又遭销毁，因为官方认为它“丝毫没有提到皇帝”，因此“不是法兰西的”。斯塔尔夫人又一次被勒令在 24 小时之内离开法国。这一次她的自由受到更严格的限制，只许在科佩方圆 6 里内的范围活动，而她的一些社会联系也都被无情地切断，凡是到科佩来访问过她的人，都遭到了拿破仑的惩罚。有人曾通知她，只要她在自己的著作里对拿破仑采取逢迎的态度，就可以得到重返法国的权利，但被斯塔尔夫人拒绝。

经过一个时期的策划，斯塔尔夫人逃出了科佩，途经奥地利、波兰，到达了圣彼得堡。在俄国，她受到了沙皇政府的欢迎，而在拿破仑进攻俄国的时候，她的思想感情也自然地站在法国军队的对立面。1812年10月至1813年6月，她旅居瑞典的斯德哥尔摩，在这里与反拿破仑的势力结合在一起，并开始写她流亡生涯的回忆录《流亡十年》，记述了1800年她出版《论文学》以后的种种经历。1813年她来到英国，在这里发表了《德意志论》一书。

随着拿破仑的失败和联军攻入法国，她的感情发生了复杂的变化，她既希望拿破仑的军队获胜又希望拿破仑本人死去。波旁王朝的复辟使她感到悲哀，流亡贵族卷土重来的行径使她产生反感。她对拿破仑的东山再起并不感到意外，但拿破仑在百日统治时期聘请她几次，她又予以拒绝。正是在法国革命的浪漫史彻底告终的时刻，她带着矛盾复杂的心情写作了《论法兰西革命》。在该书中，她对大革命初期的贵族自由派集团和温和的共和派做了高度的评价，并宣扬应该把英国的政治制度作为法国仿效的模范。波旁王朝第二次复辟后，她到国外旅居，1816年秋回到巴黎，第二年夏天逝世。

《黛尔菲娜》的故事发生在18世纪末巴黎的上流社会，和年轻的斯塔尔夫人所处的时期和环境完全一致。主人公黛尔菲娜就是艺术加工后的斯塔尔夫人的化身。她年轻貌美，富于才情，性格热情，思想高超，在父亲死后嫁给了自己的监护人，但20岁时就成了寡妇。她出于好心把自己的一部分财产送给了自己的亲戚凡尔龙夫人的女儿玛蒂尔达做嫁妆，以便促成她与一个西班牙贵族雷翁斯·蒙德维尔的婚姻，但黛尔菲娜与雷翁斯一见倾心，彼此相爱。

黛尔菲娜把自己的秘密告诉了凡尔龙夫人，后者为了女儿的利益，企图进行破坏。恰巧黛尔菲娜的好友爱尔婉夫人与自己的情人瑟尔伯纳勒在黛尔菲娜家幽会时被丈夫抓住，两个男人进行了决斗，结果情人杀死了丈夫。黛尔菲娜为了保护爱尔婉夫人的名誉未透露事情的真相，外界以为决斗是因争夺黛尔菲娜引起的，因此黛尔菲娜的名誉蒙受不白之冤。她只把真相告诉了凡尔龙夫人，以为她会转告雷翁斯，凡尔龙夫人却利用这个机会向雷翁斯撒谎，加深他对黛尔菲娜的误解。

于是,雷翁斯做出了娶玛蒂尔达的决定,虽然他并不爱她。不久,凡尔龙夫人去世,临死前忏悔了自己对雷翁斯的欺骗。雷翁斯明白真相后继续与黛尔菲娜交往,他们虽从无越轨行为,但整个上流社会却戴着有色眼镜加以看待。黛尔菲娜的亡夫的朋友瓦罗尔布也热恋黛尔菲娜,为了挽回她的名誉决定娶她为妻。黛尔菲娜虽表明自己并不爱瓦罗尔布,但热恋者的意图毕竟引起了雷翁斯的嫉妒。

一夜,瓦罗尔布为躲避警察来到黛尔菲娜家,被雷翁斯撞见,雷翁斯要求与他决斗,此事又被讹传为丑闻,黛尔菲娜因此名声更坏,玛蒂尔达也要求她断绝与雷翁斯的来往。黛尔菲娜不得不离开巴黎来到瑞士,寄居在修道院。瓦罗尔布追到瑞士,由于黛尔菲娜再次坚决拒绝而精神崩溃并死去,他死前向雷翁斯说明了自己与黛尔菲娜清白的关系。雷翁斯在自己的妻子死去后赶到瑞士来娶黛尔菲娜,但她在雷翁斯赶到之前宣誓当了修女。法国大革命爆发后,修女们的宣誓全部作废,黛尔菲娜还俗回到法国,准备与雷翁斯结婚,但人们对她侧目而视,她不愿给雷翁斯带来损害,改变了原来结婚的决定。革命深入发展后,雷翁斯卷入了保王党,被捕后判处死刑。黛尔菲娜营救无效,绝望之下,她服毒后跑到刑场,死在雷翁斯被枪杀之前。

小说写的是一个不平凡的女性的悲剧命运。她之所以遭受这种命运,并不是由于她自己的缺点和过错,而完全是社会一手造成,甚至可以说如果不是那样热情、高尚、慷慨大度,她也许不至于屡招损害。她为了孝心埋葬了自己的第一次爱情,铸成了她一生不幸的根源;她出于对别人的善意,却促成了以自己的幸福为牺牲品的婚姻;而她高尚的性格又使她不断遭到诽谤和中伤。社会是那样卑劣、庸俗、敌意,而她是那样缺少心计、毫不介意,完全按照自己的品德行事,因此她必然被那个无情的社会压得粉碎。

斯塔尔夫人在小说里把社会的传统、偏见、舆论描写成个人幸福、高尚情操和热烈感情的对立面,表现出了一种妇女对个性自由、对个人幸福的向往以及在追求过程中的受压抑感。这种情绪和她本人的经历分不开,她这样一个才情卓越的妇女,在个人生活上也不止一次感受到社会传统对自己的压抑。她的初恋的不幸结局,她因为与丈夫分居在名誉上所受到的损失,因为与贡斯当的尽人皆知但又不合法的关系而遭到非议,使她自然而然地把自己的感受和情绪移植在她笔下的艺术形象黛尔菲娜身上,只不过黛尔菲娜在私人生活方面比作者本人更纯正、更无可指责。斯塔尔夫人就这样通过黛尔菲娜不断遭到社会的中伤和迫害的故事,提出了个人与社会矛盾的问题,特别是妇女命运与社会的矛盾问题,第一次表现了资产阶级女性在资本主义条件下的感受。

从某种意义上说,《柯丽娜》是一部比《黛尔菲娜》更有独创性的作品,更充满了浪漫主义的精神和色彩。主人公柯丽娜也是一个追求个人幸福,但在社会偏见面前遭到失败的悲剧人物。她是一个英国贵族与一个罗马贵妇人的女儿,父亲再婚后,她由继母教养成人,住在英国的乡间。因与继母不和,不能忍受英国社会狭隘的偏见和鄙陋环境的习俗,她来到意大利的罗马,以其灿烂的才华成为一个享有巨大声誉的诗人。

正当她达到光荣的顶点、被公众抬到神殿去的时候,她遇见了英国青年奥斯瓦尔德。奥斯瓦尔德的家庭与柯丽娜的家庭原来就有交往。奥斯瓦尔德在父亲死后来到意大利旅行排遣哀伤,与柯丽娜认识后彼此相爱。不久,他被召回英国服役,回国后逐渐忘了柯丽娜,并与柯丽娜的同父异母姊妹吕茜尔缔结了婚约。柯丽娜在忧郁中追随奥斯瓦尔德来到苏格兰,当她知道了奥斯瓦尔德的婚事后,便为青年未婚夫妇的幸福牺牲了自己的爱情,她回到意大利的佛罗伦萨,最后悲哀地死去。

这并不只是一个负情的故事,柯丽娜与奥斯瓦尔德的爱情悲剧有着比这深刻得多的根源。这种根源就在于资本主义条件下最初的职业妇女与社会偏见之间不可调和的矛盾冲突。女主人公与文学艺术中传统的妇女形象有着很大的不同,她不是关闭在狭小范围的闺秀,也不是作为男子的附属物、依赖着家庭、点缀着家庭的“花瓶”,与那些在沙龙中成为社交中心的贵妇也有根本的区别,她是一个走向了社会、维持着独立的生活、面向着广大的公众、为他们所了解所爱戴的女诗人,她的精神境界和社会视野显然大大超出了任何贤妻良母、淑女命妇,她炽热的感情、高超的才智、广博的学识更是一般妇女所不能比拟的。这是斯塔尔夫人以自己为蓝本所塑造出来的理想化的职业妇女的形象,一个在资本主义条件下才可能出现的新型妇女。她不仅是过去所没有的,即使在当时也只可能是凤毛麟角的,因此她必然与社会环境以及周围大量存在的那些凡夫俗子处于一种矛盾的状态。以她焕发的才华和姿容来说,她的确使那个鄙俗狭隘的社会黯然失色,由于这一点她强烈地吸引了奥斯瓦尔德。然而也正因为如此,她为社会所不容,社会以传统的偏见孤立了她,甚至延伸到她所热爱的一个青年身上,并通过这个年轻人在个人幸福的问题上给了她致命的一击。她与奥斯瓦尔德的爱情悲剧实质就是如此。

对于奥斯瓦尔德这个人物,斯塔尔夫人赋予了他以复杂的性格,他具有爱情小说中男主人公一般都具有的特点:出身高贵、富于教养、才貌双全。虽然他是负心的情人,但他并不轻薄卑鄙、自私自利,有时他还具有一种侠义的心肠和舍己为人的热忱,当城市发生火灾时,他奋不顾身地去扑灭大火,甚至冒着极大的危险闯进正在燃烧着的疯人院去救那些随时都可能威胁他自己生命的狂暴的疯人,由于他壮烈非凡的行为,城市的居民把他当作英雄。

奥斯瓦尔德抛弃柯丽娜既不是由于功利也不是出于玩弄,而是因为对妇女的传统偏见牢牢地控制了他。他来自狭隘的充满偏见的英国上流社会,在这里妇女的规范就是局限在家庭这狭小的范围,妇女的美德就是忠于家庭的义务,上等家庭子弟的理想妻子的标准是谦逊、温顺、专注于家庭。奥斯瓦尔德完全是这种传统偏见的奴隶,柯丽娜这种已经完全走向了社会的女性显然和他对配偶的理想不一致。他虽然被她的才智和美貌所征服,但一直忧虑柯丽娜并不适于做一个英国上等家庭的主妇。父辈的传统总像幽灵一样纠缠着他的头脑，他常假设自己的亡父是否会对他和柯丽娜的婚姻感到满意，用死人的陈旧的标准去衡量眼前这个生气勃勃的女性，他得出的当然是否定的答案。而且，柯丽娜在意大利的独身生活、没有亲属、精通多种语言等也是他的盲人哲学所难以理解的，他总以正人君子所特有的审慎，怀疑柯丽娜的身世是否有某些隐私。

斯塔尔夫人的目的显然并不是要把罪责放在奥斯瓦尔德的身上，在她笔下，这个青年作为传统的奴隶也带有几分悲剧的性质。最后，在柯丽娜死后，他陷入了深深的悲伤和难以自拔的忧郁中。斯塔尔夫人的目的是用这样一个悲剧故事表明社会偏见的贻害，在这里爱情悲剧既不是由于封建暴力，也不是由于等级门第观念，更不是由于贵族子弟的无行造成的，而只是由于对妇女的理想的褊狭、对新型妇女的不适应而造成的。

第二节　抒情诗苑的明星

浪漫主义运动前期的法国文坛以抒情诗的成就最为突出，因为有几颗璀璨的“明星”。他们就是维尼、拉马丁与贝朗瑞，他们以诗歌来表现对苦难的同情、歌颂智慧、对人类命运的关注等，表现出极强的浪漫主义感情色彩。

一、维尼

阿尔弗雷·德·维尼（Alfred de Vigny，1797—1863）是贵族浪漫主义文学中有哲理思想的一名作家，他认识到旧制度不可挽回的灭亡命运和资本主义制度取得胜利的历史必然性，他的所有作品是对封建制度的一曲挽歌。

维尼的经历是一个旧制度维护者所走过的生活道路。他出身贵族,父亲是一名骑士军官,他的家庭"是替国王把这个孩子培养大的"。1814年波旁王朝复辟时,不到17岁的维尼便进了王家宪兵队,从此成为一个狂热的保王党人。1815年他参加护送路易十八出奔,1816年成为禁卫军少尉,1823年任散兵团上尉,曾随军开往西班牙前线,1827年退伍。七月王朝时期他对现实不满,1836年隐居在自己的庄园里。1845年进入法兰西学院。1848年参加国民议会竞选,结果惨败落选。此后一直到死,很少再抛头露面。

维尼从1816年起开始创作诗歌。1822年出版了第一部诗集,随后于1826年、1829年、1837年又加以补充,1864年他的后期诗作被题名为《命运集》(*Les Destinies*)出版。19世纪20年代末,他开始翻译莎士比亚的戏剧《威尼斯商人》(1828)和《奥赛罗》(1829),获得成功。1831年上演了他的第一个剧作《昂克尔元帅夫人》,1835年又上演了《查铁敦》(*Chatterton*)。作为小说家,他于1826年发表长篇小说《散马尔斯》,后来又写出《斯岱洛》(1832)、《军人的屈辱与伟大》(1835)等。他的著作中还有一本《日记》。

维尼最早是以诗人的身份登上文坛的。但他的诗歌不多,只有二三十首,然而名声很大,可见他对诗歌是十分讲究形式、不肯轻易发表的。写于复辟时期的长诗《摩西》(*Moise*,1826)、《爱洛亚》(*Eloa*,1824)、《洪水》(1826)和后来的《命运集》是他的代表诗作。

维尼的诗歌具有浓厚的悲观主义色彩。他开始发表诗作是在拉马丁之后,拉马丁笔下孤独、悲观、绝望的主题在维尼手里进一步发展了。同拉马丁一样,维尼面对贵族阶级的日趋没落和旧制度的崩溃怀有一种孤独和绝望的心理。维尼在诗歌中为自己和本阶级提出一种处世哲学,这就是面对厄运死不回头的所谓的"坚忍精神",亦即至死坚持贵族阶级立场。《狼之死》(1843)是维尼的重要作品,它从猎人打猎写起,描述一条老狼为了保护幼狼,同猎人搏斗的情景:它咬住第一条冲上来的猎犬的喉咙,子弹打在它的身上,猎刀穿透它的身躯,它仍不松口,它不屑知道自己为什么而死，睁大眼睛，不叫一声地死去。这条老狼的命运使人联想到垂死的贵族阶级的命运。

除了诗歌，维尼的戏剧也十分精彩，他的代表作是《查铁敦》。这是一出三幕剧。剧本以资产阶级革命后的英国为背景，故事发生在伦敦。诗人查铁敦十分贫穷，一身债，他寄居在富商约翰·贝尔家里，对生活已是十分绝望，唯一支持着他的是他心里爱着贝尔的妻子吉蒂。他外出散步时遇见旧日的同学，其中一个是市长的亲戚。他原想躲避他们，他们却找上门来。贝尔原来看不起查铁敦，这一来便敬他三分。市长亲自来找查铁敦，建议他去当自己家里的仆役长。这时查铁敦在报上看到一则消息，说他的作品不是他写的，而是抄袭一个10世纪作家的作品。他受不了这接二连三的打击，服鸦片自杀了。一直爱着查铁敦的吉蒂，发现他自杀后，也痛苦死去。

在剧本中，维尼通过庸俗、粗鄙、自私、专横的资产者贝尔，抨击了资产阶级的拜金主义，并通过查铁敦的经历，力图表明诗人在资本主义社会里毫无地位。查铁敦徒有天才，这个资产阶级社会不给他发挥才能的机会，社会舆论也对他造谣中伤，他受到人们的冷眼对待，更谈不上满足自己的爱情愿望。他的死是社会造成的。剧本尖锐地提出了人在资产阶级社会中的命运问题。

然而，维尼是站在贵族阶级的立场上来指责这一切的。在维尼看来，诗人查铁敦是专门从事精神活动的，而资本主义社会充满了“自由竞争”，崇尚发财致富，一切都成了商品，必然扼杀诗人的精神。但是，查铁敦是一个维尼式的精神贵族，他感到那个社会里的一切都与自己“格格不人”，感到它们会扼杀他的想象和他的诗情，认为这是“命运”在为难他，他把自己的绝望当作人类的通病，最后以死来摆脱一切烦恼。因此，维尼是从消极的方面，以时代落伍者的眼光去批判资本主义的。他甚至摆出一副同情工人的姿态，描写一个工人因出了工伤事故而被解雇，工人们便集体向贝尔请愿。

维尼使用的笔法正是当时贵族阶级所使用的。马克思和恩格斯指出:贵族阶级在七月革命中被再一次打败后,他们只能对资产阶级进行文字斗争,而且也不可能重弹老调,“为了激起同情,贵族们不得不装模作样,似乎他们已经不关心自身的利益,似乎只是为了被剥削的工人阶级的利益,才声讨资产阶级”。在维尼声讨资本主义社会的谤文中,恰好可以清楚地听到这种旧的封建阶级的音调。

二、拉马丁

阿尔封斯·德·拉马丁(Alphonse de Lamartine,1790—1869)是 19 世纪法国贵族浪漫主义的第二个代表作家。同夏多布里昂一样,他在法国政治舞台上也扮演过极不光彩的角色。他的诗歌创作在复辟时期表现了没落贵族的思想情绪,而在七月王朝时期反映了资产阶级反对人民革命的思想观点。

拉马丁的父亲是名骑士,有“旧贵族的完美典型”之称,法国大革命爆发后,他跑到巴黎企图保卫路易十六,与拉马丁的两个伯父同时被捕,直至热月政变才被释放出狱。拉马丁的母亲也是贵族出身。拉马丁于 1814 年 7 月被征入王家禁卫军。在百日时期,他曾跟随路易十八逃亡,最后只身流亡到瑞士。路易十八第二次复辟后,他又回到禁卫军。在这个时期,他进入了巴黎贵族上流社会,在那里朗读自己的诗作,得到贵族头面人物的保护,并受到贵族思想的进一步熏陶。1820 年 3 月,他先后被任命为驻意大利那不勒斯使团的随员、秘书,开始了他在政治上与复辟王朝合作的生涯。

在被任命为随员之后,他的《沉思集》出版了。诗集受到贵族上流社会的欢迎,他在 1823 年又发表了续作《新沉思集》。1825 年 5 月他写了长诗《加冕礼曲》,肉麻地吹捧查理十世登位是“法国幸福的曙光”。他的献媚使他得到了升迁,终于当上代办。他虽不愿再在复辟王朝中任职,却没有停止政治活动。1829 年他被选入法兰西学院。

七月革命对他来说是一个重要事件。开始他还徘徊在保王党的营垒中,提出反对判处贵族政治犯死刑等主张。1832 年他到中东去旅行,回来后政治态度开始发生变化,此后逐渐从保王党转变到资产阶级自由派。1833 年他成为议员。1836 年发表长诗《若斯兰》,1838 年又发表另一部长诗《天使谪凡》。1840 年他创办了《公益报》,积极参与政治活动。1847 年出版的历史著作《吉伦特党人》,为他在 1848 年资产阶级二月革命中掌权打下基础。二月革命后他出任临时政府外交部长,实际上是临时政府首脑。他赞同卡芬雅克对六月工人起义的镇压,暴露了自己的反动面目。在总统选举中,他惨败于拿破仑三世。此后二十几年里,他除了编辑一些政治、文艺杂志,还写了一些历史著作和回忆录,以应付累累债务。1869 年 2 月 28 日,拉马丁死于巴黎。

《沉思集》(1820)是拉马丁的代表作。由抒情诗组成的《沉思集》表现了没落贵族对自身命运悲观绝望的思想情绪。诗歌主题完全师承夏多布里昂的作品。《沉思集》所反复咏唱的消逝的爱情和时光、孤独、忧愁、对人生的悲观绝望、虚无、冷漠、死亡等内容,无不可以在夏多布里昂的作品中找到。

《沉思集》最重要的一首诗是《湖》(*Le Lac*)。这首诗用第一人称描述诗人在湖边的回忆:他望着波光粼粼的湖水,万分忧伤地想起去年的一个傍晚他和情人在湖上泛舟的情景,如今这一切都消逝了,他们永远不能相会了,诗人绝望地发出叹息:“就这样我们一直被推送到新岸,被永不复返地带往永恒的黑夜,难道我们永远不能在岁月的汪洋中抛锚,停留一日吗?”他呼喊道:“相爱吧,相爱吧!让我们及时行乐,享受这转瞬即逝的时光!人没有停泊的港湾,时间没有可抵达的岸边;我们的生命倏忽即过!”

《湖》所描绘的景色和所表达的情调,同《阿达拉》的男女主人公泛舟于美洲丛林的大河中那一节十分相似,只不过《湖》表现得更“诗意”一些罢了。《湖》不论在形式和内容上都是贵族浪漫主义诗歌典型的代表作,它鼓吹的及时行乐和流露的忧郁感伤,反映了贵族阶级没落颓废的人生观和精神状态。诗歌运用回忆的手法也正是贵族阶级留恋往昔的感情在艺术上合适的表现方式；尽管作者力图把情感表现得自然些，但仍然流露出雕砌造作的痕迹。

诗集中的其他篇章都可看作《湖》所表现的思想内容的补充和延伸。《人》一诗比较集中地反映了作者对人生的悲观看法。在他看来，"人"的欲望是无限的，他的能力却有限；"他想探索世界，他的眼力却很衰弱"；他总是口渴，但无法解渴；他就像"遗落在虚无边缘的一颗原子，或者像被风卷走的一粒尘沙"；诗人提出这样的问题："与命运斗争有什么用呢?"对此，他只能发出绝望的呼喊，不知何去何从。

拉马丁在这首诗里极力宣扬的是虚无悲观的思想。除了虚无悲观，诗集还宣扬孤独感。死亡，更是作者赞颂的主题，作者认为正是"死亡"为他打开了一个更美好的世界，卸下了人类苦难的重负。因此，他表白："要是征询我的话，那我是要拒绝出生的"，"我的最后一天，是我最美好的一天"。《沉思集》中的"我"和"他"实际上都是没落贵族的写照，这种充满了虚无悲观、孤独绝望，想脱离尘世的人物在拉马丁的诗歌中出现是有着深刻的社会原因的。在复辟时期，虽然法国贵族凭借外国反动势力实现了复辟，但资本主义仍在发展，贵族阶级不可避免地走向末日，历史的发展表明它是没落的、没有前途的、行将灭亡的阶级。拉马丁诗歌中所表现的这种悲观绝望的感情，正是贵族阶级精神状态的反映。

七月革命前，拉马丁在诗中宣扬"和谐世界"，这成为他以后创作的一个新出发点。七月革命的爆发促使他的观点产生变化，在七月王朝时期，他的诗歌创作的主要倾向是鼓吹阶级调和论，反对人民革命。《若斯兰》和《天使谪凡》是代表这种倾向的两部作品。

《若斯兰》(1836)是一部叙事长诗。全诗以日记体的形式写成，从 1786 年一直写到 19 世纪初。《若斯兰》的内容是反对法国大革命，特别是雅各宾专政的。长诗谈到 1793 年法国人民处决路易十六时这样写道:“王国的土地吸饮了国王的鲜血……无辜就是他的罪行!噢!沉醉在血泊之中的人民。”对路易十六之死表示了无限的同情,对人民的革命行动进行了责难。

《天使谪凡》(1838)写一个天使西达尔爱上了一个游牧部落酋长之女达依达。为了救她,他下到人间,结果做了奴隶。他俩相爱的真情败露后,达依达被囚禁在饥饿塔中。她在塔中生了一对双生子,西达尔设法把她和一对双生子救出来。在逃跑途中遇见一个隐士,隐士给他们讲述一部古书。后来他们被巴尔贝克国王捉去,国王的宠姬爱上了西达尔,骗他逃走。他醒悟过来后又返回,鼓动人民起来反对残暴的统治者。最后,他和达依达被国王派来的人引进沙漠,达依达和双生子饥渴而死,他则投身于烈火之中。

《天使谪凡》宣扬超阶级的爱。在作者笔下,一个天使和一个远古时代的凡人相爱,这种爱超越一切时代和一切限制;作者认为只有这种爱才是最崇高的,才能产生力量去克服一切困难。但从作品描写的具体内容来看,达依达生活的地方恰恰不是一个脱离社会历史发展的、虚无缥缈的世界,而是一个奴隶社会。西达尔下凡后成了一个奴隶,作为奴隶的西达尔同酋长之女恋爱,在这个奴隶社会里是不允许的,作者便只能求助于“神力”,让西达尔有可能救出达依达和两个孩子,并携带他们潜连。另外,拉马丁把奴隶们写得非常残酷,他们把统治者的内脏血淋淋地挖出来,“以复仇来满足他们的官能感受”,他们进行大屠杀,使被扼杀的羔羊变成扼杀者,干出的坏事超出了他们要复仇的程度。

三、贝朗瑞

在19世纪上半叶的法国诗坛上,贝朗瑞(Pierre Jean de Béranger,1780—1857)占有一个独特的地位,他的诗作放射出民主主义的光辉。贝朗瑞于1780年8月19日出生在巴黎一个平民家庭。他父亲是杂货铺的会计,母亲给服装店做模特。父母结婚后八个月就因经济窘困导致感情不和而分居。贝朗瑞出生在当裁缝的外祖父家。他的青少年时代是在法国资产阶级革命胜利后的年代里度过的。他9岁开始上学的那一年，正值1789年资产阶级革命爆发，在学校的屋顶上，他目睹人民群众攻陷象征封建专制统治的巴士底狱，从此他的心与革命的进步事业紧紧相连。

不久，父亲把他送到在外省开小客店的姑母家寄养，姑母思想开明，不但指点他阅读启蒙思想家的著作，而且经常同他谈论政治和社会问题，她的共和思想和爱国热忱深深感染了他。

12岁时，贝朗瑞去一家金银器店当学徒，继而给一个法律公证人当差役。13岁时，他又一度进一位共和国议员创办的义务学校读书，他在那里对革命歌谣产生了兴趣，并以其激进的共和主义观点当选为俱乐部主席。但第二年他不得不辍学，去印刷厂当排字工人。

1796年，自命贵族的父亲到外省来看贝朗瑞，发现贝朗瑞已经是坚定的共和主义者而大为恼火，决心把他带回巴黎，一旦波旁王室复位，就让他去为王室效劳。深知贝朗瑞的姑母却预言：他将用自己的才华为共和国服务。

回巴黎后，贝朗瑞在父亲开的小钱庄里当职员。在父亲忙于为保王党复辟活动筹措经费的同时，他开始了文学创作。他起初尝试过好几种文学体裁，写了喜剧《赫耳玛佛洛狄忒们》(*Les Hermaphrodites*)、史诗《克洛维斯》(*Cloris*)及一些赞美诗和歌谣。随着时间的推移，他对歌谣的爱好有增无减。

贝朗瑞从1799年就开始习作歌谣，但直到1810年他的歌谣作品才留下书面的记录。从1799年到1813年，这是贝朗瑞歌曲创作的探索时期，他写些欢快的、往往带有享乐主义情调的情歌和饮酒歌，也写些具有爱国思想和民主色彩的社会歌谣。

1813年，不顾第一帝国对言论的高压钳制，他以极大的勇气写了一首题为《意弗托国王》的歌讽谏拿破仑。这首歌不胫而走，广为流传，贝朗瑞因此一举成名。这一巨大成功坚定了他致力于歌谣创作的志向，也促使他最终走上创作政治歌谣的道路。

1814年，波旁王室在反法联军庇护下复辟。在反法联军向巴黎逼近时，贝朗瑞就在《可能是我最后的歌》中发誓："不顾生死存亡，我们绝不为法兰西的敌人歌唱。"复辟王朝时期，贝朗瑞以歌谣为武器，打击国内外封建反动势力，这使他成为复辟王朝反对派的代言人和精神领袖之一，反动统治者对他又恨又怕。国王路易十八声称："对《意弗托国王》的作者要多加宽容"，企图软化他。贝朗瑞的回答是：继1815年的第一部歌集以后，又于1821年发表更为激进的歌集。复辟当局终于查禁他的歌集，并对他起诉，控告他的歌"宣扬三色旗"，是"未经批准的集合信号"。

开庭那天，民众打破门窗冲入法庭，声援贝朗瑞。当局仍然无理判处贝朗瑞3个月监禁和500法郎罚金。迫害并不能压倒贝朗瑞，他在监狱中用各界赠送他的食物款待如潮涌来的探望者，对复辟王朝表现出极大的蔑视。出狱后，他的歌谣战斗火力更加猛烈。1828年他的第四部歌集问世时，他又遭起诉，被判9个月监禁和一万法郎罚金。可是就在开庭那天，全国报纸都刊载了被指控有罪的贝朗瑞歌谣。复辟末期，贝朗瑞歌谣影响之大，使保王党人后来埋怨他在推翻复辟王朝的七月风暴中起了推波助澜的作用。

当七月王朝的反人民性质暴露无遗时，他十分懊悔。他拒绝当部长，拒绝加入法兰西学院。在鲍狄埃等无产者歌手的敦促下，他重新提笔创作，表达对七月王朝社会现实的不满，并于1833年出了第五部歌集。19世纪30年代，他虽未参加任何空想社会主义团体，却也曾对这一思潮热衷一时。但经过1848年二月革命的幻灭和目睹六月起义的血海之后，他终于消沉了。

1851年路易·波拿巴政变时，年逾花甲的贝朗瑞奋起抗议。不过他拒绝了小拿破仑重印他有关拿破仑歌谣的要求，也不接受小拿破仑给他的养老金和荣誉。1857年7月16日，贝朗瑞在巴黎逝世后，政府借口举行国葬没收了他的遗体，广大群众唱着贝朗瑞的歌为他送葬。

从为人民而耕耘文学的基点出发，贝朗瑞经过摸索，选定了能及时反映现实、也和人民接近的一种诗歌形式——配上曲谱能够传唱的歌谣。贝朗瑞曾说:“我的歌谣就是我。”他的歌谣创作同他的经历是密不可分的。从他在1810年开始保存下自己的歌谣抄本，到他在19世纪40年代后期写出自己最后的歌，贝朗瑞的生活跨越了三个历史时期:第一帝国、波旁复辟王朝、七月王朝。他的歌谣创作也明显地可以做相应的分期。

贝朗瑞从16岁起开始习作歌谣。不过，他这个阶段的习作尽皆散失。从留下文字记录的贝朗瑞在第一帝国时代写的歌谣，可以清楚地看出他从个人私生活抒情向社会政治歌谣过渡的历程。

在第一帝国统治的鼎盛阶段，贝朗瑞的大部分歌谣是歌唱青春、欢乐、美酒、爱情乃至风流韵事的。例如，《春与秋》《欢乐的罗歇》《瞎眼的妈妈》等。这些歌谣无论就题材还是就情调而言，都还处在因袭法兰西民歌传统的阶段，渗透于其中的欢快、乐天、戏谑和享乐主义的成分都不是贝朗瑞所特有，而是法兰西民间歌谣所固有的。贝朗瑞当时有一首题为《戏谑》的歌，可以说明他写这类歌谣的思想背景。这首歌在回溯了往昔法兰西人民的欢乐的性格以后，联想到眼前的法兰西:“今天很少有人再欢笑……过多的武器伤害了我们;快乐似乎已烟消云散。那么，谁能把欢乐的心情还给忧愁的法兰西人?只有戏谑，噢，只有戏谑。”可见，贝朗瑞当时写些轻佻戏谑、含有享乐主义成分的歌谣，一方面固然说明他还不能摆脱传统歌谣的俗套，另一方面也是他对牺牲人民幸福、“用不断的战争来代替不断的革命”的拿破仑政策表示消极抵制的一种方式。

波旁王朝复辟时期是贝朗瑞诗歌创作的第二阶段，也是他的社会政治歌谣在数量和质量上都达到高峰的阶段。这一期间，以欧洲封建君主神圣同盟为后盾的波旁王朝同法国人民之间的复辟与反复辟斗争贯穿始终，贝朗瑞的歌谣紧密配合法国人民的反复辟斗争，发挥了影响广泛的战斗作用。

国王路易十八是坐着联盟国军队的辎重车从国外重返巴黎的。没有联军刺刀的保护,波旁王朝复辟纯属幻想。因此,法国人民首先把仇恨倾泻到外国侵略者身上。贝朗瑞的《高卢人和法兰克人》作于1814年初,那时联军刚刚侵入法国境内。诗人在这首歌里向法国人民大声疾呼面临的危险,并且号召法国人"勇敢些!"团结抗战。但在复辟时期,贝朗瑞诗歌攻击的主要目标无疑是国内的封建复辟势力,特别是复辟统治的支柱——旧贵族。

贝朗瑞用自己的诗歌痛斥了法国封建阶级为了一己的利益而不惜引狼入室的卖国罪行,指出正是由于他们"交出了钥匙",敌人"打开城门才那么容易"(《白帽徽》),致使人民饱受外国侵略的灾难。在《加拉巴侯爵》这首诗歌里,贝朗瑞通过一个骑着"皮包骨头的马""挥动着不能伤人的钝刀"及随着外国军队回到法国的旧贵族的典型形象,深刻地揭露了复辟势力凶恶而又虚弱的本质。尽管复辟者已经丧失了昔日的实力,对人民实行反攻倒算却百倍疯狂。

此外,在复辟时期,贝朗瑞还反映了人民反对波旁王朝、怀念拿破仑的情绪,写作了一系列缅怀拿破仑的诗歌,如《两个禁卫军》《与丽兹谈政治》《随军卖酒的妇人》《人民的怀念》等,深受人民的欢迎,他也因此被一些人指责为"拿破仑神话"的制造者。

第三节　浪漫派小说的崛起

在法国浪漫主义运动前期,虽然以抒情诗最吸引读者,但浪漫派小说也不乏重要作品。其中最具代表性的当属贡斯当、瑟南古与诺迪埃,他们在小说作品中尽情宣泄心中澎湃的感情,使其作品洋溢着浓厚的浪漫主义色彩。

一、贡斯当

贡斯当(1767—1830)生于瑞士洛桑城一个法裔贵族家庭。

贡斯当幼年丧母,父亲很注意对他的文化教育,给他提供了良好的学习条件,他接受了不止一名家庭教师的培养,在 12 岁就开始写作。贡斯当青年时代在瑞士、荷兰、美国、比利时、德意志、苏格兰等国都旅居过,1780 年还曾跟随其父来到英国的牛津大学做短暂的游学。1782 年,他进入德国的埃尔那根大学,1783 年至 1785 年又在苏格兰的爱丁堡大学完成了自己的学业,在这期间他以巨大的热情积累了丰富的学识。

1785 年,他第一次来到巴黎,此后又行踪不定地居住在洛桑、布鲁塞尔和布伦斯维克等地,而他那不安定的短暂即逝的热情又反复无常地倾注在不同的女性身上。从 1789 年到 1794 年,他在布伦斯维克的德意志小朝廷领有侍从的头衔,虽处于贵族上流社会对法国革命的一片恐惧和攻击声中,他却难能可贵地对这次伟大的社会变革保持着公正的、独立的见解。

1794 年,贡斯当在瑞士结识了斯塔尔夫人,从此他们之间充满感情风暴、不断反目又不断和好的亲密关系持续了 14 年之久。这一关系对贡斯当一生的政治信仰、文学创作以及私人生活都有深刻的影响。1795 年,他伴随斯塔尔夫人来到巴黎,从此参与了法国的政治生活,他是斯塔尔夫人著名的影响极大的自由派沙龙里的中坚人物。从 1796 年开始,他相继发表了一系列重要的政治论著:《论当前法国政府的力量和支替它的必要性》(1796)、《论政治反动》(1797)、《论恐怖时代的后果》(1797)、《论英国 1660 年的反革命》(1798)。

拿破仑执政后,贡斯当作为拿破仑热烈的赞美者,被任命为立法部的委员。当拿破仑日益抛弃自由主义的外衣、走向专政独裁的道路的时候,贡斯当变成了拿破仑的反对派,他从资产阶级自由主义立场反对拿破仑的行为,与欧洲君主国对拿破仑的斗争悲剧性地偶合在一起,因此被整个欧洲反拿破仑的阵营视为光荣的斗士。

1802 年,他被拿破仑赶出立法院。1803 年,斯塔尔夫人也被拿破仑勒令离开巴黎,他们两人于十月离开法国,开始过流亡生活。在流亡期间，贡斯当大部分时间居住在德国和瑞士，也曾到过英国和意大利，他断断续续与斯塔尔夫人生活在一起或一道旅行，直到1811年才最后分手。1814年，他随着波旁王朝的复辟回到了巴黎，成为一个很有影响力的政治人物，与沙皇亚历山大一世也有直接的交往。他赞同复辟，同时为宽大处理拿破仑、争取君主立宪制的自由而做了努力，他发表了一系列著名的政论：《论征服与篡夺的精神》《论小册子、时论与日报的自由》《论宪法、君主立宪制中的权力分配与保证机制》《论政府大臣的责任》等，他还应他当时所迷恋的雷卡米叶夫人之请，为拿破仑的姻亲、帝国大元帅缪拉撰写回忆录。1815年拿破仑百日政变时，他先逃到国外，后又回到巴黎同拿破仑合作，他接受了议员的职位，为拿破仑制定一种宪法，还发表了《论适用于一切政府的政治原则》(1815)。

拿破仑在滑铁卢遭到最终失败后，1815年6月贡斯当作为临时政府的代表与神圣同盟君主国进行了谈判。7月，波旁王朝第二次复辟，他差一点被流放出境。8月，他公开到监狱去探望百日政变时最先转到拿破仑方面、被波旁王朝恨之入骨的拉贝多依上校，10月他离开了巴黎，先到布鲁塞尔小住，次年又到了英国。在这里，他把《阿道尔夫》付印出版，不久就被译成了英文。这年秋天，他回到法国，从此作为资产阶级自由派的领导人，与波旁王朝的反动复辟政策进行长期斗争。他的政论小册子《论能够把法国一切党派联合起来的纲领》(1816)很快就获得了巨大的成功。1817年春，他着手改组《法兰西水星》杂志，发表了《论即将来到的选举》(1817)。《法兰西水星》被政府取缔后，他又立即创办了新的刊物《法兰西智慧女神》。

1819年，他当选为议员。后来，《法兰西智慧女神》被警方封闭。对此，他进行了斗争，在议会讨论出版法时发表了重要的演说，争取出版、言论的自由。1822年，他撰写了《百日政变回忆录》的第一、二两部。同年，他卷入了反波旁王朝的密谋，被判处罚款并被拘禁6个星期。

查理十世上台后，波旁王朝的政策更趋反动，贡斯当在议会中进行了有力的抨击，其中最有名的是 1825 年 2 月 13 日抨击赔偿流亡贵族十亿法郎的演说和 1827 年春关于查禁出版物法案的多次演说。1828 年，他发表了议会演说两卷集和一系列文学评论与政治评论文章。1830 年 6 月，他因病离开巴黎到乡间休养。七月革命前夕，参加过美国独立战争的著名的拉法耶特将军从巴黎写信给他说："一场令人害怕的生死斗争在这里开始了，我们的头颅都冒着危险；来吧，把你的头颅也参加进来！"他不顾个人安危回到巴黎参加了七月革命。

七月革命的胜利果实被大资产阶级的代表奥尔良公爵窃取，贡斯当为他的上台颇出了一些气力，曾公开发表声明对他表示支持。7 月 30 日，奥尔良公爵和他的拥护者的游行队伍向市政厅凯旋行进的时候，贡斯当是走在前列的人物之一。他很快就得到了报酬，新王任命他为国务会议中一个部门的主席，还送给他 20 万法郎让他偿还赌债。贡斯当逝世于 1830 年 11 月，虽然法兰西学院在他生前曾多次拒他于门外，最后巴黎却为他举行了国葬。

贡斯当在文学创作方面一直被视为一个自传体作品的作者，他的小说，不论是最著名的《阿道尔夫》(1816)，还是他死后很久才问世的《瑟茜尔》(1907)，都带有浓厚的自传性质，而他的《红色笔记本》(*Le Cahier Rouge*)完全是他早年生活的自述。

几乎可以说，贡斯当的文学家地位全是靠《阿道尔夫》奠定的。这部中篇小说固然带有自传性质，但并不完全是一部自传小说，它只不过利用了贡斯当本人生活中某些片段的素材，特别是他情感生活的经验，在这基础上写出了大大超出狭隘个人意义的阶级个性。

小说的故事是一个爱情悲剧。主人公阿道尔夫从出身到教养都与贡斯当本人十分相似：家庭颇有地位，其父是普鲁士某个小公国的大臣。他 22 岁在哥廷根大学完成学业后，按父亲的安排进入政界，面前正展现着美妙的前程。这时他遇见了女主人公爱蕾诺尔，她本是波兰一个大贵族的女儿，由于政治动乱，父亲被放逐,母亲带她到法国避难,母亲逝世后,她在伶仃之中成为伯爵的情妇,在与伯爵多年的共同生活中,有了两个孩子。

阿道尔夫对她进行了热烈的追求,爱蕾诺尔起初坚决拒绝,但在阿道尔夫不顾一切、锲而不舍的追求下,终于成了他的情妇,并对阿道尔夫产生了一种甚至不能忍受片刻分离的强烈爱情。她毅然与伯爵断绝了关系,公开与阿道尔夫生活在一起。然而,她那种欲把对方的全都生活都据为己有的热爱,却使阿道尔夫开始感到是一种束缚和负担,对爱蕾诺尔产生了厌倦,渴望与她分手,好几次都几乎抛弃她出走,虽并未成行,但他准备断绝关系的计划完全暴露。爱蕾诺尔在精神上受到如此沉重的打击后,不久就痛苦地死去。

这是一出新式的爱情悲剧,在法国文学史上还是第一次出现。以往爱情悲剧往往是外部的、社会的因素阻碍和破坏了情人的结合,这里却是内部的、情人之间的心理差距和感情矛盾侵蚀与破坏了两人已经达到的结合。在这出悲剧中,一对情人的命运竟然是矛盾的,一个是"春蚕到死丝方尽",一个却由此得到了渴望已久的解脱。然而从其内容来说,它又并不是新鲜的,它和当时已经在法国现实生活中产生影响的《少年维特的烦恼》属于同一种类型,写的也是典型的浪漫主义的热情,这种热情的体现者就是爱蕾诺尔。

阿道尔夫承认,这是"一种超脱一切计较、一切功利的纯洁的爱情"。爱蕾诺尔也很清楚,自己与阿道尔夫的爱情会使她身败名裂:"我不知道我的前途会怎么样",但她还是不顾后果地走下去,为此她牺牲了自己的家庭和孩子,遭受了社会的鄙视和指摘,最后付出了生命的代价。爱蕾诺尔既是一个理想化了的超功利的热情的形象,又是一个和社会对立的形象,她的热情性格使她和那个充满了偏见的社会环境,和阿道尔夫的父亲这一类外表道貌岸然、内心肮脏卑劣的正人君子以及她周围那些感情冷漠的庸人发生尖锐的矛盾,"她一直与她的命运做斗争,她以她的每一行动、每一句言辞向她自己所属的那个阶级表示抗议"。这两方面的特点使爱蕾诺尔具有浪漫主义典型少年维特的性质。这位女主人公可以说就是妇女中的维特,一位文学史家曾经这样指出:“维特用爱情的名义所发动的战斗,现在由爱蕾诺尔发动了,而所得的结果同样是悲剧性的。”

二、瑟南古

瑟南古出身贵族,父亲是一名年金审计官。他早年深受卢梭和百科全书派的影响,信仰唯物主义,家庭为他安排了一个职务,他为了摆脱这讨厌的职务,跑到了瑞士。在资产阶级革命期间,由于出身,他作为“流亡贵族”一直待在瑞士,后回到巴黎。他在巴黎过着隐居的生活,靠为自由主义的报纸撰稿为生。他很早就开始写作,第一部作品《默默无闻的幸福》表现出他作为早期浪漫主义者的特点,这部作品他生前并未发表,直到 1925 年才公之于世。他第一次发表的论著是《对人的原始性质的沉思》(1799),文中充满卢梭主义的思想。

1840 年,他的小说《奥贝曼》出版,并未引起特别的注意,后来再版多次,影响很大,人们把它与歌德的《少年维特的烦恼》相提并论。1833 年,他还发表了一部小说《伊萨贝尔》(*Isabelle*)。1846 年,他在圣克鲁去世。

瑟南古最主要的作品是《奥贝曼》。这是一部书信体小说,没有故事情节,只是记录了一个在瑞士漫游的法国青年的心情和感受,而且这些书信也缺乏内在的联系,似乎是信笔写来,完全取决于主人公一时的心境。作为一本书,它的结构是松散的,与其说是一部小说,不如说是一部抒情的日记。不过,它的文学价值并不在于形象描绘和艺术形式,而在于它抒发出了一种对 19 世纪文学来说相当典型的思想感情,即个人与社会环境对立的思想感情。

在这里,读者通过主人公的自我感情的倾泻,通过他的痛苦的自杀和愤世嫉俗的议论,可以看到 19 世纪法国资产阶级文学中最早的一个个人反抗的形象。主人公奥贝曼是一个在生活中找不到位置的青年，他不从事任何职业，也没有自己的向往和理想，他既不知道自己是什么，也不知道自己应该干什么、应该把自己摆在什么地方以及自己应该走向何处，他甚至根本没有考虑这些，只是在最后才准备去从事写作，当一个作家。他无所事事，完全沉浸在自己痛苦的沉思之中。他的痛苦似乎无边无际，整个社会使他难以忍受，社会现实中的种种事物都触痛了他敏感的神经，使他反感，他作为一个社会人本身就是使他痛苦的一个根由。

三、诺迪埃

诺迪埃在 19 世纪初的文学中，并不是一名很有成就的作家，却是一名很有影响的文学活动家。他出生在一个律师的家庭，父亲是 18 世纪启蒙思想的忠实信徒，大革命期间成了贝桑松地方革命法庭的庭长。他以卢梭的教育思想培养自己的儿子，使诺迪埃受到了启蒙思想的教育。诺迪埃从小在革命气氛中长大，并亲眼见到了革命高潮时期严酷的阶级斗争和法兰西恐怖时代。他从少年时代起就在贝桑松中心学校担任图书管理员，开始从事自然科学的研究，并且在 19 岁的时候写出了一本关于昆虫的著作。他的文学创作活动开始得也较早，从 1801 年到 1804 年，他相继发表了论文《莎士比亚的思想》(1801)，小说《被放逐的人们》(1802)、《萨尔兹堡的画家》(1803)，诗集《一个青年抒情诗人的随笔》(1804)。

诺迪埃是一个独立不羁、充满浪漫和冒险精神的自由主义分子，和每一届当权政府格格不入是他的特点之一。早在执政府期间，他就是一个与官方作对的“危险人物”。拿破仑专制开始后，他在 22 岁的那年写了一首题为《拿破仑小姐》的讽刺诗，为此蹲了几个月监狱，此后一直受到拿破仑政府的监视和追踪。他隐遁在故乡汝拉山中，过着不安定的生活，他最初的文学创作就是在这种条件下写出来的。

诺迪埃在文学创作上的成就不高，他的作品都已经丧失了艺术生命力，但他早期的小说《萨尔兹堡的画家》是一本值得注意的书。诺迪埃自称这部小说是《少年维特的烦恼》的"模仿之作"，但它本身的形象意义远不及歌德的这部作品，其中充满了浅薄的廉价感伤。

主人公青年画家沙尔是一个敏感多情的维特型的人物，连国籍也与维特相同。他因为政治原因被逐出自己的家乡巴伐利亚，在欧洲过着流亡的生活，一直怀着对恋人欧拉丽的爱情。他后来回到了巴伐利亚，但欧拉丽已经与另一青年斯普龙克结婚。小说于是大肆渲染主人公那种维特式的痛苦、悲叹和呻吟、追忆和妒火，还加上一点绝望之中对妨碍爱情自由的法律、习俗的抗议。但是，欧拉丽的丈夫并不幸福，他原来另有爱人，她死去后一直未能忘情；他知道了自己妻子和沙尔之间的关系后，为了成全他们，感伤地服毒自尽了，欧拉丽也同样感伤地遁入空门，沙尔最后决定退隐到多瑙河畔的修道院，但不久多瑙河的泛滥使他葬身鱼腹。

这个浅薄、感伤故事的思想意义和艺术格调都不高，但它显示出19世纪初期浪漫主义小说的一般特点：感伤的爱情、痛苦呻吟的主人公和夸张的艺术风格，还显示出德国文学对法国浪漫主义的巨大影响。特别值得注意的是，这本书也提出了个人与社会的矛盾问题。

第五章　浪漫与理性的交织：19 世纪中期的法国文学

19 世纪是法国政治上最动荡的时期，也是法国文学史上最辉煌的时期，因为动荡不安的社会生活正是产生各种文学思潮的温床，也为作家们批判社会现实提供了丰富的题材。浪漫主义、批判现实主义、自然主义和象征主义等文学流派相互交错、大放光彩，为人类的文化宝库留下了许多不朽名著和精彩篇章，也使雨果、大仲马等人的名字传遍了世界。法国的浪漫主义文学产生于由封建社会向资本主义社会急剧过渡，上升的资产阶级与没落的封建贵族进行激烈、反复搏斗的过程中。法国浪漫主义文学也是在与古典主义文学的斗争、博弈与合理继承中诞生的。浪漫主义者反对古典主义的泥古倾向和理性教条的束缚，强调创作自由，强调情感和想象在创作中的作用。他们在创作中多采用多种多样的体裁形式，在表现手法上喜欢运用华丽的辞藻，作品中充满生动丰富的比喻。

第一节　浪漫派战役的领袖

维克多·雨果是法国浪漫主义运动最杰出的代表之一，他用经历法国大革命过程中的种种感受作墨，创作出大量浪漫主义经典作品，成就了属于全世界的辉煌的精神财富。雨果是法国浪漫主义运动的伟大旗手，是杰出的资产阶级人道主义作家。他的文学活动是多方面的：他既是诗人、小说家，又是剧作家和文艺评论家。他在法国文学史上占有特殊的地位。作为浪漫主义文家的泰斗，雨果称雄于整个 19 世纪。

维克多·雨果(1802—1885)生于贝桑松，父亲参加过法国大革命，在拿破仑麾下因战功卓著而升为将军，是一个激进的共和党人。雨果 11 岁时随母亲回到巴黎，在青年时代曾一度同情保王党。

雨果从小爱好文学，喜欢创作，而且特别勤奋，在 10 多岁时就写了成千上万行的诗歌。1819 年，他创办了刊物《文学保守者》。1822 年，他发表了《颂歌和杂咏》，第二年再版时改名为《颂歌集》，它在形式上拘泥于古典主义诗歌的格律，歌颂王室，因而使雨果两次获得路易十八赏赐的年俸。后来他加入了浪漫派的第一文社，又把《颂歌集》扩充成为《颂歌与民谣集》(1826)，获得了很大的成功。雨果在 19 世纪 40 年代以前发表的诗作，有同情和支持希腊民族解放斗争、富于异国情调的《东方集》(1829)，描写家庭生活和内心感情、对贫苦受难者表示同情和怜悯的《秋叶集》(1831)，欢呼七月革命和歌唱爱情的《黄昏歌集》(1835)，讽刺富有阶级、宣扬慈善主义的《心声集》(1837)，以及企图在精神上引导民众的《光与影集》(1840)，这些诗集的内容涉及政治、哲理、祖国、家庭、爱情和杂感等种种题材，同时注重对诗句形式和语言的革新，具有浪漫主义的色彩。

随着七月王朝金融资产阶级统治的巩固，雨果一度活跃于政治舞台，于 1841 年当选为法兰西学院院士，1845 年被国王授予“法兰西世卿”的称号，但是他始终在君主立宪制度与共和政体之间摇摆不定。他在 1848 年总统选举中支持路易·波拿巴，后来又成为国民议会中的左派领袖。1851 年，路易·波拿巴发动政变，恢复帝制，雨果发表演说，鼓动民众起义反抗，结果遭到镇压，失败后被迫化装成一个排字工人逃到了比利时，先后在英属杰西岛和盖纳西岛居住，度过了长达 19 年之久的流亡生涯。

在流亡期间，雨果配合现实的政治斗争，写出了揭露拿破仑第三的诗歌《惩罚集》(1853)，以及题材多样的《静观集》(1856)和大型史诗《历代传说》(1859)等气势恢宏、感情奔放的动人诗篇。

他改抒个人之情为抒民族之情、爱国之情，吹响了反对专制统治、歌颂光明和进步的斗争号角，同时使用富有表现力的跨行，大胆地改变了音节的顿挫。这些感情奔放、想象奇特、色彩瑰丽、形象丰富的诗篇，是浪漫主义和现实主义相结合的杰作，雨果也因此成为法兰西不朽的民族诗人。

雨果在晚年仍坚持创作，完成了诗集《做祖父的艺术》(1877)、《历代传说》的二、三集(1877、1883)等作品。他于1885年5月18日去世，法国政府为他举行了隆重的国葬，来自法国和世界各地的200万人把他的遗体送进了先贤祠。

1830年，雨果的剧作《欧那尼》上演，内容是在16世纪的西班牙，一个贵族出身的强盗为父复仇，与国王和公爵争夺美女唐娜·莎尔，最后悲惨死去的故事。剧本具有强烈的反封建倾向，并且打破了古典主义在悲喜剧之间设立的界限，采用了乔装、密室、毒药等种种奇情剧的手法，因而在上演时引起了观众之间的争斗，被视为浪漫主义战胜伪古典主义的标志。

雨果是浪漫主义戏剧理论的奠基者，他的剧作情节奇特、性格夸张，充满了反封建的精神。他让下等人登上政治舞台，义正严辞地谴责王公贵族，他把爱情置于至高无上的地位，而且剧中的小人物远比大人物纯洁和高尚，这不仅是对崇尚理性的古典主义的挑战，也充分表现了他的民主主义思想。不过从艺术角度来说，雨果的剧本并不成功，《克伦威尔》无法上演就是一个例子。

浪漫剧大多是散文体，在表现人物性格和剧情的曲折方面，散文显然比诗体更为方便和自由，所以浪漫剧的发展必然引起古典主义诗剧的解体。但是雨果坚持用诗体写作，这就使他的剧作缺乏舞台的艺术效果，人物和情节似乎完全出于雨果的想象，显得很不真实。1843年，他的剧本《城堡里的伯爵》由于情节离奇和人物怪诞而上演失败，标志着浪漫主义戏剧退出了历史舞台。

雨果起初模仿当时流行的黑色小说，创作了情节恐怖的中篇小说《冰岛的汉》(1923)。他的第二部小说《布格-雅加尔》(1826)的故事发生在18世纪末法国的殖民地，黑奴皮埃罗爱上了主人的女儿玛丽,但是玛丽已与表兄订婚。黑人暴动时抢走了玛丽,俘虏了前来救她的表兄。黑人首领布格-雅加尔就是皮埃罗,他救出玛丽和她的表兄,然后又回到白人那里去,结果惨遭杀害。为了成全玛丽和她的表兄的爱情,皮埃罗把种族矛盾和生命都置之度外,表明小说虽然具有黑色小说的痕迹,但已初步显示出雨果的人道主义思想,只是故事的内容脱离了社会现实,因而缺乏感人的魅力。

与此同时,雨果小说里的人道主义思想越来越明显。他16岁时在广场上看到一个少妇被处以烙刑,后来又见过被押上断头台的犯人,因此早就想写一部反对死刑的小说。《一个死囚的末日》(1829)写的是一个死囚对牢狱生活的体验和印象,他没有说出自己的姓名和身世,因此小说不是写某个死囚的故事,而是在普遍的意义上呼吁废除死刑,旨在表现反对死刑的人道主义精神。

长篇历史小说《巴黎圣母院》(1831)是雨果的代表作之一,故事发生在15世纪的巴黎。在愚人节的狂欢中,吉普赛女郎爱斯梅拉达在街头卖艺,巴黎圣母院的副主教弗罗洛垂涎她的美色,指使奇丑的撞钟人卡西莫多把她抢来,不料她被弓箭队队长费比斯救出,并且成了他的情人。弗罗洛妒火中烧,乘他们幽会时刺伤了费比斯,并嫁祸于爱斯梅拉达,使她被判处死刑。卡西莫多在她被行刑前冲了上去,把她抢救到圣母院的钟楼上保护起来。弗罗洛乘机再次威逼她,遭到拒绝后就把她交给官兵去行刑。卡西莫多愤怒地把弗罗洛从钟楼顶上推下去摔死,自己抱着爱斯梅拉达的尸体遁入了墓地。

《巴黎圣母院》的描写注重夸张和抒情,集中体现了雨果的"美丑对照"原则:美就美得白璧无瑕,丑就丑得令人恐怖。爱斯梅拉达的悲惨命运揭露了封建司法制度的不公和残酷。小说充分宣扬了人道主义的精神力量。小说的情节环环紧扣,紧张激烈,在艺术上也达到了浪漫主义和现实主义相结合的高度,显示出雨果强烈的激情和无比丰富的想象力,在法国和世界的小说史上都是一部杰作。

《克洛德·格》(1934)以真人真事为题材,使雨果抽象的人道主义精神变得明确起来,那就是同情穷人、反对司法的不公。饥寒交迫的克洛德·格偷了一点东西就被判处5年徒刑,在狱中又因备受折磨而被迫杀人,最后被处死了。雨果在这篇小说里第一次明确地提出了现实的社会问题,即认为是黑暗的社会造成了善良人的悲剧,因此它可以被视为《悲惨世界》的先声。

雨果最重要的代表作是《悲惨世界》(1862),分为五部。

第一部《芳汀》写主人公冉阿让由于偷了一片面包被判处5年苦役,又因越狱未成而在牢里被关了19年。出狱后,他化名马德兰开设工厂,致富后乐善好施,当上了市长。这时有个名叫芳汀的女工沦为妓女,把私生女珂赛特寄养在恶棍德纳第家里,因而备受敲诈。马德兰正要设法拯救她,警方却把一个小偷当成冉阿让抓了起来。为了不连累别人,他毅然承认自己才是冉阿让,于是被早就怀疑他的警官沙威抓走,使芳汀惊吓而死。

第二部《珂赛特》描绘了滑铁卢战场的情景,德纳第翻动尸体搜刮钱财,身负重伤的军官彭迈西醒后却误把他当成了救命恩人。德纳第用这些不义之财开了一个小酒店,利用珂赛特来敲诈芳汀。1823年11月,服刑中的冉阿让利用抢救一个海员的机会,假装坠海而死,然后找到德纳第赎出了珂赛特。他们逃进一座修道院,巧遇他在监狱中救过的难友、这里的园丁割风老头,于是就在这里住了下来。

第三部《马吕斯》写割风老头死后,冉阿让带着珂赛特离开了修道院。彭迈西的儿子马吕斯爱上了珂赛特,德纳第现在成了一伙诈骗犯的头目,一心想陷害冉阿让。马吕斯及时报警,使冉阿让得以逃脱。

第四部是《普吕梅街牧歌和圣德尼街史诗》,歌颂了1832年巴黎起义者大无畏的牺牲精神,马吕斯和珂赛特热烈相爱,共同参加了街垒的战斗。

第五部《冉阿让》写沙威被起义者抓住,冉阿让负责处决,却私自释放了他。马吕斯身受重伤,冉阿让背着他冒险从下水道逃走。这时沙威出现了，但是他无法昧着良心逮捕他们，终于投入塞纳河自杀。冉阿让成全了马吕斯和珂赛特的婚姻，但是马吕斯一直以为他是苦役犯，直到他弥留之际，才明白冉阿让是自己的救命恩人。

《悲惨世界》是雨果历时 30 余年构思和创作的巨著。在简短的序言中，他宣称要描写“本世纪的三大问题：男人因穷困而道德败坏，女人因饥饿而生活堕落，儿童因黑暗而身体孱弱”，揭露社会上存在的“愚昧和穷困”，所以他在歌颂人道主义理想和注重心理刻画的同时，描写了大量现实主义的场面和细节，使这部巨著成为一幅波澜壮阔的历史画卷，一部浪漫主义和现实主义相结合的杰作。

雨果抱着济世救民的崇高理想，以诗人的目光去观察世界，充满了向非正义宣战的浪漫主义激情。他以丰富的想象力和强烈的感情，在《悲惨世界》里生动地描绘了冉阿让等穷苦人民的悲惨遭遇，对黑暗的社会现实提出了强烈的抗议，宣扬了靠仁慈博爱来杜绝罪恶、使人类得到拯救的人道主义精神，因而具有震撼人心的艺术力量。这是第一部专门描写穷人苦难而且寄予深刻同情的杰作，出版后引起了轰动，尤其受到工人的热烈欢迎。

《悲惨世界》后来曾多次被搬上银幕，在世界上产生了很大的影响。在它问世 130 余年之后，美国女作家劳拉·卡尔帕金在 1995 年写了它的续集《珂塞特》。小说继承和发展了雨果倡导的人道主义精神，塑造了珂塞特的动人形象，使对事业和爱情的忠诚在她身上得到了完美的统一，同时说明了人民的觉悟在不断提高，革命的形势在日益发展。

第二节　浪漫主义通俗小说家

浪漫主义是文艺的基本创作手法之一，与现实主义同为文学艺术上的两大主要思潮。作为创作方法，浪漫主义在反映客观现实上侧重从主观内心世界出发,抒发对理想世界的热烈追求,常用热情奔放的语言、瑰丽的想象和夸张的手法来塑造形象。

浪漫主义的创作倾向由来已久,早在人类的文学艺术处于口头创作时期,一些作品就不同程度地带有浪漫主义的因素和特色。但这时的浪漫主义既未形成思潮,又不是自觉为人们掌握的创作方法。

浪漫主义宗旨与“理”相对立,主要特征是注重个人感情的表达,形式较少拘束且自由奔放。浪漫主义手法则通过幻想或复古等手段超越现实。法语的浪漫一词意味着感情丰富、多愁善感。在法国浪漫主义文学运动中,小说领域比较有名的作家之一是大仲马。

大仲马(1802—1870)出生于维莱科特雷,名为亚历山大·仲马,与他的私生子同名,因而后人对他们用“大”“小”仲马来加以区别。他的父亲仲马·达维是共和国的著名将领,曾随拿破仑远征埃及,但不幸在 44 岁就去世了。大仲马没有受过什么教育,但是继承了父亲健壮的体魄和超人的勇气。1820 年,有一个剧团到他的家乡附近演出《哈姆雷特》,激起了他对戏剧的强烈兴趣。21 岁时他到巴黎谋生,由于写得一手好字,在父亲生前好友的帮助下,当上了奥尔良公爵办公室的抄写员,他利用这个机会刻苦自学,获得了广博的知识,为日后的创作奠定了坚实的基础。

1827 年,英国的著名演员到巴黎演出莎士比亚的戏剧,使他认识到必须表现使男人和女人战栗的狂暴激情,才能获得打动观众的戏剧效果。为此他首先冲破古典主义的束缚,创作了五幕散文体历史剧《亨利三世和他的宫廷》(1829),上演的时间比雨果的《欧那尼》还早一年,而且获得了巨大的成功。

剧本以法国 16 世纪的内战为背景。首相吉斯公爵企图篡夺军权,国王亨利三世就指使宠臣圣·梅格兰在决斗时杀死吉斯。王太后卡特琳一心想控制国王以操纵政权,因此打算同时消灭这两个对手,于是设计让圣·梅格兰单独会见并爱上了公爵夫人。公爵由此起了疑心,逼迫妻子写信约圣·梅格兰幽会,暗地布置伏兵，最后下令用夫人的手巾将他勒死。

大仲马不但彻底抛弃了古典主义的三一律，用生动活泼、感情丰富的对话代替了悲剧中格言式的华丽辞藻，而且讴歌了男女主人公至死不渝的爱情。圣·梅格兰把爱情看得高于一切，甚至愿意为之献出生命。公爵夫人也挣脱了道德的束缚，在危急关头向他表白了隐藏在心中的爱情，帮他跳窗逃走。剧本把爱情置于理性之上，充分显示了浪漫主义戏剧的风格。

《安东尼》(1831)是一出爱情悲剧，阿黛尔曾与安东尼相爱，后来安东尼一去不返，但在阿黛尔嫁给爱尔维上校三年之后，却突然出现在她的面前。原来他是个私生子，没有家庭、职业和财产，所以无法娶她。阿黛尔虽然难忘旧情，但是出于做妻子的责任，她决定到军队里去找丈夫，然而安东尼在半路上留她在旅店里住了一夜。丑闻传开后，他极力劝说她一起私奔，但是她留恋女儿和丈夫而犹豫不决，这时丈夫回来用力敲门，为了保全阿黛尔的名誉，安东尼应她的要求刺死了她，声称她进行了反抗。剧本谴责了社会对私生子的歧视，也因为描写了通奸而一度被禁演。

大仲马其他比较著名的剧作有六幕历史剧《拿破仑·波拿马》(1831)，描写了拿破仑一生的辉煌经历，用充满异国情调的场景概括了 30 年的法国历史。《克里斯蒂娜》(1830)写瑞典王后克里斯蒂娜杀死背叛她的情人的故事。

大仲马共创作了 88 个剧本，而且创办了私人的“历史剧院”。1838 年，他的剧本《炼金术士》上演失败，他开始转向小说创作，并且取得了更为辉煌的成就。他由于勤奋写作而成了百万富翁，但是他生活奢侈无度，总是入不敷出，最后穷困潦倒，于 1870 年 12 月 5 日在小仲马家里去世，遗体在 1872 年迁葬到他的家乡。

2002 年 11 月 30 日，在大仲马诞生 200 周年之际，他的遗骸从维莱科特雷迁入巴黎的先贤祠，标志着他已经获得了与雨果并列的崇高地位。希拉克总统在迁葬仪式后表示，大仲马是法兰西语言文化在世界上最好的传播者。

大仲马是法国文学史上最杰出的通俗小说家，又是一位创作极为丰富的多产作家。有人做过统计，大仲马仅小说创作就达两百多部。大仲马继承了父亲的资产阶级革命传统，青少年时代就痛恨波旁复辟政权。在浪漫主义运动中，他加入了以雨果为首的浪漫派行列。“欧那尼之战”，他为雨果助威，不愧为浪漫主义文学运动中一员得力的“干将”。大仲马的主要文学成就是他的历史小说。这种体裁以生动通俗的小说形式来描写历史事件和场景，它不需要十分真实，只要求作家有丰富的想象力和编织故事的技巧，而这正是大仲马的天赋。正如他自己所说：“什么是历史？历史就是钉子，用来挂我的小说。”在他一系列的历史小说中，最广为人知的是《基督山伯爵》。

《基督山伯爵》(1844)的故事发生在复辟时期。年轻的水手爱德蒙·邓蒂斯即将被提升为船长，同事邓格拉斯出于嫉妒，写了一封诬陷他的告密信，让他的情敌弗南投入邮筒，使他在举行婚礼时被捕。代理检察官维尔福把邓蒂斯打入了插翅难飞的死牢伊夫堡，因此获得勋章，晋升为巴黎的首席检察官。邓格拉斯靠投机发财，成了伯爵、众议员和金融界的巨头。弗南则娶了邓蒂斯的未婚妻，改名为马瑟夫，他在希腊独立战争中出卖了恩主阿里总督，因此当上了中将和贵族院议员。

邓蒂斯被捕后，年迈的父亲因饥饿而死，他自己在黑牢里被关了 14 年。难友法利亚长老把基督山宝藏的秘密告诉了他，他设法逃出了伊夫堡，到基督山找到了这笔几乎取之不尽的财富。在报答了对他有恩的船主摩莱尔后，他经过八年多的准备，带着阿里总督的女儿海蒂来到巴黎，以基督山伯爵的名义进入上流社会开始复仇。

基督山伯爵首先在报上透露了弗南的罪恶历史，迫使他开枪自杀；接着把维尔福和邓格拉斯夫人抛弃的私生子、苦役犯贝尼台多伪装成富有的王子，让他与邓格拉斯的女儿订婚，使得邓格拉斯一家名誉扫地，彻底破产；最后把配制毒药的方法教给维尔福夫人，促使她为了夺取遗产而毒死了几个人，自己也畏罪自杀。

维尔福在审讯贝尼台多的时候,由于发现他竟是自己的儿子而发了疯。邓蒂斯复仇之后,与海蒂一起永远离开了巴黎。

邓蒂斯的三个仇人分别是司法界、金融界和政界的代表,他们的罪恶体现了复辟王朝时期司法制度的黑暗和腐败,所以小说具有批判社会现实的进步意义。不过小说主要还是以艺术成就取胜:情节复杂曲折,环环紧扣;构思巧妙周密,引人入胜,富于浪漫的传奇色彩,是一部百看不厌的名著。

第三节 “巴黎的秘密”揭露者

在各国浪漫主义浪潮中,法国的浪漫主义思潮犹如大海的波涛,气势磅礴,蔚为壮观,来势迅猛,激烈异常。它的产生与发展是与封建贵族的复辟和资产阶级的反复辟斗争分不开的。浪漫主义首先从古典主义设置的种种障碍中冲杀出来,历经短兵相接的搏斗,一举获胜。继而在浪漫主义内部角返相争,积极浪漫主义者组织了包括批判现实主义作家在内的广泛的统一战线,打败了消极浪漫主义。在19世纪20年代以前,消极浪漫主义称王称霸,20年代末到30年代初,由于资产阶级在政治上的胜利,积极浪漫主义骤然兴起,并取得了主导地位。在法国浪漫主义文学运动中,欧仁·苏所起的作用不能忽视。

欧仁·苏(1804—1857)生于巴黎一个世代名医的家庭,父亲约翰·约瑟夫曾以皇家卫队的主任医生身份随拿破仑出征俄国,波旁王朝复辟后又当上了路易十八王家医院的外科主任。欧仁·苏由于父亲在宫廷里的高位,成了约瑟芬皇后和欧仁·德·波阿奈亲王的教子,并被取名为马利约瑟夫·欧仁。

欧仁·苏曾在波旁公立中学就读,成绩平常,望子成龙的苏医生最后只得把儿子带在身边当一名助理外科医生。由于公立中学和严父的刻板教育,直到19岁时,欧仁·苏的知识面还很狭窄。在文学方面,他只熟悉拜伦、司各特和卢梭,拜伦的愤世嫉俗、司各特的神秘色彩，尤其是卢梭在《社会契约论》里提出的社会政治改革方案，深深吸引了这位对医学缺乏兴趣的年轻人，在欧仁·苏日后的作品中，不少地方都反映出这几位作家对他的影响。

1823 年，欧仁·苏作为助理外科医生参加了波旁王朝对西班牙的战争，次年回到巴黎，由于耽于声色享乐，不久就债台高筑。约翰·约瑟夫担心儿子的前途，替他还清债务后，赶紧打发他去土伦的军医院。欧仁·苏在那里与人合作写了一个关于查理十世加冕礼的应时剧，剧本上演后颇受欢迎，从此激发了他创作的兴趣和信心。

不久，他被调到一艘军舰上当外科主任。欧仁·苏的兴趣当然并不在此，不过到美洲、希腊等地的旅行开拓了他的视野，补充了公立中学给他的那一点点可怜的知识，他回国时脑子里塞满了奇风异俗和离奇人物，为他日后从事创作准备了丰富的素材。

欧仁·苏重要的代表作是《巴黎的秘密》(1842—1843)，这部长篇小说以复杂曲折的情节取胜，它在报纸上连载后，故事中的主要人物几乎成了那一时期巴黎家家户户谈论的中心。

《巴黎的秘密》是法国 19 世纪 40 年代的重要文学现象之一，它的重要性在于两个方面：一方面，是较早描绘了资本主义工业化之后城市下层人民生活情景的一部小说；另一方面，比较鲜明地体现了傅立叶主义的思想观点，成为这种空想社会主义的通俗图解。

在小说里，巴黎贫民区的阴暗景象以真实的图景呈现了出来，下层人民的悲惨生活通过玛丽花、“刺客”和莫莱尔一家的经历有着集中的反映。玛丽花寄养在“猫头鹰”家里时，受着极端的虐待，甚至不得温饱，很小的年龄就要在街上叫卖糖果，稍有差错，竟被“猫头鹰”硬拔下牙齿以示惩罚。她逃了出来，又被关进教养所，从教养所出来后，贫困的生活又逼得这个才 16 岁的少女卖淫为生。“刺客”从小也是孤儿，十一二岁就出外谋生，艰苦的劳作并没有使他免于饥寒，直到 19 岁，他从未睡过床，他甚至愿意坐牢以便“有一碗牢饭吃”。他从监狱里出来后，更找不到固定的职业，过着衣食无着的流浪生活。

手艺匠莫莱尔更是直接在资本主义的剥削压榨下挣扎，他一天只能睡三个小时，沉重的劳动累得他身体变成畸形，每天只有 40 个苏的工资，却要养活全家八口，他因为借了债无力偿还，不得不把大女儿抵押出卖，小女儿也得了肺病，冻饿而死。这几个人物的不幸构成了当时巴黎大量无业游民和下层劳动人民苦难生活的缩影。

欧仁·苏以明显的同情描写了他们的生活，同时通过弗兰等人物对上层社会的腐朽和享乐进行了揭露，表现了他的民主主义立场和感情。而且小说中这些描写是作者深入贫民区收集材料的结果，符合当时下层社会的实际，写得真实感人，所以当时为欧仁·苏在巴黎赢得了不少工人读者。

但是，对于资本主义条件下劳动人民、无产阶级的悲惨生活以及贫富对立的社会现象，欧仁·苏的理解完全是傅立叶式的。欧仁·苏在小说里大力宣传了阶级调和、阶级合作思想，他以抽象的善恶观念来区分他的人物，把他们分为四类：善的富人，如鲁道夫、克雷门斯；善的穷人，如莫莱尔；恶的富人，如弗兰；恶的穷人，如“猫头鹰”。欧仁·苏完全抹杀了阶级的区别，并把希望寄托在善的富人身上。他曾经明确地承认：他写这部小说“唯一的希望是唤起思想家和慈善家们注意这些巨大的社会灾难”。

欧仁·苏所臆造的鲁道夫这个人物，就是他所期待的这种慈善家，他把这个人物精心描绘成一尊“无所不能”的“神”，让他来主持审理人间的善恶，挽救日下的世风，通过宣扬这个救世主的惩恶扬善、扶危济困来提出乌托邦的社会改革方案。欧仁·苏的方案并不触动资本主义的现存秩序，他虽然在小说里也把矛头指向了当时的立法和司法制度，但归根结底还是肯定了资产阶级法律“是必不可少的”，并且劝谏性地对“诉讼制”“单身牢房制”“惩罚与忏悔相结合制”提出自己的建议。

欧仁·苏最得意的方案是“贫民银行”与“模范农场”，他让自己的主人公去从事这种试验，把这两种办法当作济世良方加以宣扬，好几次中断了故事的情节，详细地陈述这两种组织对穷人的“好处”。但是，欧仁·苏的“贫民银行”每天只能给失业者不到27个生丁，而当时在法国，一个囚犯每天的消耗就要超过47个生丁，如果工人依靠这种“银行”，就必然饿死，或者就得采取欧仁·苏通过这种银行所力图防止的那些办法：典当、乞讨、偷窃和卖淫。而在欧仁·苏的“模范农场”里，虽然劳动者可以“吃得好一些”“工资高一些”，但工作量比一般的雇农多一倍，必须是超人的大力士才能胜任。而且，这两种组织都是建立在富人发善心的基础上，是作者按照傅立叶设想的“法朗吉”组织忠实复制出来的空中楼阁。

欧仁·苏在《巴黎的秘密》中所竭力宣扬的一系列思想，在当时具有消极的性质。据记载，小说尚未在报上刊完，一位资产阶级评论家就情不自禁地欢呼说，如果他是法国国王，他一定会给欧仁·苏一笔奖金，让他把《巴黎的秘密》永远写下去，因为“整个法国将专注于读报上的连载小说，再也不会发生革命了”。这一评论虽然过分夸大了《巴黎的秘密》的影响，但也一语道破了这部小说所起的麻醉作用，因此它理所当然地受到了马克思、恩格斯的批评。

《流浪的犹太人》(1844—1845)是欧仁·苏另一部代表作，从思想倾向来看，这部小说具有较多的揭露现实的意义。《流浪的犹太人》对一些出身下层的人物做了正面的歌颂，反映了欧仁·苏从空想社会主义者，特别是从傅立叶那里接受了较为民主的思想。老兵达戈贝是“共和国和帝国时期的士兵、平民英勇的儿子的不朽典型”，他一直忠于往昔的事业，不辞辛劳地把拿破仑手下的一个高级军官的孪生子女从西伯利亚护送到巴黎。老兵的儿子阿格里柯尔是个铁匠，也是个工人诗人，他的诗歌《解放了的劳动者》在工人密谋起义的斗争中起过作用，他协助父亲援救那一对被关在修道院里的孪生子女，表现了见义勇为的精神。

雷纳蓬的后代之一雅克是个手工工人，他也乐于助人，慷慨好义。这些底层人物与《巴黎的秘密》中的不同,他们都具有一些高贵的品质,多少还能反映劳动者的真实面貌。欧仁·苏在19世纪40年代中期能够描写这些人物,还是难能可贵的。欧仁·苏在《流浪的犹太人》中仍然没有跳出鼓吹阶级调和论的圈子。他通过雷纳蓬的遗嘱,宣扬实行"你们要彼此相爱"的论调,鼓吹结成"一个神圣的共同体"的空想。在小说结尾,欧仁·苏又提出"在处于社会阶梯两端的两个阶级之间实现亲近和睦"的主张。他的小说通过具体的形象表现了他这一系列思想。

雷纳蓬的七个后代像一个象征体一样,包括了各个阶层的人物:有王子,也有平民;有工场主,也有工人。他们彼此之间并无冲突,似乎完全可以建立"神圣的共同体"。欧仁·苏在工场主亚尔第身上花费了更多的笔墨。欧仁·苏认为,一旦富人们知道了亚尔第的办法,"他们就会理智地和慷慨地做好事"。因为在他看来,工人们生活条件好,就会更卖力地干活,这样对工人对工场主都有利。

欧仁·苏的设想显然是从空想社会主义者那里得到启发再加以变化的产物,他以此来证明自己的阶级合作、阶级调和的思想是正确的、可行的,但实际上这只是维护资本主义制度的极其庸俗、廉价的药方。

第四节 浪漫主义的急先锋

在法国浪漫主义文学运动中,缪塞、戈蒂耶和奈瓦尔是冲在前线的急先锋。其中,缪塞在19世纪浪漫派作家中有"顽皮的孩子"之称,他企图找到自由的爱情和个人的幸福,结果得到的却是无情的欺骗和冷酷的嘲讽。戈蒂耶是浪漫主义向唯美主义过渡的诗人。他从小极富才气,喜欢写诗,热爱绘画。早年思想激进,作为"欧那尼之战"的一员干将,他身着红衣亲赴剧场,为《欧那尼》演出助威叫好。奈瓦尔在小说创作中把情调浪漫的故事引入了梦幻、谵妄、回忆和神话传说的边缘，集诗意与叙述于一体，充满浓郁的浪漫主义色彩。

一、缪塞

缪塞(1810—1857)生于一个贵族世家，父亲虽是复辟王朝的一个中等官吏，但信奉卢梭的学说，对卢梭很有研究，写过一本卢梭的评传。缪塞的母亲是日内瓦一个著名哲学家的后裔，热烈拥护拿破仑；拿破仑"百日政变"失败时，缪塞才5岁，是母亲第一个把"滑铁卢"这个字眼告诉了他，又是在母亲的感染下，他们一起倒在地上痛哭。在家庭的影响下，缪塞一生对卢梭的热爱从未稍减，对拿破仑的崇敬更是贯彻始终。

1830年，20岁的缪塞带了自己写的一卷诗集去找出版商，出版商大为赏识，但觉得印成一本书太薄，要求他再添上五六百行。缪塞在不到三个星期的时间里一气呵成了将近一千行的长诗《玛多舒》，当年书就出版了，这就是使他一举成名的抒情诗集《西班牙与意大利故事》。这部作品虽然带有新古典主义的痕迹，但已经显示了缪塞的艺术风格，思想活跃、词章精美，散发着浪漫主义文学新秀的朝气。同年，又上演了他的剧本《威尼斯之夜》。

1832年，缪塞的父亲去世后，他下决心从事写作，以此谋生。这一年他出版了第二部诗集《椅中景象》，又在《两大陆评论》杂志上发表了一些其他的作品。缪塞的这些作品都带有浓郁的抒情气息，风格又相当别致，为当时的青年所竞相争阅，而且博得梅里美、司汤达等文学前辈的赞赏。

1833年，缪塞著名的长诗《洛拉》问世，这时他已开始怀疑自己创作初期的那种乐观情绪，对生活中的丑恶现象流露了迷惘不安的感情。这一年他与乔治·桑相识，友谊很快发展成为爱情。可是，缪塞习惯于放浪生活，沾染了纨绔子弟玩世不恭的生活习气，比他年长6岁的乔治·桑却富有政治理想和热情，他们的结合当然不能持久，因此到这年年底，两人在意大利旅行期间就感情破裂。这段恋爱生活对缪塞的影响极大,加剧了他的生活态度和思想倾向向消极方面的发展,也是划分缪塞前后期思想和创作的分水岭。缪塞从此日趋悲观,对时代和理想都感到幻灭;生活中处处觉得失意,更加放浪形骸;在文艺观上与浪漫派的隔阂也开始增长。

正是在1834年、1835年这两年思想感情动荡不安的时期,缪塞的文学创作达到了高峰,他的主要作品大部分都是这一时期的产物,如抒情诗《四夜》、小说《一个世纪儿的忏悔》、历史剧《罗朗萨丘》,此外还有诗歌《吕西》《出版法》,剧本《方达西奥》《勿以爱情为戏》等,其中尤其以政治抒情诗《出版法》最有社会意义。不过总体来说,随着缪塞思想的日益消沉,他的创作也日益走下坡路。1838年以后,缪塞的创作日益见稀,好作品更是极少出现。缪塞的一生非常孤独,后期生活更是如此。1852年5月27日,缪塞被选为法兰西学院院士,五年之后,他寂寞地离开了人世。

缪塞的诗歌创作大致可以1833年发表的长诗《洛拉》为界,分为前后两期。前期诗歌热情艳丽,表达了诗人对于爱情、自然、异国风光、青春生活的憧憬和追求。从《洛拉》开始,缪塞就结束了他短暂的前期创作,作品中开始透露悲观主义的怀疑情调,社会现象的黑暗和实际生活中的失意进入了他的诗歌。缪塞的后期诗作忠实地记录了诗人的思想消沉、没落的过程。

他的第一部诗集《西班牙与意大利故事》(1830)充分显示了缪塞的想象能力,他在写作这些诗篇的时候还不到20岁,从未去过国外,但是他描写的异国风光极富情趣,诗句中充满了美的感受、强烈的激情。诗集中收有十余篇短诗和一篇长诗。

第二部诗集《椅中景象》(1832),其中两篇是诗体的剧作,第三篇是叙事长诗《纳慕娜》,诗中描写一个向土耳其人投诚的法国青年哈森在东方世界寻欢作乐。哈森每隔一周换掉一个女奴恣意纵欲,后来遇上一个名叫纳慕娜的西班牙女俘,二人相爱,在规定的一周欢乐之后,纳慕娜被遣返,但是她甘愿重新卖身为奴,以求与哈森接近,诗篇在此告终。缪塞把哈森塑造成另一类型的唐璜，赞颂爱情与欢乐，既表现了他漠视道德与习俗的倾向，也反映了他自己的浪荡性格。

总体说来，缪塞的前期诗歌以丰富的想象、欢乐的情调与精致的艺术见长，反映了缪塞在19世纪30年代初积极投身于浪漫主义文学运动时的精神状态，当然也表现了他那种追求享乐的弱点。缪塞后来将这些诗汇编成册，题为《初诗集》(1841)。

从长诗《洛拉》(1833)开始，缪塞的诗歌倾向出现了明显的变化。在《洛拉》中，缪塞第一次在自己的诗作里提出一个富有社会意义的问题，一个“世纪病”患者的疑问：在复杂而又黑暗的现实世界中，个人应该寻求什么样的出路？主人公洛拉的父母双亡，仅仅留下了有限的一笔金钱。洛拉决意在三年内把钱花光，然后自尽。到了最后一夜，年仅19岁的洛拉把自己的意愿告诉了15岁的玛丽蓉，玛丽蓉要他活下去，可是他已吞下毒药，只留下了最后一吻。洛拉是一个颓废厌世的形象，他的病根在于对现实的悲观、对未来的绝望。

缪塞从资产阶级个人主义者的立场出发，深深感受到“生活在无希望的世纪”的苦闷。《洛拉》中充满了一种“绝对的失望”，在这里，作者宣扬“爱情与痛苦缺一不可”的人生观，甚至主张用追逐痛苦的办法来麻醉灵魂。这篇诗作显露了缪塞堕入精神危机的端倪。

缪塞最著名的抒情诗是《四夜》，即《五月之夜》(1835年5月)、《十二月之夜》(1835年11月)、《八月之夜》(1836年8月)、《十月之夜》(1837年11月)四篇。这些作品写作于他思想急剧变化的时期。他和乔治·桑恋爱生活的夭折固然是造成他思想变化的一个因素，但是更主要的原因在于他对眼前的资产阶级社会感到绝望。而对这样的社会，他更感到一种极大的痛苦，他认为这样的“痛苦”是无法改变的，除了吟哦发泄之外，只有逆来顺受。

这样，在《洛拉》中已经得到渲染的“人生就是痛苦”的情绪在《四夜》中得到了更加充分的发挥。《四夜》诗的艺术成就是比较高的，诗句流畅、优美，交织着丰富的情感。除了《十二月之夜》以外，其余三篇都采用了诗人或诗歌女神对述的形式，或一问一答，或一唱一和，情感的表现十分细腻、自然。《十二月之夜》则是诗人独自述怀，独白的形式加强了叙事的色彩，诗人通过对自身"幻影"的反复盘诘来渲染他的彷徨、迷惘、绝望的感情，艺术感染力很强。

《四夜》标志着缪塞抒情诗写作的高峰，更标志着他的思想的转折，悲观情调从此再也不曾离开缪塞。《十月之夜》虽然流露了一些希望的微光，但是诗人只是在个人的感情起伏中，在所谓"使人再生"的渺茫的"爱情"中寻找这个希望；既然是游离在整个社会变革的运动之外寻找希望，这种希望必然注定要落空，后来的事实正是如此。

二、戈蒂耶

泰奥菲尔·戈蒂耶（1811—1872）是标志着法国文学从浪漫主义向唯美主义过渡的一位作家。戈蒂耶 1811 年生于上比利牛斯省的塔伯城。他的祖父是农民。他的父亲早年在故乡的税局当职员。戈蒂耶 3 岁时，他父亲谋得巴黎入境处一个税关监督的职务，把全家迁往巴黎。戈蒂耶 8 岁时进入有名的路易大帝中学，后又转学到同样有名的查理曼中学。他课余喜欢写诗，更喜欢绘画。

在查理曼中学，戈蒂耶结识了当时已经有点名气的青年诗人钱拉·德·奈瓦尔，奈瓦尔又把他介绍给雨果。青年戈蒂耶见到名闻全欧的浪漫派大师，心中万分激动。雨果获悉他在写诗，鼓励他发表诗作。从此他就放弃绘画，专攻文学。1830 年 2 月 25 日《欧那尼》首次公演，成为戈蒂耶一生中的重大事件。他参加雨果的拉拉队，特地穿上一件鲜艳夺目的红背心，大大触犯了传统的审美趣味。日后戈蒂耶靠拢"上流社会"，"上流社会"却因为这件红背心始终不能完全原谅他，他伤感地说："我只穿了它一天，但是我一辈子都披着它。"

1830年七月革命的高潮中，戈蒂耶自费出版他的第一部诗集。他与奈瓦尔等人结了一个浪漫主义文社。但是戈蒂耶不久就觉察到这个团体的浮夸可笑，1833年他发表了故事集《青年法兰西》，这本书得到一定的成功，出版商要求他再写一部小说，力求耸人听闻。这就是1836年出版的《莫班小姐》。该书的序言轰动一时，因为戈蒂耶公开向资产阶级的道德挑战，反对艺术为道德和功利服务，鼓吹唯美主义的文艺思想。

戈蒂耶很早就进入新闻界。他最初为《文学法兰西》杂志撰写一组在正统文学史上没有地位的作家的评传；1836年起他成为《新闻报》的戏剧和艺术批评家；1845年后是官方报纸《导报》的专栏作家。

1848年革命高潮中，戈蒂耶置身局外，埋头创作他的诗集《珐琅与雕玉》。这本诗集于1852年出版，奠定了他作为诗人的声誉。除了写诗，他还写了不少长篇和短篇小说。他喜欢旅行，到过西班牙、法属非洲、英国、荷兰、德国、瑞士、意大利、土耳其和俄国，著有游记多种。

第二帝国时期，戈蒂耶成为官方作家。他与拿破仑三世的堂妹玛蒂尔特公主交往密切。为了不得罪官方，他违背良心在自己的批评专栏中只字不提拿破仑三世的死对头、第二帝国的逐客雨果在这一时期发表的名著《历代传说》和《悲惨世界》。

到了晚年，这位当年穿红背心上场的浪漫主义运动的斗士又表现出一定的勇气，维护他终生崇拜的大师，1867年6月《欧那尼》再度公演的第二天，戈蒂耶为《导报》写了一篇热情洋溢的评论。报纸负责人不敢刊登，戈蒂耶就去见内政部长，声称如果不能全文刊登这篇文章，他立即提出辞职，内政部长只得让步。

戈蒂耶对历次革命都持疏远，甚至敌对的态度。他晚年功成名就，定居在巴黎近郊的奈依。第二帝国的崩溃、资产阶级共和制的恢复，特别是巴黎公社革命扰乱了他平静、舒适的生活。戈蒂耶死后发表的作品有《诗歌全集》(1874)、《当代人画像》(1874)、《文学家画像》(1875)等。

《珐琅与雕玉》(1852)是戈蒂耶最重要、最有代表性的作品。如同诗集的标题所表明的那样，在有限的篇幅里用罕见的形式和尽可能完美的技巧来处理纤细的题材。这些小诗写于 1848 年革命后法国政局极为动荡的那几年，但是作者有意识地躲避社会风暴，陶醉在自己的艺术天地里。因此，这部诗集里没有丝毫时代的影子，有的只是写景咏物，对自然美、人体美和艺术美的反复赞叹。雕刻和绘画始终是戈蒂耶偏爱的题材，而表现在艺术作品里的女性美尤其成为他一唱三叹的对象。

戈蒂耶讲究诗歌的旋律。他不仅用诗来表达绘画的情趣，而且试图模仿音乐的性能。他以威尼斯狂欢节为题材写了一组四首短诗，总标题就叫《威尼斯狂欢节变奏》。另一首诗题作《白色大调交响乐》，全诗十八节，用各种白色的事物来比喻传说中的天鹅美人，像用明暗不同的白色画一幅画，又像用同一乐曲的高低音符谱一首乐曲，企图同时收到语言、视觉和听觉的效果。

《珐琅与雕玉》从头到尾采用每行八音步、每节四行的诗体。法文诗的传统形式是每行十二音步的“亚历山大体”。古典主义诗人恪守这一诗体，浪漫派诗歌虽然在内容上大异其趣，但除了个别例外，形式上仍采用亚历山大体。十二音步诗规定在第六个音步上有个停顿；戈蒂耶的八音步诗没有这个停顿，念起来短促、响亮，有助于突出轮廓，增强造型上的美感。不过戈蒂耶以画入诗、以诗代画的做法不可能达到与造型艺术相等的效果。各种艺术门类都有自身的规律，诗歌不在自己的领域中推陈出新，硬闯到造型艺术的天地中去争胜角力，自然是吃力不讨好的。

戈蒂耶开创的形式主义诗风，对 19 世纪下半期的诗歌创作有相当大的影响。巴拿斯派发展了戈蒂耶那种尽量不动感情、一味追求造型美的倾向。波德莱尔十分佩服戈蒂耶的技巧，把《恶之花》题献给他，誉他为“无懈可击的诗人”。在诗歌的音乐性方面，戈蒂耶又给魏尔兰一定的启示。在 19 世纪法国诗歌史上，戈蒂耶是个转折性人物，起到了承上启下的作用。

除诗歌外，戈蒂耶的其他著作有短篇小说、长篇小说、戏剧、游记、随笔、回忆录、评论以及戏剧史、艺术史专著。长篇小说中，值得一提的是《莫班小姐》(1836)和《弗拉卡斯统领》(1863)。

《莫班小姐》讲的是一个被当时的资产阶级认为“不道德”的故事:莫班小姐家世不明，女扮男装，化名泰奥多尔出去游历。她想结识尽可能多的青年男子，以便从中挑选称心的情人。她在路上认识的一个朋友阿西比亚德邀请她到他妹妹、新寡的萝赛特的庄园里去小住。萝赛特对这位仪表优雅的客人一见倾心，不久就向泰奥多尔表示爱慕之意。泰奥多尔窘于应付，阿西比亚德却误认为她勾引妹妹，便与她决斗。结果阿西比亚德受伤，泰奥多尔离开庄园。萝赛特大为伤心，不断写信哀求她回来。泰奥多尔重返庄园，遇上人们正在商量串演莎士比亚的《皆大欢喜》。青年诗人德·阿尔贝扮演男主角奥兰多，泰奥多尔自告奋勇担任女主角罗瑟琳。该剧第一幕罗瑟琳女装出场，其余各幕穿男装。德·阿尔贝识破泰奥多尔是女子，狂热地追求她。莫班小姐起先不理睬，后来又主动去找他。而后，莫班不辞而别，给德·阿尔贝留下一封信，说就此分手，才能使她的形象永存于他的记忆之中;如果他们继续相处，最后他必将把她看得与他以前有过的情妇一样。

莫班小姐这一纯属虚构的形象缺乏社会意义。如果说她冒犯了正统的资产阶级道德规范，并不是因为她根据一种新的、健全的原则对资产阶级的规范进行了自觉的反抗，而是因为她过于放浪形骸地实践了资产阶级的人生观，她和她的情人德·阿尔贝一样，都以外形的美作为爱情的基础，以感官享受作为爱情的目的。戈蒂耶的本意不在于肯定或否定什么，与其说是“不道德”的，不如说是“非道德”的。

《弗拉卡斯统领》写17世纪上半期路易十三治下一群江湖戏子的流浪生活，无疑受到17世纪市民写实文学作家斯卡龙用同一题材创作的长篇小说《滑稽故事》的启发。这部小说于19世纪30年代初期浪漫派全盛时期开始构思，到19世纪60年代才动笔写成。

戈蒂耶的小说题材都是脱离现实的，如《莫班小姐》没有具体的时间、地点,《弗拉卡斯统领》把故事背景设在 17 世纪,另一部长篇小说《木乃伊传奇》(1858)写摩西出埃及的故事。短篇小说也有类似倾向,如《福丢尼欧》(1837)写一个印度王子的奇遇,《斯比里特》(1866)是一个超自然的故事。

戈蒂耶著有游记多种,如《西班牙游记》(1840)、《东方》(1854)、《俄罗斯游记》(1866)等。他的游记不重考察社会风俗,而着力于描摹风景,记载他对于光线变化、色彩配合的精确印象。在《西班牙游记》中,他指出每个国家的景物都有其特色,而一年中只有某一个季节最能显示这种特色,如盛夏之于西班牙,酷寒之于俄罗斯。

三、奈瓦尔

钱拉·德·奈瓦尔(1808—1855)本名钱拉·拉布吕里,其父是拿破仑大军中的一个外科医生,母亲是一个纺织品商的女儿,奈瓦尔两岁时,母亲随军病死在德国。奈瓦尔起初由一个舅舅抚养,进查理大帝中学当走读生。在学校,他与戈蒂耶是同窗好友,日后,两人同为雨果领导的浪漫主义文学运动中的积极分子。

奈瓦尔很早就开始写诗,18 岁时第一次发表了他的处女作组诗《民族的哀歌》。不久,他又翻译了歌德的《浮士德》,从此在文坛上崭露头角,他主动投效于浪漫派文学运动旗手雨果的麾下,曾为雨果的"欧那尼之战"摇旗呐喊,出过大力。他还与一些文艺青年朋友组成了"小文社",成为"青年法兰西"文艺运动的核心。他有强烈的共和主义思想,参加过当时各种各样的大学生抗议示威游行,为此在 1832 年还蹲过监狱。由于他曾经学过医学,1832 年法国流行霍乱时,他还挺身而出,做过贡献。

奈瓦尔从祖父那里得到了一笔遗产,1834 年到意大利作了一次旅行,回巴黎后,遇到女演员简妮·科隆,对她一见钟情,陷入了狂恋。他将自己为数不多的财产投资创办了《戏剧世界》,此举导致他的破产,刊物也转落他人之手。这个时期,他与戈蒂耶以及一些青年浪漫文友混在一起，其意气风发、放任不羁的生活在他的散文诗《风流浪子》《浪子小城堡》中均有所反映。得文友们的相助，他在经济困顿之中为一些报刊撰稿，赖以谋生。

1833 年，他狂恋的对象简妮·科隆嫁给了一个音乐家，失恋使得他精神上遭到严重的打击，他对这个女演员仍念念不忘，回忆与思念在以后的岁月里逐渐演化为一种带神秘色彩的梦幻，并在他主要的文学作品中留下了深深的印记。同年，他与大仲马出国游历，第一次作德国之旅，这是他母亲客死的国度。他还与大仲马一道为写一个历史剧收集资料，此剧《雷阿·比卡尔》后于 1839 年上演。

1839 年至 1840 年冬季，他获一公差在维也纳逗留了几个月，在这里结识了钢琴家李斯特。稍后，他去布鲁塞尔小住，在这里又遇见了昔日的恋人简妮·科隆。

由于失恋的打击，精神郁结，一有新的刺激就不免精神失常，他于 1841 年 2 月第一次发病，在疗养所住了好几个月。从这次爆发以后，他有了“白日做梦”的病态，后来好几部主要的作品都留下了此种痕迹。1842 年岁末，在简妮·科隆去世之后几个月，奈瓦尔动身去东方作长途旅行，到过希腊岛、埃及、叙利亚、黎巴嫩、君士坦丁堡。他将此次旅行的素材加工整理为《东方之旅》一书，但此书到 1851 年才问世。此次漫游之后，他又曾到比利时、荷兰、美国以及德国作过旅行。此后的几年，他与友人合作写过几出歌剧脚本，还做过一些记者工作。1851 年后，他的精神病经常发作，一次比一次厉害，间隔也愈来愈短，不止一次遭到强制性的禁锢。精神略有恢复，他在朋友的护理下，又到比利时、荷兰与德国旅行，并且常去他度过童年时代的乡村瓦卢瓦休养身心。他本来就热爱大自然景色、乡村风光与淳朴民风，从这里他得到精神慰藉，也获得了文学创作的感受，其作品中清新自然的气息与此有关。在疗养的间隙，他写成了散文小说集《火的女儿》与诗集《幻影十四行诗》。

奈瓦尔死于 47 岁的壮年，他的一生是不幸的，令人同情的。

他基本上是一个清贫的文人，长期忍受顽症的煎熬，而仍然笔耕不辍，实为难能可贵，而且他的耕耘产生了不同凡响的奇葩，在文学史上发出独具一格的异彩。

奈瓦尔在诗歌与散文两方面均有相当可观的业绩，使他在文学史上占有一席地位的倒不是他创作量的多少，而是他的独特性，不论是他的诗歌还是散文小说作品都是如此。这种独特性就在于其梦幻色彩：从题材内容论，似梦似真；从意境来说，如现实又超现实；从形象与语句来讲，则既连贯又跳跃。他这种梦幻性的形成，是由于多方面的原因，既有实际生活方面的，也有内心精神方面的。

奈瓦尔是在巴黎远郊风光秀美的瓦卢瓦长大的，那里富有民间传说与梦幻色彩的氛围，首先就给了他潜移默化的影响；他从小失去了母亲，对母爱的向往与企盼，使他从童年就容易耽于梦想；对简妮·科隆的狂恋与失意则使他往往乐于将梦想带入现实，模糊二者的界线，并在心目中制造出一个永恒女性的幻影。这个幻影愈来愈具象，愈来愈膨胀，实际上愈来愈侵入现实生活、占据现实生活。如果这止于个人气质与精神状态的层面，那他还只是一个陷于白日梦的患者，但他翻译《浮士德》与接受德国文学中玄思、奇幻成分的影响，则又使他将个人气质与内心隐秘凝聚为意识形态的理念，加之他在东方之旅中又迷上了东方神话与古典神秘主义，所有这一切，他都带进了文学创作，也就成为一个自觉崇尚梦幻与超现实，并能得心应手、奇妙地加以描绘的独创者。

奈瓦尔明确认定梦幻世界与现实世界的紧密联系，在他看来，梦就是个人生活与现实世界的反映，是一种超现实形式的现实，二者的相通是不言而喻的。不仅如此，梦幻本身又在现实生活中占有地位，实际上构成了另一种生活，是自我存在的另一种形式。

奈瓦尔的诗作很多都是发表在发行范围甚小的诗刊上，影响并不大，他生前并未赢得巨大的名声，但他对梦幻、对通感契合的重视，对象征手法与超现实手法的成功运用，使他在19世纪诗歌创作中很具有前卫性，开了日后象征主义与超现实主义的先声，为19世纪下半期以至20世纪的新派诗人所称道尊崇，其影响愈来愈大。

奈瓦尔诗歌的代表作是《幻象种种》，这一集诗均为十四行诗，共十二首。这些诗表达了诗人对宇宙世界的感受，很有神秘主义的色彩与梦想幻觉的灵妙，充满暗示、象征、意识流的过渡与跳跃，难以用理性逻辑加以串联与解读，却如行云流水般给人动感而又不可把握，如梦幻般使人感受朦胧幽暗而实难洞悉，另有一种飘忽美与朦胧美。

如果说，由于文学体裁与形式本身的特征，在奈瓦尔的诗歌中，他致力于表现梦幻的创作个性显现得还不够鲜明突出，不足以给人造成强烈印象的话，那么在他的小说里，这种特征就表现得再明显不过，是以使他与其他散文小说家迥然不同，形成鲜明对照。

在奈瓦尔的散文小说中，有两个集子较为重要：《火的女儿》与《奥蕾莉娅》。

《火的女儿》是短篇小说集，包括《昂日莉克》《西尔薇》《杰米》《奥克塔维》与《爱弥尔》五篇。

《昂日莉克》被视为一篇小说是颇为勉强的，实际上就是一大篇散文随笔，写作者的漫步、描绘他所欣赏的优美风光与古堡，讲述民俗趣闻与民间传说，特别是路易十三时代一个美丽少女昂日莉克不幸而忧伤的传说故事，是作者在巴黎与外省的图书馆里广泛阅览民间文学资料，再加上他虚构想象而调制出来的结果。

《杰米》是一篇借鉴了德文作品的故事，优美而生动地描写了19世纪初美洲移民的民俗民风。

《奥克塔维》是作者对简妮·科隆的回忆，记叙了他失恋后为了排遣和忘却而去意大利的经历。

《爱弥尔》写一个共和国青年军官的爱情悲剧，他在阿尔萨斯娶了一个德裔少女，但有一天突然发现自己在过去的一次战斗中曾杀死了这少女的父亲，从此深感自己难以得到妻子的原谅，最后自尽赎罪。

在《火的女儿》中,最为重要也最充分表现了奈瓦尔独特创作个性的作品是《西尔薇》。这篇小说写的是一个青年人的爱情。他在同一个时期迷恋的对象有三个,一是巴黎舞台上的名旦奥蕾丽娅,二是大家闺秀阿特莉哀娜,三是他故乡瓦卢瓦的农村少女西尔薇。西尔薇是他青梅竹马的知己,既是恋人,又像兄妹。阿特莉哀娜与他仅在故乡集市的花束节的舞台演出时见过一次,在演出中有过一次小小的合作,却使他如醉如痴,终生不忘,并促使他移情到奥蕾丽娅身上。奥蕾丽娅是一个在舞台上光艳照人,但对他并不理解的世俗女子,使他沉湎在巴黎戏院里虚度了不少时光。三次迷恋均无果而终,全都落空。阿特莉哀娜在他面前昙花一现之后就消失得无影无踪,不知何故不久就进了修道院,一生未得重见。西尔薇由于与他在巴黎的生活相距甚远,后来也下嫁他人。奥蕾丽娅虽然使他丧魂落魄般备受煎熬,却未曾与他心灵相通,最后也跟别人结婚。三次爱恋如镜中花、水中月,留给主人公的是内心的幻灭与凄苦,是他不堪回首的如梦人生。

小说以第一人称"我"进行叙述,大大增加了作品真挚深沉的感情色彩与徘徊低唱的感人深度,而"我"作为文人学士所具有的见识才具、情感体验,又带来了浓郁的历史诗情与艺术雅趣,使作品具有优美的格调与唯美的色调。

《西尔薇》带有明显的自传性质,其副标题是《瓦卢瓦杂忆》,瓦卢瓦即奈瓦尔度过童年的乡村,他把故乡多姿多彩的风光景色、幽深神秘的历史氛围、古老淳朴的民俗民风,都带进了作品,当然还有他在爱情上的失落与伤痛,其中的奥蕾丽娅就是指作者曾狂恋的简妮·科隆。如果没有小说中那些如梦如幻的成分,几乎就可以把它视为一篇回忆散文了。

《奥蕾莉娅》的副标题为《梦幻与生命》,是一部散文作品,直接与作者本人的生活有关,记叙与描写了自己的实际生活——失恋与疯狂。这部作品是在奈瓦尔生前最后两年,几乎是在他的疯病不断发作的间隙中写成的,因而它真实地描写了作者自己的梦幻状态与疯狂状态，这些又不是狂乱的、无理性的记述，而是以清晰的语言、完美的笔调写出来的，从这个意义上说，它是一本在文学史上甚为奇特的书，不仅具有一定的文学意义，而且似乎更具有心理的，甚至精神病理学的意义。

奈瓦尔的创作个性与独特作品开了文学史上梦幻、潜意识与意识流等另类手法的先河，他病态的丧失理智的生活状态与写作状态，也给后来的无意识写作说、自动写作说提供了启发，因此，他成为后世象征主义乃至超现实主义的一个源头，在这一股文学潮流中得到格外的重视。

第五节　浪漫与现实的融合

乔治·桑是法国19世纪上半叶风貌独具的女作家。她虽然没有参加那声势浩大的浪漫主义文学运动，可她创作的基本倾向自始至终洋溢着浪漫主义色彩。她自觉地具备着自外于现实主义潮流的意识，对当时文坛上已占优势的现实主义创作方法提出这样的反问："是什么时候起，小说非要描写现实不可，非要描绘当代那些冷酷无情的人事不可?"乔治·桑明确地宣称自己是从与巴尔扎克"极不同的观点来看人类事件的"，并力图"把人类描绘得如我所希望的那样，如我所认为应该的那样"。这位女作家很有个性，正是这种风貌独具的气质，将她"相信艺术的使命便是情感与爱的使命"的信念，具体地化为她小说中那种牧歌式的民主主义的思想内容。

乔治·桑(1804—1876)生于巴黎一个军官家庭，原名奥罗尔·杜班。她4岁丧父，母亲离家到巴黎谋生，她由很有文化修养的祖母抚养，在诺昂的农村度过了童年时代，养成了热爱自然风光的情怀。她17岁时祖母去世，18岁嫁给了粗俗平庸的杜德望少尉。由于丈夫只爱吃喝玩乐，她在七月革命爆发后就带着子女来到巴黎，后来于1836年与丈夫正式离婚。

为了显示独立不羁的精神，她在巴黎故意穿男装、抽烟斗，过着与男性自由交往的生活。她与比她小7岁的青年诗人于勒·桑多相恋，还与桑多合作，以“于勒·桑”的笔名发表了小说《玫瑰色与白色》(1831)。她在私生活方面的放纵颇遭非议，不过她并非耽于逸乐，而是每天都坚持写作，往往通宵不眠，是个极为勤奋的作家。

乔治·桑是法国历史上第一位专业的女作家，她的创作道路分为四个阶段。

在第一个阶段里，她因袭了从拉法耶特夫人到斯塔尔夫人的传统，关注妇女们的婚姻和爱情，她笔下的女主人公都有着悲惨的命运。

《印第安娜》(1832)是乔治·桑的成名作。女主人公印第安娜与表兄拉尔夫情投意合，但是她不得不遵从父命，19岁时嫁给了比她大30多岁、性格粗暴的退休上校德马尔。她渴望真正的爱情，却又被纨绔子弟雷蒙所欺骗。在她由于绝望而要自杀的时候，始终爱着她的拉尔夫终于找到了她，和她一起回到家乡的小村里去隐居。乔治·桑在《印第安娜》里第一次提出了妇女解放的问题，对她们的不幸命运表示了深切的同情。

《瓦朗蒂娜》(1832)的女主人公瓦朗蒂娜出身贵族，她与家中佃户收养的孤儿贝内迪相爱，但是被迫嫁给了平庸的朗萨克男爵。婚后她与贝内迪幽会，致使他遭人误会而被打死，她自己也因此痛苦死去。

《莱莉娅》(1833)的女主人公貌美出众，为了获得安宁而进了修道院，青年诗人斯特尼奥因得不到她的爱情而自杀。

1833年，乔治·桑与桑多分手，不久与比她小6岁的诗人缪塞相爱，他们对爱情都采取玩世不恭的态度，所以恋情难以持久，只是藕断丝连，到1835年就彻底结束了。缪塞为此写了唯一的长篇小说《一个世纪儿的忏悔》(1836)，来记述他们不幸的爱情经历。

乔治·桑渴望找到一种美好的信仰，她在1836年底结识了空想社会主义者皮埃尔·勒鲁(1779—1871),在他的影响下成为一个空想社会主义者,开始关注社会的现实,参与创办了宣扬空想社会主义学说的刊物《独立评论》,同时接触了许多手工业行会的工人,创作了一系列社会问题小说,成为欧洲最早反映工人和农民生活的作家之一。这是她创作道路上的第二个阶段,从此她就大多以男性为主人公,进一步扩大题材,同时把美好的理想寄托在婚姻和爱情之中,使作品有了浪漫主义的特色。

《莫普拉》(1837)的主人公莫普拉是一个封建家族的后裔,他被少女艾德梅的美貌和风度所折服,改变了自己的封建观念和流寇恶习,两人结成了互敬互爱的夫妻。

《木工小史》(1840)是乔治·桑的代表作之一。主人公是细木工皮埃尔·于格南,他反对当时的帮派工会互相排斥和斗殴的风气,主张工人们团结起来,共同对付贵族和富人。由于担心自己在变成富人以后会忘记争取社会平等的理想,他放弃了与贵族小姐伊瑟儿的婚姻,最后她在父亲去世之后与他终成眷属。小说颂扬了皮埃尔的高尚品质,塑造了一个新型的工人形象。

《康素爱萝》(1842—1843)具有浪漫主义和现实主义相结合的特色。在这个发生在18世纪中叶的故事里,年轻貌美的歌女康素爱萝来到波希米亚的伯爵家里教授音乐,伯爵的独生子阿尔贝爱上了她,可是她不愿意做伯爵夫人。当阿尔贝因此患病即将去世的时候,她为了安慰他而与他举行了婚礼,但是拒绝接受归于她名下的任何遗产。小说对上流社会和下层人民的描写非常真实,赞扬了阿尔贝反封建的民主主义精神,歌颂了妇女要脱离封建枷锁和争取独立和自由的勇气。

《安吉堡的磨工》(1845)写贵族寡妇马塞尔经历了不幸的婚姻之后,与机械工列莫尔相爱。列莫尔本来担心自己与寡妇贫富悬殊,其实马塞尔由于丈夫生前的大肆挥霍,已经到了破产的地步。磨工路易与暴发户布雷科南的女儿萝丝相爱,布雷科南因火灾而破产,路易却意外地发了财。这两对情人由此消除了在财富和地位上的差距,结婚后在乡村里过着平静的田园生活。

乔治·桑在这些小说里塑造了一些思想高尚、感情真挚的理想人物，为了使这些不同阶级的男女能够平等相爱，她有意安排了一系列天灾人祸，使情人们最终获得相同的经济地位，从而实现了人与人之间的平等关系。这类构思和描写都是为了体现空想社会主义的学说，把现实生活写得符合乔治·桑自己的理想，因而具有强烈的浪漫主义色彩。

1838年，乔治·桑是开始了她创作道路上的第三个、也是最为重要的田园小说阶段。田园小说是最适合乔治·桑的气质和才华的小说形式，第一部代表作是《魔沼》(1846)。农民瑞尔曼年轻丧妻，带着小儿子到邻村的一个有钱的寡妇家去相亲，同行的是在村里当雇工的少女玛丽，他们在森林的魔沼旁边迷了路，在寒夜的同甘共苦之中，她显示出来的高尚品德，与他第二天见到的有钱寡妇的虚伪庸俗形成了鲜明的对比。他终于爱上了这个过去未曾注意的牧羊女，两人缔结了幸福的婚姻。

乔治·桑同情农民的苦难，她写作《魔沼》就是因为看到了一幅描绘农夫耕地的版画，画上有一首动人心弦的四行诗，她把它放在小说的开头。但是她并未把农民写得愁容满面，而是以理想主义的目光观察世界，在他们身上发现真挚的美。她笔下的农民不仅有欢乐和爱情，而且比贵族们更加健康和纯朴，因为他们的感情是在共同的田园生活中产生的，从而使她的田园小说蒙上了一层光明的色彩。

《小法岱特》(1849)写农村野姑娘小法岱特由于家境贫困而缺乏教养，后来在节日的舞会上应邀跳舞之后，她开始注意改变自己的形象，在爱情的激励下逐渐变成了品行出众的美貌少女。

《弃儿弗朗索瓦》(1850)写玛德兰收养了孤儿弗朗索瓦，她的丈夫是个磨坊主，生活放荡，不顾家庭，还把弗朗索瓦赶了出去，最后债台高筑、染病身死。在玛德兰面临破产的时候，弗朗索瓦赶到她的身边，替她偿还债务和重整家业，他们也自然地结成了夫妇。

这些小说里的男女主人公往往贫富不均、年龄也不相配，但是乔治·桑用爱情的力量消除了这些差别，使他们得以完美地结合，从而把一个人人富裕快乐、相亲相爱的世界呈现给读者。这是她在现实生活的基础上所做的合理想象，流露出她对自然和生活的热爱，以及对未来社会的美好理想和向往。

第六章　理性批判的崛起：19世纪后期的法国文学

浪漫主义是与对古典主义的斗争中发展起来的，浪漫主义者反对古典主义的泥古倾向和理性教条的束缚。浪漫主义作家对现实表现出强烈的不满，对庸俗丑陋的现实极为反感，而对一些非凡的事物有强烈的兴趣，他们一般不喜欢如实地描写现实生活，而偏爱表现主观的理想，他们的作品有着鲜明的感情色彩。由于欧洲各国政治、经济发展的不平衡以及社会状况、文化历史传统的不同，各国浪漫主义文学发展的状况也不可能完全相同。随着资本主义经济的进一步发展，到19世纪后期，法国文学领域中逐渐出现了理性批判思潮，在与浪漫主义思潮交互的过程中逐渐壮大，并日益占据文学领域的主导地位。

文学流派可分为两类：一类是自觉的流派，由一批意气相投的作家形成团体，推举领袖，制定纲领，力图扩大在文坛上的影响，如浪漫主义、自然主义、超现实主义等；另一类是不自觉的流派，它们只是因为与有些作家的作品风格相近，才被评论家或后人贴上了流派的标签，如批判现实主义、新小说派、存在主义文学等。批判现实主义不是一个自觉的流派。巴尔扎克固然是这一流派的卓越代表，但他从未自称为现实主义者，甚至对“现实主义”这个词也一无所知。在他去世5年之后的1855年，画家库尔贝举办了名为“现实主义”的个人画展，才使“现实主义”这个词逐渐流行起来。批判现实主义作家们有着鲜明的个人特色：司汤达擅长心理分析，巴尔扎克善于刻画性格，福楼拜注重锤炼语言。正因为他们都保持了自己的个性，才能够在反映现实的基础上敢于创新，创作出各自的小说名著。批判现实主义作为一个流派的起始和终结，时间相当模糊，文学史上只能把《红与黑》的发表年份作为批判现实主义产生的标志。

第一节 现实主义的奠基者

司汤达是法国19世纪上半叶一位杰出的批判现实主义作家，他以其鲜明的反封建复辟的思想倾向、对当时社会阶级关系的深刻描写和在典型性格塑造中出色的心理分析方法，在整个法国以至欧洲文学史上占有重要地位。

司汤达(1783—1842)原名玛丽-亨利·贝尔，生于格勒诺布尔。父亲是著名的律师，雅各宾派专政时曾被监禁。他幼年时受到启蒙思想的熏陶，尤其崇尚卢梭。1799年11月，司汤达到巴黎投身军界，第二年来到米兰，随拿破仑的远征军作战，任第六骑兵团的少尉。意大利文艺复兴的传统和遗产给他留下了深刻的印象。

司汤达后来担任皇室器物总监，1812年随拿破仑远征俄罗斯，目睹了莫斯科被大火焚毁的情景。不久波旁王朝复辟，他只得长期侨居米兰，在此期间到各地旅行，与从事民族解放运动的烧炭党人来往，结果在1821年被奥地利警察驱逐出境。

司汤达建立功勋的梦想因拿破仑的失败而破灭，于是走上了创作的道路。他的作品大多是自费出版的，所以他生活拮据，连温饱都成问题，甚至连住宅都没有，直到去世都住在旅馆里。尽管如此，他还是积极参加了法国的浪漫主义运动，撰文揭露贵族浪漫主义代表作家的消极倾向。他的文艺论著《拉辛和莎士比亚》(1823—1825)是一篇反对伪古典主义的宣言，显示了反对因袭保守、适应时代潮流的精神，宣称“浪漫主义是为人民提供文学作品的艺术。这种文学作品符合当前人民的习惯和信仰，所以它们可能给人民以最大的愉快。”

司汤达的第一部小说是《阿尔芒丝》(1827)，主人公奥克塔夫是个贵族青年，他是个阳痿患者，所以爱上表妹阿尔芒丝后感到十分痛苦，最后在和她结婚后几天就自杀了。小说着重描绘了他的忧郁和沉默，已经显示出心理小说的特色。

《法尼娜·法尼尼》(1829)是司汤达最著名的短篇小说。贵族小姐法尼娜·法尼尼爱上了革命者彼特罗，为了能使他陪伴自己，她不惜破坏革命，出卖他的同志，结果遭到他的唾弃。小说通过他们由于对革命的态度不同而造成的爱情悲剧，反映了意大利烧炭党人为争取民族解放而进行的英勇斗争。

司汤达的长篇小说《红与黑》(1830)塑造了于连这个典型人物，展示了19世纪30年代法国社会的广阔图景，是法国第一部批判现实主义的杰作。❶《红与黑》的背景是法国复辟时期的小城维立叶尔。出身贫贱的于连相貌英俊、野心勃勃，决心飞黄腾达。拿破仑的垮台使他破灭了穿红色将军制服的梦想，他后来被德·瑞那市长聘为家庭教师，不久就与市长夫人发生了暧昧关系，败露后不得不去进修。

于连投靠彼拉，当上了保皇党人木尔侯爵的私人秘书，参与了保皇党的复辟阴谋，还成了木尔侯爵的性格乖戾、喜怒无常的女儿玛特尔的情人。玛特尔怀孕后，侯爵不得不把大量的土地和钱财送给于连，设法改变他的出身。这时德·瑞那夫人在她的忏悔师的逼迫下，给侯爵写了一封告密信揭发于连。于连一怒之下向德·瑞那夫人开了两枪，虽然并未命中要害，但依然被判处死刑。在受审期间，于连和德·瑞那夫人彼此宽恕，体验到了真正的幸福和爱情。德·瑞那夫人在于连死后三天去世，玛特尔则亲手埋葬了情人的头颅。

《红与黑》的现实意义在于揭露了社会的不平：正是由于封建

---

❶ 崔敏. 2016. 浪漫主义之花—从《红与黑》和《巴马修道院》看司汤达笔下的女性形象[D]. 北京：北京外国语大学：5.

的等级制度压制了平民青年的才华，才造成了于连的悲剧。[1] 小说在艺术上注重刻画典型环境中的典型人物，尤其细致地揭示了人物的心理活动，如于连和德·瑞那夫人的相爱，彼此都经历了一个复杂的心理过程。于连征服她本来并非出于爱情，而是为了证实自己的勇气，但是在误伤她之后，她的宽容使他深受感动，同时也真正爱上了她。于连在内心激烈斗争的时候，总会有一些内心独白，使读者了解他当时的想法。

《红与黑》是法国文学史上第一部批判现实主义的名著，但是它问世的时候正逢浪漫主义文学的鼎盛时期，因此在出版后备受冷遇，第一版只售出了 750 册，就连左拉也仅仅把它看成是一部爱情小说。[2] 但是它对于复辟时期社会现实的深刻批判，塑造的典型人物和细致的心理分析，对后世小说的发展产生了巨大的影响。正如阿拉贡指出的那样："《红与黑》不论就其结构来说，或就其素材来说，都称得上是一部现实主义的作品。它是从现实中产生的。从来没有一部小说具有这样的科学意义和历史意义。《红与黑》是一种政治武器。这也就是我为什么把它看作法国一切现实主义文学的根源。"

1830 年 9 月，司汤达被任命为法国驻意大利的里雅斯特领事，由于法国当局对这一任命不予认可，他于 1831 年改任小城奇维塔韦基亚的领事。1836 年，他请了三年的长假从事旅行和创作，写出了他的另一部名著《帕尔马修道院》(1839)。

主人公法布里斯出身贵族，但是他从小就崇拜拿破仑。百日政变时期，他参加了滑铁卢战役，在溃退时负了伤，从此以后就谈情说爱、游戏人生，甚至因争风吃醋而闹出人命，被囚禁在帕尔马国的一座圆塔里。负责守塔的是康梯将军，法布里斯早年见过他美丽的女儿克莱莉娅，进塔后仍与她在窗口遥遥相望。后来法布

---

[1] 张天然．2018．司汤达《红与黑》中的现实主义的特色分析[J]．海外英语(24)：206-207.

[2] 陈治云．2017．从弗洛伊德人格理论看司汤达《红与黑》的"心灵辩证法"[J]．湖南科技学院学报(5)：44-46.

里斯被判无罪，克莱莉娅已经嫁人，但在他的追求下成了他的情妇，有了一个儿子。法布里斯设计把儿子劫走，但儿子因不适应新的环境死去，克莱莉娅悲痛欲绝，不久去世。一年以后，法布里斯也在帕尔马修道院里忧郁而死。

小说通过法布里斯的经历，反映了从拿破仑时代到复辟时代的风云变幻，以及意大利北部地区争取民族独立的斗争。司汤达对战争有亲身的体验，写起爱情来又得心应手，所以他仅用 52 天就写完了这部小说，出版后得到了巴尔扎克的赞赏。

此后，直到中风去世为止，司汤达都在继续从事创作，其中最重要的是未完成的长篇小说《吕西安·娄万》(1894)。主人公吕西安是大银行家的儿子，在父亲的安排下，他先入军界，后给内政部长当秘书，参与了卑鄙的阴谋活动。小说通过他在军界和政坛的经历揭露了政府的腐败和资产者对工人的压迫，反映了七月王朝的金融资产阶级专政的本质。[1]

司汤达继承和发展了拉法耶特夫人注重心理描写的传统，同时开创了批判现实主义小说的先河，虽然他的作品不被人们所理解，巴尔扎克的称赞也许是他生前唯一得到的赞誉，但是他对自己的才华深信不疑，认为到 1880 年才会有人读他的作品，1935 年他才会被人理解，文学的发展完全证实了他的预言，他在文学史上已经确立了自己的重要地位。

第二节 法兰西的文化巨人

巴尔扎克是 19 世纪法国伟大的批判现实主义作家，欧洲批判现实主义文学的奠基人和杰出代表。一生创作 96 部长、中、短篇小说和随笔，总名为《人间喜剧》。多年来，他的作品传遍了全

---

[1] 杨俊俊. 2018. 论司汤达小说《吕西安·娄万》的喜剧性[D]. 上海：上海外国语大学：35.

世界，对世界文学的发展和人类进步产生了巨大的影响。马克思、恩格斯称赞他是“超群的小说家”“现实主义大师”。

雷·德·巴尔扎克(1799—1850)生于图尔市。他的父亲是个白手起家的资产者，当过供应军粮的承包商，经营过呢绒买卖，还当上了图尔市的副市长。但是父亲对他毫不关心，母亲更是冷酷自私，他从未享受过家庭的温暖。在寄宿的学校里，他由于思想活跃而感到窒息，因不守纪律而在 14 岁时被学校开除。

1814 年，他的父亲被任命为巴黎粮食局长，全家迁居巴黎。1816 年，巴尔扎克中学毕业，遵从父命攻读法律，还在诉讼代理人和公证人的事务所当过见习生。他决心从事文学创作，父亲只给他两年时间进行尝试。他在极其艰苦的生活条件下坚持写作，但所写的悲剧和神怪小说都不成功。他先后借钱经营印刷厂，结果都以破产告终，欠下了许多债务。

巴尔扎克的家庭成员中有穷贵族、资产者、官员、骗子等形形色色的人物，他们相互之间勾心斗角，总想从他的身上谋取钱财，简直就是当时社会的缩影。他所处的家庭环境以及他本人的曲折经历，无疑为他后来的创作提供了丰富的素材。在经历了 10 年痛苦的生活体验和摸索之后，他终于回到文学创作的道路上来，以共和国军队平定布列塔尼封建势力的武装叛乱为题材，写出了第一部历史小说《舒昂党人》(1829)，初步奠定了他在文学界的地位。

巴尔扎克需要安静地写作，所以反对干扰秩序的动乱，拥护能够统一国家的国王，他为此在 1831 年加入了保王党，在思想上拥护波旁王室。他虽然同情贵族阶级，在政治上却往往采取折中的态度，对于保王党与自由派的斗争，以及在 1830 年的七月革命，他都采取了超然的立场，因而没有像司汤达、大仲马那样得到七月王朝的赏识。

七月革命前夕，他把现实放在一边，发表了哲理小说《驴皮记》(1831)。小说里的驴皮具有能够满足欲望的魔力，但是人对金钱和美色的欲望永无止境，每次满足之后驴皮就会缩小一点，最后驴皮消失，持有者也随之死去，驴皮的不断缩小体现了欲望使人走向坟墓、节欲才能长寿的哲理。小说出版后受到好评，巴尔扎克因此成为法国文坛上的一颗新星，继续创作了《长寿药水》等一系列充满神秘主义色彩的小说。

巴尔扎克生活奢华、挥金如土，因此总是入不敷出、债台高筑。1832年2月，他开始与俄罗斯的波兰裔贵族艾美琳娜·韩斯卡伯爵夫人频繁通信，后来多次出国陪她旅行，又在巴黎购置豪宅准备结婚。他的精力异常充沛，经常连续整夜地写作，靠浓度极高的咖啡来提神。他对作品的要求始终是精益求精，修改校样时每次都要大量增删甚至重写，从而大大增加了他的工作量。

巴尔扎克虽然拼命写作，债务却越来越多，以至连房子都被债主扣押，不得不东躲西藏。繁重的写作终于逐渐耗尽了他旺盛的精力，使他在37岁时就积劳成疾，但他依然带病工作，一拖再拖。1850年3月，年仅51岁的巴尔扎克已经病入膏肓，在与韩斯卡夫人结婚后回到巴黎就卧床不起，三个月后就与世长辞。[1]

巴尔扎克决心用笔来完成拿破仑用宝剑未能完成的伟业，也就是撰写题目为《人间喜剧》(1829—1848)的风俗史，正如他在《人间喜剧》的前言中所说的那样:“法国社会将要作历史家，我只能当它的书记。编制恶习和德行的清单、搜集情欲的主要事实、刻画性格、选择社会上主要事件、结合几个性质相同的性格特点揉成典型人物，这样做我也许可以写出许多历史家忘记了写的那部历史，就是风俗史。”这段话表明了《人间喜剧》的现实主义创作方法，即从客观现实出发，如实地反映社会生活的光明面和黑暗面，并且突出典型的事件，典型人物也不是一个人，而是同一类人物的特征的组合。

《人间喜剧》这个总题目是在1841年确定的，巴尔扎克把自己的作品分为《风俗研究》《哲理研究》和《分析研究》三大部分，计划写作137部小说。其中《风俗研究》是《人间喜剧》的主体，它要

[1] 蓝泰凯.2018.巴尔扎克:死于贫困的现实主义大师[J].文史天地(7):88-91.

描绘的是复辟王朝时期的人情风俗，男男女女的性格和生活方式，因此又分为《私人生活场景》《外省生活场景》《巴黎生活场景》《政治生活场景》《军旅生活场景》和《乡村生活场景》六个门类。他虽然未能完全实现原定的计划，但是在不到20年的时间里，他完成了91部长篇小说。这些小说包括2 400多个人物，从各个方面反映了法国19世纪上半叶的社会现实，构成了一幅社会变革时期的宏伟历史画卷，是一部名副其实的社会百科全书。[1]

巴尔扎克的创作道路可以分为三个阶段，第一个阶段是1829至1835年，是巴尔扎克的创作走向成熟的时期。这个阶段共有40多部作品，大部分是中短篇，包括刻画生财有道的高利贷者的《高布塞克》(1830)，讽刺贪欲的《驴皮记》，反映拿破仑时代的军官家破人亡的《夏倍上校》(1832)，表现资产阶级与贵族斗争的《都尔的本堂神甫I》(1833)等。这一阶段的代表作是《欧也妮·葛朗台》(1833)和《高老头》(1834)。

《欧也妮·葛朗台》的故事发生在19世纪初期，葛朗台老头是法国西部索米尔城里的一个箍桶匠，但他靠着行贿投机购置产业，然后哄抬物价、控制市场而大发横财，成为城里的首富。他吝啬成性、一毛不拔，对自己的独生女欧也妮也冷酷无情。但欧也妮却善良慷慨，当她的堂弟查理因父亲破产自杀而走投无路的时候，她把自己积蓄的金币送给他作为到印度经商的路费，查理也回赠了母亲留给自己的金梳妆盒，两人心心相印、私订终身。

葛朗台发现女儿的金币不见后大发雷霆，使妻子惊恐而死。他逼迫女儿放弃了财产继承权，但在临终时不得不给她留下了1 700万法郎的巨额遗产，不过还没忘了要女儿死后到阴间去向他交账。欧也妮拒绝了众多的求婚者，始终等待着查理，不料他在印度贩卖人口，放高利贷，早已变成了一个心狠手辣的无耻之徒。他写信给欧也妮要求放弃他们的婚约，只是在得知她富比王侯时才后悔莫及。欧也妮悲愤之下，答应与公证人的侄儿蓬风结

---

[1] 宋璐．2019．巴尔扎克《人间喜剧》中上层妇女形象分析[J]．兰州教育学院学报(3)：34-35．

成名义上的婚姻，让他到巴黎去为查理的父亲偿还了债务，后来蓬风死去，欧也妮在33岁时成了寡妇，以向周围的人们行善来度过余生。

《欧也妮·葛朗台》是《外省生活场景》里最重要的作品，它通过葛朗台勾结官府，大搞黑市交易和公债、土地投机，逐渐积累了数百万财产的过程，揭露了资产阶级暴发户不择手段地聚敛财富的行径。而他的侄子查理在海外贩卖人口、放高利贷，勾结海盗偷税走私发财的罪恶活动，则反映出殖民者在海外掠夺的无耻和残忍。

《欧也妮·葛朗台》是一部资产阶级的发家史。葛朗台不仅是个守财奴，而且是个非常精明的投机商，进而成为一个控制社会经济命脉的金融资本家。他活着就是为了赚钱，金钱就是他的一切，甚至胜过他的生命。他的身上集中体现了资产阶级崇拜金钱的本质，以及资本主义社会里为追求金钱而人性沦丧的风气，因而这个典型人物具有普遍的意义。

《高老头》也是巴尔扎克的代表作，表现的是一种畸形的父爱。高老头是个在饥荒时乘机发财的面条商，他的命根子就是两个女儿。他活着只是为了使女儿幸福，自己无论受什么苦都在所不惜。他给了她们每人80万法郎的陪嫁，使大女儿成了伯爵夫人，小女儿成了银行家夫人，自己只剩下几百法郎的生活费。[1]但她们在婚后仍然不断地搜括他的钱财，随着他的钱越来越少，女儿们对他也日益冷淡。最后他一文不名，被她们逼得中风，死在小阁楼里的破床上。

父爱是一种人之常情，他对女儿的爱本来应该造就一个幸福的家庭，然而在金钱至上的资本主义社会里，却只是给他带来贫病交加地死去的悲惨结局。他临终时两个女儿都去参加舞会，对他不闻不问，他终于明白她们从来没有爱过他，她们只是爱他的金钱。小说通过高老头的悲惨命运，揭露了繁华假象下面可怕的

---

[1] 魏羽忻.2018.高老头和拉斯蒂涅人物形象探究——读巴尔扎克《高老头》有感[J].读与写(教育教学刊)(1):124.

社会现实,控诉了拜金主义对人性的腐蚀,具有普遍的现实意义。

小说还描写了来自外省的大学生拉斯蒂涅,他本来是一个纯洁的青年,后来认识了搞非法勾当的苦役犯伏脱冷。伏脱冷是个不择手段的野心家,他告诉拉斯蒂涅:"要弄大钱,就该大刀阔斧地干,要不就完事大吉……人生就是这么回事。跟厨房一样腥臭。要捞油水就不能怕弄脏手,只消事后洗干净;今日所谓道德,不过是这一点。"正是他的惊世骇俗的处世哲学,激发了拉斯蒂涅企图飞黄腾达的野心,促使他走上了通过贵妇们踏入上流社会的道路。

第二个阶段是1836年至1842年,巴尔扎克开始更多地关心下层人民的生活,研究政府机构的弊端,注意工人起义和农民暴动等社会事件。他在这一时期写了30多部作品,其中《无神论者做弥撒》(1836)塑造了品质高贵的挑水夫,《幽谷百合》(1836)揭露了外省贵族的腐朽没落,《比哀兰德》(1840)反映了复辟王朝贵族与资产阶级的斗争,《赛查·皮罗多盛衰记》(1837)写赛查·皮罗多发明了一种生发油,赚了不少钱,结果被他信任的朋友所骗,导致企业倒闭。《纽沁根银行》(1838)写银行家欺骗和愚弄顾客,使他们破产,以此来积累自己的财富。《于絮尔·米罗埃》(1841)则是一幕亲属之间争夺财产的丑剧。

第三个阶段是1843年至1848年,这一阶段已是七月王朝末期,社会的腐败日益明显。巴尔扎克共创作了10多部作品,比较重要的有《交际花盛衰记》(1843—1844),描写妓女埃丝黛和吕西安的爱情。埃丝黛心地善良,为了吕西安不惜一切,甚至去做银行家纽沁根的情妇,最后因爱情无望而自杀。吕西安被捕后也在狱中自尽,一向把吕西安作为工具的伏脱冷,却当上了巴黎的保安警察队长。《邦斯舅舅》(1847)是争夺一个名画收藏家的遗产的故事。

巴尔扎克是一个伟大的现实主义作家,他并不拘泥于既定的理论或学说,所以他的小说才能客观地反映社会现实,表现出贵族阶级必然灭亡的命运。巴尔扎克作品的重要特色,就是恩格斯提出的现实主义的定义:真实地描写细节,塑造典型环境中的典型人物。他的小说不仅真实地描写环境,反映当时的社会现实,而且注重描写财产、房屋、家具、陈设、器皿、服装等涉及人的生活的各个方面,就连提供的经济资料也力求具体和详尽。所以,恩格斯认为从他的作品中学到的东西,甚至在经济细节方面,也要比从当时所有职业的历史学家、经济学家和统计学家那里学到的全部东西还要多。

巴尔扎克不但学识渊博,而且注重实地调查。他以丰富的想象力对观察到的一切进行艺术加工,同时尽量采用各行各业的行话,使塑造的人物有血有肉,栩栩如生。他虽然还不知道"现实主义"这个词,但是对现实主义的精髓有着深刻的理解:

为了塑造一个人物,往往必须掌握几个相似的人物……文学采用的也是绘画的方法,它为了塑造一个美丽的形象,就取这个模特儿的手,取另一个模特儿的脚,取这个的胸,取那个的肩。艺术家的使命就是把生命灌注到他所塑造的这个人体里去,把描绘变成真实。如果他只是想去临摹一个现实的女人,那么他的作品就根本不能引起人们的兴趣。"典型"这个概念应该具有这样的意义,"典型"指的是人物,在这个人物身上包含着所有那些在某种程度跟它相似的人们的最鲜明的性格特征:典型是类的样本。

第三节　承前启后的桥梁

继巴尔扎克之后,19世纪法国文坛上出现了一位奇特的作家:他经济富足,父亲留给他一座优美的别墅和一笔他终生享用不完的财产,不必像斯丹达尔、巴尔扎克和后来的左拉一样"为稻粱谋"而写作;他身体羸弱,却情有独钟于文学,视文学为第二生命,呕心沥血地从事创作;他像巴尔扎克一样常常一天伏案10多个小时,创作生涯比巴尔扎克几乎长一半,生前只发表过五部作品,然而他却接替巴尔扎克成为19世纪法国现实主义文学的大师。他就是福楼拜,他的名作是长篇小说《包法利夫人》。他继承了19世纪前期的现实主义传统,又为19世纪后期的作家所师承,在文学思潮的嬗变中,起了重要的桥梁作用。

居斯塔夫·福楼拜(1821—1880)生于鲁昂,父亲是鲁昂市立医院院长兼外科主任,他的童年就是在医院里度过的。他在中学里对戏剧感兴趣,结果因“不守纪律”被勒令退学,自修了半年才通过中学毕业考试。他遵从父亲的意愿学习法律,但有一次从马车上摔了下来,从此患了一种类似癫痫的怪病,稍有刺激就浑身发抖,因而不得不辍学,到父亲为他在鲁昂附近的克鲁瓦塞购买的别墅里去养病。他不善交际,父亲于1846年去世后留下了丰厚的遗产,从此他和母亲一直住在克鲁瓦塞。福楼拜终身未婚,只是埋头写作,直至59岁时去世。

《包法利夫人》(1857)是福楼拜的第一部小说,也是他的代表作,讲述一个农村少女在不良的社会环境里日益堕落,最后不得不自杀的故事。

女主人公爱玛出生在一个富裕的农民家庭,她在这个闭塞的环境里无精打采,而流行的浪漫主义小说使她对爱情和婚姻想入非非。不久她就嫁给了为她父亲治病的包法利医生,但是包法利谈吐平庸、感情贫乏,使爱玛深感失望。她艳羡上流社会里的奢华生活,迫使丈夫迁居到了永镇。

爱玛在永镇首先接触到一个名叫赖昂的见习生,但后来赖昂到巴黎去了,地主罗道耳弗乘她苦闷之时勾引了她。爱玛从此沉湎于享受,不惜借高利贷购买时装,盼望罗道耳弗带她私奔。然而,罗道耳弗只是逢场作戏,后来为了摆脱她竟躲到外地去了,爱玛因此大病了一场。

爱玛到鲁昂去看戏,遇到分别三年的赖昂后重燃旧情。她以学钢琴为借口,每星期去一次鲁昂与赖昂幽会,为此债台高筑、走投无路,不得已向罗道耳弗借钱,但是他冷酷地拒绝了她的要求,迫使她绝望地服毒自杀。

《包法利夫人》是一部批判现实主义的杰作。爱玛本来是一个良家女子，但是她对浪漫爱情的憧憬，在婚后的平庸生活中化为泡影，于是她的梦想就导致她在堕落的道路上越滑越远，最终在无情的现实面前碰得粉身碎骨，所以爱玛是被社会毁灭的。小说反映了法国 19 世纪上半叶庸俗丑恶的社会现实以及地主罗道耳弗等人的卑鄙行径，对资产者虚伪的浪漫情调进行了严厉的批判。[1]

福楼拜在小说中不流露任何主观的感情，只是让事实本身来说话，以便客观地反映现实。例如，关于农业展览会的著名情节，他只是如实地描写了会场的盛况和获奖老妇的外貌：她辛勤劳动了 54 年，得到的报酬是一枚奖章和 25 个法郎，即使是这一点钱她还要送给教堂。他虽然没有进行任何评论，但是老妇枯瘦肮脏的外表，各色人等的种种丑恶表演，都无不在揭露颁奖的虚伪和穷人命运的悲惨。

福楼拜在 1862 年发表了历史小说《萨朗波》，通过女主人公萨朗波的经历，描绘了大规模的雇佣兵和民众起义，生动地再现了古代迦太基人的内战历史。

福楼拜早在 1845 年就完成了小说《情感教育》，经过彻底修改后在 1869 年发表。主人公弗雷德里克·莫罗是个思想平庸、性格懦弱的青年学生。他在几个追求他的女人之间犹豫不决，不知如何选择，结果在情场上屡遭挫折，在事业上一事无成。在社会发生激烈变革的时刻，他也是浑浑噩噩，像一块面团一样任人揉搓，以至日益堕落，最后是鸡飞蛋打一场空。小说再现了 1848 年革命前后的历史场面，塑造了共和党人和投机分子等各种类型的人物，尤其是通过莫罗这个耽于幻想、无所作为的形象，生动地反映了中产阶级青年消极庸俗的处世态度，抨击了资产阶级享乐的社会风气。

福楼拜再次转向古代的题材，出版了早年写作的小说《圣安东的诱惑》(1874)，这是根据埃及传说所写的圣徒战胜魔鬼的种

---

[1] 刘海清. 2019. 无我之境与艺术之境——论福楼拜小说的客观化叙述和视觉性风格[J]. 国外文学(1):35-43.

种诱惑的故事。接着发表的是短篇小说集《三故事》(1877),其中最著名的是第二篇《纯朴的心》,描写了一个纯朴善良、勇敢机智的女仆,在闭塞保守的生活环境里,她永远在为别人操劳,从不顾及自己的幸福,实际上成了社会的牺牲品。❶

福楼拜最后的作品是未完成的小说《布瓦尔和佩居谢》(1880)。布瓦尔和佩居谢孜孜不倦地研究了一切学科,但是学来学去一事无成,结果是大吃苦头、洋相百出。《布瓦尔和佩居谢》所涉及的科学知识,远远超过了任何一部自然主义小说,由此证明福楼拜是介于批判现实主义与自然主义之间的桥梁,因此理所当然地被左拉等尊为老师。另外,从小说的人物来看也可以说明这一点:福楼拜笔下的主人公都是弱者和小人物,与其他批判现实主义作家塑造的那些野心勃勃和出类拔萃的人物有着明显的区别,而是更接近于龚古尔兄弟、左拉和莫泊桑等的自然主义小说里的人物。

福楼拜在写作时字斟句酌、反复推敲,用词准确明晰、一字千金,三言两语就能准确地抓住特征、烘托气氛,把环境与人物有机地结合起来。他要求莫泊桑"只用一句话就让我知道马车站里有一匹马和它前前后后五十来匹马有什么不同",这一教诲已众所周知。从这个意义上来说,福楼拜的作品是法语的典范,对后世产生了深远的影响,所以左拉认为散见于巴尔扎克作品中的现实主义手法,在《包法利夫人》里得到了集中的体现。福楼拜的主要作品很早就由李健吾等译成中文,《包法利夫人》已有多个中译本。

第四节　道德问题的探索者

小仲马是19世纪后期比较著名的小说家和戏剧家。他是大仲马的私生子。多年后大仲马才认其为子,但仍拒不认其母为

---

❶ 冯傳.2018.再论福楼拜对现代小说艺术的开拓[J].台州学院学报(1):40-44.

妻。自己的身世使小仲马痛感法国社会道德堕落，造成许多像他们母子这样的被侮辱者与被损害者，这对他的创作产生了深刻的影响。他决心用文学改造社会道德，认为“任何文学，如果不把完善道德、理想和有益作为目的，都是病态的文学”。于是道德问题便成了贯穿他文学创作的中心主题。

小仲马(1824—1895)生于巴黎，是大仲马的私生子。小仲马的母亲是个缝纫女工，他直到 7 岁时才被大仲马认领，不过父子关系倒还融洽。久而久之，小仲马也适应了父亲的豪华生活，自己也逐渐变成了一个花花公子。

18 岁那年，小仲马遇见了绝色美女玛丽·杜普莱西，当时她已经染上肺结核，小仲马对她的健康倍加关切，使她深受感动，他们很快就成为情侣。玛丽曾是一些富豪贵族的情妇，在他们的供养下过着奢华的生活。小仲马对她爱有余而财力不足，只能到处借钱，以至债台高筑。他出于嫉妒而不准她和别的男人来往，因此他们只能分手。

当玛丽身患重病时，小仲马却和父亲一起去了西班牙。等他再回到巴黎的时候，玛丽刚刚去世，她的遗物正在被拍卖。她在遗嘱中规定把余下的钱赠送给乡下的外甥女，条件是这个外甥女永远不能来巴黎。这份遗嘱包含着她对命运的控诉和对巴黎奢华生活的谴责，小仲马因此深受震动。他把深情诉诸笔端，仅用一个月就写出了小说《茶花女》，出版后获得了巨大的成功。

《茶花女》女主人公玛格丽特是一个酷爱茶花的名妓，人称“茶花女”。缝衣工出身的巴黎名妓玛格丽特对豪华、堕落的生活感到厌倦。税务官之子阿芒真诚的爱使一向被贵人们玩弄的玛格丽特深为感动，她把最喜爱的茶花赠送给他，渴望通过纯洁的恋爱自新。她和阿芒到巴黎附近一个村庄度夏，为了应付开销，她卖掉车、马、首饰，还打算把在巴黎的全部家产出售，还清债务，和阿芒一起过日子。但阿芒的父亲私下来找玛格丽特，要她为了他儿子的前途和他女儿的婚姻而离开阿芒。玛格丽特忍痛做出自我牺牲，恢复过去的生活。阿芒以为玛格丽特贪恋财富，愤然当众羞辱她。年轻的玛格丽特终于在冤屈和疾病的双重折磨下离开了人世。

《茶花女》以小仲马本人的经历为蓝本，描绘了茶花女与青年阿芒的动人恋情。小仲马赋予茶花女超凡脱俗的美貌和纯洁高尚的心灵，使她成为一个不朽的艺术形象，即使在风尘之中也光彩照人，令人对她的悲惨命运感到无比同情。

《茶花女》不仅是小仲马的代表作，也是法国近代现实主义戏剧的开端。过去浪漫剧描写妓女生活的不算少，但人物和场景总是虚构的。《茶花女》却是作者根据自己的一段真实经历写成的。玛格丽特的原型是年轻貌美的玛丽·杜普莱西，她从农村来到巴黎，沦落为娼，曾和小仲马相恋过一段时间，后来小仲马出国旅行，而玛丽患肺病死去，年仅 23 岁，她的悲惨遭遇触发了小仲马的激情，使他创造出一个不甘堕落、心地善良的茶花女的动人形象。

玛格丽特自从爱上了阿芒，为了洗刷过去的污点，流尽最后一滴血也心甘情愿。最后在以阿芒的父亲乔治·杜瓦尔为代表的社会偏见的逼迫下，为了阿芒的安宁、名誉和前途，她宁愿捏碎自己的心死去。与原型相比，《茶花女》的人物感情虽也有夸张之处，没有完全摆脱浪漫色彩，但总体来说，女主人公那种默默的真挚的爱还是比较自然纯朴的。更重要的是，《茶花女》忠实地再现了七月王朝时期具体的社会环境，特别是揭露了巴黎上层社交界的内幕，这在戏剧史上具有划时代的意义。整个剧本是小仲马用一个星期的时间连续写成的，显得紧凑、精练，语言也很生动。

1851 年，小仲马把小说《茶花女》改编成五幕话剧，但遭到禁演，直至 1852 年 2 月 2 日才首次上演，受到了热烈的欢迎，成为法国近代现实主义戏剧的开端。意大利作曲家威尔第把它改编为歌剧，后来又数十次被搬上银幕，产生了很大的影响。巴黎有些人甚至为茶花女的原型玛丽·杜普莱西修建了一座坟墓，上面用大理石雕刻了一束白色的山茶花。

小仲马是个私生子，跟随母亲度过了痛苦的童年，母亲的不幸给他留下了终生难忘的印象，他自己又和玛丽这样的风尘女子有过刻骨铭心的遭遇，所以他深刻地感受到社会的不平，立志用笔来消除种种社会悲剧，以维护道德的完善，解决父子关系等家庭问题。

小仲马后来写了《半上流社会》(1855)、《金钱问题》(1857)和《私生子》(1858)等剧本和一些小说，并于 1874 年当选为法兰西学院院士。

《半上流社会》(1855)也许更充分地阐明了小仲马的思想。在这个剧中小仲马对一个重要的社会问题进行严肃的研究，从而开创了社会剧的范例。这是他第一次认真处理伤风败俗的题材，表明他厌恶放荡的生活。苏珊是一个靠阔佬供养的高级妓女，连她的情人奥利维埃都不愿娶她。她冒充男爵夫人，使一个不知底细的贵族青年雷蒙爱上了她。尽管奥利维埃几次揭发，都被苏珊巧妙地应付过去，反而更坚定了雷蒙娶她的决心，甚至要和奥利维埃决斗。最后她的面目被戳穿，一切计划归于失败。这个剧的情节发生在当时巴黎的上流社会和下层社会之间的“半上流社会”，这里聚集了一切堕落的女人，她们串通一气，一方面想要爬上去，另一方面唯恐跌下来，终于在这个社会里了此一生。剧中女主人公苏珊和她周围的人物形象真实生动，使剧本成为一部出色的世态喜剧。

《金钱问题》(1857)写一个名叫让·吉罗的银行家，原为花匠的儿子，用卑劣的手段起家，大做投机买卖，成了暴发户。他认为：“金钱是唯一无可争议的权威。”正是凭借金钱的力量，他挤进了贵族社会，花言巧语地骗取别人的投资。他还想买到一个家境贫困的姑娘的爱情，把大批资金作为“嫁妆”转移到她名下，以便万一破产时可东山再起。正在他踌躇满志的时候，他的丑行败露，如意算盘全部落空，受到人们的鄙视。这个剧明显地批判了金钱万能的思想，对话机智，但结构比较松散。

《私生子》(1858)作为小仲马的又一部重要作品，其贡献是开创了一个新品种——主题剧。他在《私生子》的序言中强调：“戏剧不是目的，它仅是达到目的之手段。"而他写这个剧的目的就是论证当时有关非婚生儿童的法律和习俗是苛刻的、不公正的，应当予以修订。小仲马认为："任何文学，如果不把完善道德、理想和有益作为目的，就都是病态的，不健康的文学。"

因此，他喜欢在舞台上宣讲道德教训，以便把误入歧途的人从罪恶中拯救出来，同时他尽量使他的说教不露痕迹，取得感人的戏剧效果。《私生子》是这两者结合得较好的一个剧本。由于小仲马的出身和经历，这个剧的题材是他最关注的，他谴责对女工始乱终弃的富人，把自己的全部同情都倾注在被遗弃的母与子身上。主题剧是小仲马擅长的社会剧发展到极端的必然结果。

1860年左右，小仲马因病搁笔了几年。1864年发表喜剧《妇女之友》，对与丈夫不和的女性心理做了深入细致的分析。此后，他又创作了两个较重要的剧本。

《奥布雷夫人的见解》(1867)写孀居的奥布雷夫人鼓励一个有了私生子的少女走上正道。当她的儿子爱上这个少女时，她坚持自己的道德原则，同意了这门婚事。这个剧建立在宽恕和仁慈的基础上，虽然带有空想的色彩，却由于作者的真诚而不乏感染的力量。

《克洛德的妻子》(1873)写科学家克洛德的妻子塞扎琳道德败坏，为一间谍集团利用，在窃取克洛德发明的新式大炮的图纸时，被克洛德击毙。剧中塞扎琳的结局象征放荡的恶果。这个剧充满爱国主义的激情，作者无疑受到不久前普法战争的影响。

小仲马的最后两个剧本《丹妮丝》(1885)和《弗朗西荣》(1887)又回到从前的风格和题材，没有增加什么特殊的内容。他死时留下一部未完成的手稿《底比斯之路》。

小仲马的写剧技巧在于将巴尔扎克式的现实主义小说内容纳入斯克里布的佳构剧的模子中去，这就使他的剧本既集中反映了社会生活，具有一定的哲理思想，又不乏使观众感兴趣的情节。他的缺点是有时难于把这两方面结合成完整的统一体。他的作品揭示了金融贵族、大资产阶级的糜烂生活和伪善，为被侮辱与损害的妇女、儿童鸣不平，然而由于他过分注重剧本的道德效果，喜欢让剧中的某些说理人代表他指出剧本的教训，宣传改革的主张，使人不免有说教之感。而且从整体来看，他的戏剧创作的题材比较狭隘，局限在上层社会的爱情、婚姻、家庭范围内。但小仲马作为法国现实主义戏剧创始人的贡献是巨大的，他使戏剧摆脱了纯粹的幻想和刺激，赋予了它严肃的思想和目的。他的创作主张和实践影响了整整一代的戏剧家，他们将沿着他开辟的道路，把法国的戏剧事业继续推向前进。

第五节　自然主义的崛起

19 世纪中叶以后，法国资本主义开始从自由竞争向垄断阶段发展，各种弊端恶性膨胀，不少人，尤其是知识界人士，认为社会已经病入膏肓，并迫切想探索出病源，寻找到为什么，于是产生了社会达尔文主义，又称后达尔文主义。这种学说认为人类与其他生物并无区别，完全归属于自然界，没有什么灵魂，与自然世界之外的精神世界没有联系。因此，人只不过是一种高级一些的动物，他的品性和命运由两种自然力量即“遗传”和“环境”来决定。他通过遗传而得到个人不能自制的天性与欲求，又必须无可奈何地接受生存环境中的社会力量和经济力量的摆布，人实际上是处于遗传与环境的冲突或者说欲求与存在的挤压之中的动物。要改变人的状况也就必须从遗传与环境入手。受这种学说的影响，以龚古尔兄弟和左拉为代表的一部分善于创新的作家，提出了自然主义的文学主张。左拉和都德是法国自然主义崛起时的两位代表作家，他们的创作都带有鲜明的自然主义倾向。

一、左拉

埃米尔·左拉(1840—1902)生于巴黎，父亲是原籍意大利威尼斯的工程师，在马赛附近的埃克斯地区工作，在他7岁时去世。他随母亲靠外祖父生活，在南方的普罗旺斯度过了童年和少年时代。18岁时来到巴黎上中学。左拉说话带南方口音，因法语欠佳而未能考上大学。由于家境贫穷，他不得不独自谋生，在忍饥挨饿的生活中坚持阅读和创作。

1862年，左拉进阿歇特书店当打包工人，由于写的诗受到了老板的赏识，他当上了书店的广告部主任，得以接触文学界的著名人士，同时开始进行创作。他在青年时代喜爱浪漫主义的作品，20岁时曾向流亡国外的雨果写信请教，所以他的第一部中短篇小说集《给妮依的故事》(1864)具有浓郁的浪漫主义色彩。第二年出版的长篇小说《克洛德的忏悔》被认为有伤风化，左拉被书店解雇后走上了专业作家的道路。在孔德的实证主义哲学和泰纳的文艺理论的影响下，左拉逐步形成了他的自然主义创作理论。他早期的长篇小说《泰蕾丝·拉甘》(1867)和《玛德莱娜·菲拉》(1868)，就是在这种理论指导下的实践。

《泰蕾丝·拉甘》写拉甘太太有一个儿子卡米尔，还收养了弟弟的私生女泰蕾丝，两个孩子长大后结为夫妇。由于卡米尔身体虚弱，泰蕾丝就与丈夫的朋友洛朗勾搭成奸，甚至合谋害死了卡米尔。但是他们结婚之后却因忘不了卡米尔的形象而无法结合，只感到痛苦和恐惧。最后两人为了得到解脱而双双自杀。

《泰蕾丝·拉甘》是左拉的第一部自然主义小说，也是最有代表性的自然主义作品。泰蕾丝是一位非洲部落女子的私生女，有着强烈的情欲，而卡米尔身体虚弱，洛朗却是个体魄健壮的放荡者，这种生理上的矛盾和需求就构成了情节发展的基础。

《玛德莱娜·菲拉》写玛德莱娜既爱丈夫吉约姆，又对丈夫的朋友、她的情夫雅克难以忘情，最后服毒自杀的故事，同样充满了灵与肉的冲突。左拉把这两部小说作为自然主义理论的例证来创作，集中体现了把遗传学和生理学应用于小说的创作方法。

左拉确信写作小说就和科学家做实验一样，都是为了认识真实。在此基础上，他以巴尔扎克的《人间喜剧》为榜样，制订了一个庞大的写作计划，来描绘第二帝国时期一个家族的自然史和社会史，并且为此制订了一棵系谱树，其中的人物都源自同一个祖先，带有种种遗传的特征。他用了长达25年的时间，孜孜不倦地完成了20部长篇小说。这套巨著内容极其广泛，时空跨度很大，早期的作品带有比较突出的自然主义倾向，但是在漫长的写作过程中，现实主义成分所占的比重越来越大，所以大多数作品都是优秀的现实主义小说。其中最著名的有《小酒店》(1877)、《娜娜》(1880)、《萌芽》(1885)和《金钱》(1891)等。

《小酒店》是左拉的代表作。女工伊尔维丝的丈夫朗第耶不务正业，和另一个女工阿黛尔私奔了。她与工人古波结婚后生活逐渐改善，不料古波工作时从屋顶上摔了下来，在疗伤期间养成了酗酒的习惯，伊尔维丝随波逐流，由于贪吃而越来越肥胖。朗第耶与阿黛尔分手后回到伊尔维丝身边，用大吃大喝的手段笼络了古波，过起了三角夫妇的生活。他逐渐侵吞了家中的一切，把古波夫妇赶了出去。最后古波死于酒精中毒，女儿被人拐走，伊尔维丝只得卖身活命，不久死去。

左拉描写的穷人因酗酒而堕落的过程，在当时可谓惊世骇俗，引起轰动。《小酒店》虽然强调人的生理本能和遗传性，但也真实地再现了工人们恶劣的生活环境，他们不是被繁重的劳动累垮，就是被环境逼迫而堕落，这些罪恶都是社会造成的，所以左拉对酗酒等恶习的揭露，正是对黑暗的社会现实的批判。小说生动地描绘了工人的悲惨生活，是法国文学史上第一部为工人鸣不平的作品，因而出版后受到了民众的热烈欢迎。

《娜娜》的主人公娜娜是个妖艳的妓女，是《小酒店》里的伊尔维丝和古波的女儿，父辈酒精中毒的遗传种下了她堕落的根源。她把自己变成了吞噬男人及其财产的深渊，使巴黎上流社会的许多权势人物倒在她的石榴裙下，为了她不惜倾家荡产，甚至毁掉自己的生命。在第二帝国时期，资产阶级不顾最起码的尊严，把一个娼妓奉为女神，表明它已经堕落到了不可救药的地步，所以左拉批判的锋芒所指，乃是这个必然要毁灭的社会，第二帝国的崩溃就是明证。

《萌芽》是法国第一部描写工人罢工的长篇小说。艾蒂安在煤矿里成立了国际工人协会的支部，率领工人与资本家进行斗争，排除了叛卖工人的酒店老板和无政府主义者苏瓦林的干扰，但是面对血腥的镇压和公司分化工人的阴谋，罢工还是失败了。艾蒂安在井下的搏斗中杀死了工贼沙瓦尔，成为一个久经考验的革命者，他对未来的胜利充满了信心。

在法国文学史上，《萌芽》第一次如实地反映了煤矿工人的悲惨生活，揭露了资本家对工人的残酷剥削，同时热情地歌颂了工人阶级的英勇斗争，把罢工场面描绘得如火如荼，《萌芽》这个标题本身就预示着革命力量将茁壮成长。只是在左拉的作品中，工人才第一次作为一个阶级出现。一个饱受压迫的阶级，是他们生活环境的牺牲品。这是左拉对文学的贡献，也是《萌芽》在 20 世纪始终畅销的原因。

《金钱》写的是巴黎股票交易所里一场你死我活的斗争。萨加尔串通国会议员创办了名为"世界银行"的股份公司，骗取了许多小股东的资金。他的哥哥卢贡是第二帝国的大臣，他利用卢贡透露的战争消息操纵股市而发了大财。但他实际上是在买空卖空，拿自己的股份进行投机。金融巨头甘德曼选准时机，与萨加尔决一雌雄。萨加尔的情妇在关键时刻出卖了他，使萨加尔遭到惨败后锒铛入狱。与巴尔扎克笔下的金融家相比，萨加尔无疑更加贪婪和疯狂。左拉曾系统地阐释过自己的创作主张：

我要描写"第二帝国时代一个家族的自然史和社会史"……叙述这个统治时期的政治、金融、法院、兵营、它的尽人皆知的腐败机构……三年来我收集了一些资料，主要部分是我经常见到的东西：下流的事情，耻辱而疯狂的、难以置信的冒险，被盗窃的金钱和被出卖的女人……我难道应该沉默，对这种用可疑的光亮照耀第二帝国、使之成为藏垢纳污之所而置之不理吗？因此我要写的历史将是阴暗的……显而易见，人们不能责备我夸大其词。我还不敢都说出来。人们责备我写起下流话来过于放肆，其实我不止一次在我拥有的资料面前望而却步。

由此可见，左拉要努力表现的是客观的真实，因此观察社会就成了他写作的基础。他经常深入社会底层，了解穷人的生活状况，甚至亲自下井劳动。他常到菜市场、商店、交易所、车站和下等酒店里去体验生活，观察和分析形形色色的性格和情感。正因为如此，他的小说才资料翔实、通俗生动，具有感人的艺术魅力，始终受到民众的欢迎。不过他几乎不加掩饰地描绘了矿工们触目惊心的苦难生活。这些描写虽然旨在揭露现实，但是由于过分注重外部描写和突出生理的本能，缺乏必要的心理活动和分析，因此也引起了不少争论。

1877 年，左拉在巴黎郊外的梅塘购买了一所住宅，经常与莫泊桑等五位具有自然主义倾向的作家聚会。1880 年，他们六人各写一篇小说结集出版，名为《梅塘之夜》，这是以左拉为首的梅塘集团，也就是法国自然主义文学流派成立的标志。

在《实验医学研究导论》的启发下，左拉发表了《实验小说论》(1880)，表示贝尔纳的实验方法为他提供了坚实的基础，促使他把生理学引入了小说，形成了自然主义的文学理论，即客观地描绘现实，像研究生物一样，用科学的方法剖析人的生理对性格和行为的影响。1881 年，左拉又发表了《自然主义小说家》等论著，进一步完善了自然主义的理论体系，因而理所当然地成为这个流派的领袖。

1887 年，左拉在小说《土地》里用通俗粗犷的语言描绘了野蛮落后的法国农村，遭到了批评界的猛烈抨击。这时有五个曾是左拉弟子的青年发表了反对左拉的《五人声明》，导致了梅塘集团的解体。但是左拉仍在积极创作，陆续出版了三部曲《三名城》。

在 19 世纪末的德雷福斯事件中，左拉发表了致总统的公开信《我控诉》，痛斥军方陷害无辜的不法行径。他不顾个人安危，为平反冤案不遗余力，使法国为此分成了德雷福斯派和反德雷福斯派两大阵营，连整个欧洲都为之震动。

1898 年 2 月和 7 月，左拉先后两次被法庭判处监禁和罚款，他为了逃避迫害而流亡英国，直到1899年6月才回到法国，在梅塘别墅里完成了《四福音书》中的前三部《繁殖》(1899)、《劳动》(1901)和《真理》(1903)。它们宣扬了傅立叶的空想社会主义学说，对未来社会抱着乐观的态度，在说教之中流露出动人的抒情色彩。《劳动》出版的时候，法国工人协会曾经专门举行盛大宴会表示庆贺。

1902年8月28日，左拉回到巴黎，准备写作第四部《正义》，但第二天上午就被发现死于煤气中毒。1908年6月6日，他的遗骸被迁入了先贤祠。

二、都德

阿尔丰斯·都德(1840—1897)生于法国南方普罗旺斯地区的尼姆城。父亲是一个丝绸厂的厂主。都德由于体弱多病，4岁时被寄养到乡下，普罗旺斯农村的明媚风光给他留下了终生难忘的印象。后来父亲的工厂逐渐败落，全家迁居里昂。1857年，工厂破产，一家人各奔东西，都德也不得不放弃学业，到南方小城阿莱斯的一所中学里当学监。都德在学校里勤奋工作，努力自学，却受到教师和学生的嘲弄和欺凌，尝到了人生的辛酸，不久就被校方辞退，只好到巴黎去投奔在一家报社当编辑的哥哥欧内斯特。两人生活清贫，但都能刻苦自学，哥哥后来成了政治家和历史学家，都德则在他的鼓励下走上了文学创作的道路。

都德的第一部作品是诗集《女恋人》，几经周折之后于1858年出版，得到了王后欧仁妮的赏识。都德因此时来运转，在1860年当上了德·莫尔尼公爵的办公室秘书。公爵是拿破仑第三的同父异母兄弟，在第二帝国时期任立法会议主席，作为他的秘书，都德得以出入上流社会，有机会到普罗旺斯、科西嘉岛甚至阿尔及利亚等地旅行疗养，在欣赏风景的同时搜集趣闻和传说，为日后的创作积累了丰富的素材。

从1866年开始，都德陆续发表了一些关于普罗旺斯的短篇小说,在1869年以《磨坊文札》为名结集出版,到1874年又增补了三篇。这些短篇都是怀乡之作,生动地表现了当地普通人的平凡生活。

《阿尔勒的姑娘》写一个英俊的小伙子爱上了一个来自外地的姑娘,由于不能娶她而自杀,显示了对爱情的忠诚。

《塞甘先生的山羊》写塞甘先生养的山羊渴望自由,宁可被狼吃掉也要到山里去,表现出诗人对自由的强烈向往。

《繁星》写一个牧羊人爱上了东家的小姐,但是当小姐给他送饭却由于涨水而不得不留在山上的时候,他却在月光皎洁的夜晚给她讲天上的星星,没有产生任何非分之想。

《区长下乡》写一个平时忙于事务的俗吏,也情不自禁地醉倒在迷人的山林。

这些小说描绘了如诗如画的美景,牧童或山民的朴实无华,他们对大自然的热爱和对美好爱情的向往。

《小东西》(1868)是都德的第一部长篇小说,分为两个部分。

第一部主要是他的自传,叙述主人公达尼埃尔·埃塞特在外省的经历。他16岁就到山区一个学校里去当学监,刚到学校就因为个子矮小而被起了个"小东西"的绰号,受尽了上司、同事、学生和学生家长的羞辱,最后上当受骗,为同事代写情书,因而被学校开除,到巴黎投奔哥哥去了。

第二部有许多虚构的成分,写小东西得到哥哥雅克的照顾,自费出版了诗集,也有了自己的爱情。但是后来哥哥因劳累过度而去世,他也不得不放弃了创作。

小说通过小东西一家人的不幸遭遇,展现了世态炎凉、尔虞我诈的人际关系,讴歌了亲情的真挚和高尚,加上语言幽默、讽刺适度,因此读来亲切感人,很能引起读者的共鸣。

普法战争爆发后,都德应征入伍,参加了国民自卫军,战争的体验为他提供了创作的题材,不久就发表了短篇小说集《星期一的故事》(1873)。其中,《一局台球》写普鲁士军队发起进攻,法国元帅却只顾打台球,任凭士兵们在枪林弹雨中纷纷倒下,讽刺了法国将领的昏聩和腐败;《柏林之围》里的老军人执着地认为法军已经攻入柏林,与德军正在进入巴黎的现实形成了残酷的对照,以悲剧的手法歌颂了法国人民的爱国主义精神。

《最后一课》是都德短篇小说的代表作,写入侵的德军不准学校里再上法语课,小学生弗朗兹在上最后一课时的感受。他由于贪玩而迟到了,却发现老师的举止打扮与平时不同,村里的老人也都来听课,在明白这是最后一课之后,他才忽然感到法语课程是多么珍贵,为自己过去因嬉戏而耽误学习而悔恨。小说情节平凡,叙述自然,却凝聚着人民崇高的爱国主义精神,流露出亡国之后深沉的悲痛心情,是一篇感人肺腑、家喻户晓的经典之作。

从19世纪70年代开始,都德致力于长篇小说的创作。第一部是《达拉斯贡的达达兰》(1872),写普罗旺斯的资产者达达兰特别喜欢吹牛,明明干的是荒唐可笑的事情,却自以为在创造不朽的业绩。他梦想在北非建立殖民地发大财,最后上了骗子的当,身败名裂。小说以漫画的笔法和挖苦的语气,塑造了达达兰表面气壮如牛,其实胆小如鼠的形象,讽刺了资产者一心大发横财的梦想,体现了都德的幽默风格,也蕴含着他反对殖民主义的民主主义思想。

《富豪》(1877)写一个在突尼斯做投机生意的暴发户,回到巴黎后被人排挤,在遭到破产等一系列打击后一命呜呼。《努马·卢梅斯当》(1881)写一个政客本来默默无闻,却因善于钻营而成了议员和部长。《小弗罗蒙与大黎斯雷》(1874)讲述的是放荡女子西多妮给一个家庭里的两兄弟造成的危害。她只是一个普通的市民,却从小就养成了贪图虚荣、自私自利和堕落放荡的恶习,竟然把几个颇有作为的男子玩弄于股掌之间,由此可见使男人破产已不再是名妓的专利,而是巴黎司空见惯的社会现象了。

《小弗罗蒙与大黎斯雷》表面看似乎只是讲述风流情事,其实是在批判巴黎社会的堕落风气,只是笔调比较温和罢了。19世纪70年代正是普法战争以后相对和平的时期,人们渴望安宁和平静的生活,所以更加喜欢笔调温和的作品,这就是左拉往往遭到抨击，而都德却备受欢迎的原因。正因为如此，《小弗罗蒙与大黎斯雷》出版后获得了法兰西学士院小说大奖，使都德被公认为重要的现实主义作家。

《萨福》(1884)的男主人公若望是个外省的世家子弟，来到巴黎以后结识了美女法妮，她以姿色和才情闻名，被誉为古希腊的女诗人萨福。她当时已经 37 岁，在经历了各种感情风波之后，爱上了纯洁的若望。他患病时她悉心照料，他叔父丢失巨款时她解囊相助，在被他遗弃后也毫无怨言，最后终于感动了若望。然而当他决心和她一起远渡重洋的时候，她却因离不开自己的孩子而与他诀别了。他们的爱情历程显示了美好的人性：法妮堕落风尘，但并非无耻的娼妓，而是向往着纯洁的爱情，而若望也不是一个玩弄女性的纨绔子弟。都德对他们的心理活动的细致刻画，构成了这部小说的艺术特色。

在出版《萨福》的同一年，都德被确诊为患有脊髓病，在经受 13 年的折磨之后于 57 岁时去世。但他即使在病中仍有小说发表，其中最著名的是《不朽者》(1888)。法兰西学士院是法国最高的学术机构，院士们历来被称为“不朽者”。小说的主人公是一个平庸的学究，以伪科学的所谓论著混进了学士院，最终落得身败名裂的下场。

都德之所以揭露学士院里勾心斗角的风气，讽刺这个学术机构的虚伪和腐败，是由于学士院被一些思想顽固的老学究把持，巴尔扎克、大仲马和左拉等均受到排斥。都德为此公开声明：“我过去没有，现在没有，将来也永远不会当法兰西学士院的候选人”，而且把这句话用来作为《不朽者》的卷首题词，因此这部小说改用辛辣的讽刺笔调也就并不奇怪了。

都德崇尚左拉的文艺理论，与龚古尔兄弟和左拉等过从甚密，因而通常被认为是自然主义作家。他与福楼拜也有交往，所以也有人认为他继承了批判现实主义的传统。概括来说，都德既不像批判现实主义作家那样重在揭露和抨击，也不像自然主义作家那样进行无动于衷的客观描绘，而是把自己的感情倾注于细致的描写之中，以幽默的讽刺来缓解生活中的残酷现实，从而使作品充满了人道主义的温情。即使是名篇《最后一课》，也没有战争中常见的流血场面，而只是通过中学里的一堂课来抒发爱国主义的精神，但是由于题材真实、视角独特和语言生动，而产生了极其感人的魅力，取得了更胜于战争小说的艺术效果。

第六节　现实主义与自然主义的融合

莫泊桑是19世纪后半叶法国著名的小说家。莫泊桑在文学创作上的良师益友是福楼拜和屠格涅夫，他们的具体指导和帮助，对莫泊桑的成长有重要作用。后来，莫泊桑接近左拉为首的作家团体，受到自然主义的影响，作品中掺杂了消极宿命、悲观虚无的思想。

居易·德·莫泊桑（1850—1893）生于诺曼底地区的小城费冈，1859年随全家迁居巴黎。父亲整天吃喝嫖赌，导致父母分居，母亲带着他回到了景色优美的家乡。莫泊桑中学毕业后到巴黎攻读法律，1870年普法战争爆发后应征入伍，担任文书和通讯工作。1971年9月退伍后，先后在海军部和公共教育部担任公务员。在此期间他参加过马拉美的“星期二聚会”，同时开始创作。

福楼拜是莫泊桑的母亲和路易·布耶的朋友，因此莫泊桑也受到了这位大师的严格指导。一个人所共知的例子，就是福楼拜要求他用一句话来说出一匹马与它前后五十来匹马的区别。❶1875年，福楼拜介绍他结识了左拉，后来他成为以左拉为首的梅塘集团的重要成员，并且在短篇小说集《梅塘之夜》中以代表作《羊脂球》一举成名，成为法国文坛上的一颗耀眼的明星。遗憾的是他继承了父亲的放荡习气，终身未婚，27岁就身患梅毒，加上滥

❶　李冉，季明举．2019．通俗与经典——读者反应批评视角下的莫泊桑小说叙事[J]．中国海洋大学学报(社会科学版)(2)：135-140．

用麻醉药，健康受到损害，直至因出现幻觉和精神错乱而企图自杀，最终在 43 岁时过早去世。

莫泊桑的写作生涯虽然只有短短的 10 年，却发表了 6 部长篇小说和 306 篇中短篇小说，充分显示了他的勤奋和天才。其中以短篇小说的成就最为突出，他因此与契诃夫和欧·亨利一样，被公认为世界短篇小说的大师。

莫泊桑的小说题材都取自他最熟悉三种社会环境。

首先，他青少年时代生活过的诺曼底农村。例如，《诺曼底人的玩笑》《一个诺曼底人》等描绘了当地的习俗，刻画了诺曼底人风趣能干和善于欺骗的性格。《瞎子》《绳子》《穷鬼》等则反映了残废者备受欺凌和被压迫者的悲惨命运。《皮埃罗》《流浪汉》和《图瓦》等嘲弄了农民的狭隘和自私。这些短篇犹如一幅幅画面，生动地呈现出诺曼底农村的习俗和世态。莫泊桑确实把人的情欲作为构成情节的重要因素，但他笔下的男女之情，大多是混杂着爱情、情欲的平凡而又自然的悲喜剧，在某种程度上表现了农民的质朴，与资产者在婚姻方面的虚伪形成了鲜明的对比。

其次，他亲身经历的普法战争。《米隆老爹》《蛮子大妈》《两个朋友》和《菲菲小姐》等名篇，从各个方面讴歌了法国人民的爱国主义精神，《女疯子》等揭露了普鲁士军队的残暴行径，而《羊脂球》则是其中内容最丰富和意义最深刻的作品。

故事发生在普法战争期间，一辆马车获准离开德军占领区，车上有工业家、伯爵、商人和修女，还有一个绰号为“羊脂球”的妓女。大家对她侧目而视，但是在由于沿途耽搁而饿得发昏的时候，却又厚着脸皮吃光了她的一大篮美味食品。[1] 马车在路过一个小镇的时候，占据该镇的普鲁士军官要求羊脂球陪他过夜，否则不予放行。旅客们只顾各自的利益，千方百计地劝说羊脂球为他们做出牺牲，但事后又任凭她孤独挨饿而置之不理。

小说通过妓女羊脂球被迫向敌人献身的遭遇，勾勒了有产者

---

[1] 马益平．2019．论居易·德·莫泊桑《羊脂球》的“替罪羊”主题[J]．湖北经济学院学报(人文社会科学版)(6)：105-107．

们为了私利而不顾民族尊严的丑恶嘴脸。羊脂球自尊自强，显示了爱国主义的凛然正气，结果却被伪善的同胞推入火炕。

莫泊桑以真实的细节、精练的语言和炉火纯青的技巧，使这篇小说构成了一幅战争时期法国社会的缩影，在世界短篇小说中是思想性和艺术性都堪称楷模的精品。[1]

最后，是他有过长期体验的小公务员生涯。《项链》《我的叔叔于勒》《勋章到手了》《一家人》《遗产》和《散步》等表现了公务员们可怜兮兮的虚荣心，他们为了出风头而弄巧成拙、自食其果，为了争夺遗产尔虞我诈，甚至为了名利而宁肯戴绿帽子。

这些作品揭露了世态炎凉的社会现实，批判了腐败昏聩的官僚作风，既讽刺了小公务员的自私和虚荣，又对他们的刻板生涯寄予怜悯和同情。它们在艺术上各有特色、并不雷同，犹如宝石上的各个棱面，共同折射出灿烂的光芒。

除了以上三种主要的题材之外，莫泊桑还在《西蒙的爸爸》和《月光》等名篇中描绘了多姿多彩的感情生活，表现了人们对爱情的渴望，赞美劳动人民的正直和善良。同时在《怪胎之母》和《橄榄园》等小说里揭露了病态的社会现象，谴责了不负责任的放荡行为。

莫泊桑的短篇小说题材极为广泛，大到一场战争，小到一根项链，都能作为生动的题材信手拈来。写作的角度也多种多样，不拘一格，尤其是采用了前人很少应用的第一人称，使故事听起来更加可信。从莫泊桑开始，法国的短篇小说才形成了基本的结构：先以简洁的语言交代一下背景，再由作者或人物不带感情色彩地讲述动人的故事，最后有一个出人意料的结局，达到扣人心弦、令人回味的艺术效果。

莫泊桑的写作风格逼真、自然，叙述的笔调几乎到了白描的程度。不过他的叙述看似自然流畅、不着痕迹，其实都经过了精心构思，留下了一处处为情节发展所需要的伏笔。他用词准确、

[1] 王俊卿.2019.莫泊桑小说作品中女性形象分析[J].哈尔滨学院学报(4):57-60.

惜墨如金，寥寥数笔就使环境的气氛跃然纸上，几句对话就使人物的形象活灵活现。他以平淡的情节塑造人物，以真实的细节凸现性格，使小说既有反映现实的思想内容，又是引人入胜的艺术精品，因而具有极强的艺术感染力。除了短篇小说之外，莫泊桑还创作了六部长篇小说：《一生》(1883)、《漂亮朋友》(1885)、《温泉》(1886)、《皮埃尔与若望》(1888)、《如死一般强》(1889)和《我们的心》(1890)。

《一生》写让娜的父亲为了使她永远纯洁，把她送到修道院里去生活了五年。她成婚后丈夫极为粗鲁和冷酷，占有了她的女仆罗莎丽，后来因生活放荡而死于非命。她的儿子保尔继承了父亲的恶习，吃喝嫖赌，弄得倾家荡产，妻子在分娩后死去，剩给让娜的只是她的孙女。命运一步步地把这个天真的少女改变成了一个万念俱灰的老妇，对她的父亲的幻想是一个尖锐的讽刺。

《漂亮朋友》是莫泊桑长篇小说的代表作。野心勃勃的杜洛阿本来是一个小科员，从非洲服役回来以后当上了记者，靠着自己迷人的外表勾引上流社会的妇女，从而飞黄腾达，成为社会名流。他为了向上爬不惜一切，竟然在勾引报社老板娘之后，又迫使老板同意招他做女婿，并且升任总编辑，他在婚礼上已经梦想着成为议员。小说描绘了杜洛阿这个恶棍在巴黎恶浊的社会环境里变成了一个冒险家的过程，揭露了上流社会的腐朽糜烂，特别是新闻界的黑暗内幕，因而具有批判现实主义的价值。[1]

莫泊桑的小说在一些为数很少的段落里，或许包含着强调生理本能的趣味或倾向，但从来没有露骨庸俗的细节描绘。莫泊桑虽然是自然主义文学流派的重要成员，但是他注重观察，从现实生活中吸取和提炼素材，因此是一位杰出的现实主义小说家。[2]

---

[1] 李炫烨. 2017. 莫泊桑小说的语言风格分析[J]. 农家参谋(22)：338.

[2] 孙艳. 2017. 莫泊桑短篇小说的心理描写艺术[J]. 开封教育学院学报(12)：34-35.

第七章　传统理性批判的承继：20 世纪上半叶的法国文学

20 世纪初期是法国从资本主义初级阶段向发达阶段转变的时期，这一时期的文学是自己时代历史条件下的一种正常合理的发展，它作为一种社会精神生产，具有自己的风貌和价值，呈现出普遍的繁荣，其明显标志是各种文学类别的全面发达。20 世纪法国文学批评思潮此起彼落，新思维、新方法、新学科不断出现，一些现实主义作家一方面加深了对资本主义制度的认识，另一方面对日益强大的无产阶级感到恐慌，因此在思想和创作上都产生了深刻的矛盾。作品中批判的成分往往和无可奈何的沮丧心情或悲观主义情绪结合在一起，在一些作家的作品中常常渗入自然主义的成分，使这一时期的现实主义文学缺乏司汤达、巴尔扎克那种明朗、积极进取的探索精神，但是不少作家更加注意描写的具体性与真实性，对现实主义的深化做出了巨大贡献。

第一节　社会主义时代潮流的追随者

阿纳托尔·法朗士(Anatole France，1844—1924)是法国 19 世纪末、20 世纪初著名的批判现实主义作家，是法国现代进步文学的开拓者。他继承了法国古典文化和 18 世纪启蒙文学的优秀传统，用许多语言清晰、文笔优美的作品配合了现实的政治斗争，并且率先把自己的斗争汇入了社会主义的时代潮流，因而在当时的法国和欧洲都产生了巨大的影响。

法朗士出生于巴黎一个普通的书商家庭。他的父亲弗朗索瓦-诺埃尔·蒂波的“政治书店”主要经营法国大革命时代的著作、报刊和漫画等资料,因此吸引了不少共和主义者常来光顾,使法朗士从小就受到共和主义思想的熏陶。法朗士幼年时耳闻目睹了社会底层的贫困现象,后来在中学里又备受贵族子弟的歧视,所以很早就萌发了同情穷人、主张自由平等的人道主义思想。普法战争爆发后,他曾应征入伍,并在巴黎公社被包围时离开巴黎。

法朗士爱好古典文学,在担任记者、编辑的过程中发表了多篇文章,完成了第一部自传性的小说《让·塞尔维安的愿望》(1882),积累了丰富的文学历史知识,为后来的创作奠定了基础。

《金色诗集》和《科林斯人的婚礼》的成功,提高了法朗士在帕纳斯派中的地位。随着生活状况渐入佳境,他在之后几年里写出了一系列温情脉脉的作品。1881 年,他的小说《波纳尔之罪》获得法兰西学院奖,确立了他在文坛上的地位。到 1893 年从参议院图书馆辞职为止,共发表了 300 篇关于作家和作品的评论。法朗士作为小说家和评论家声誉日隆,在 1896 年顺利当选为法兰西学院院士。

19 世纪 80 年代,法国社会政局混乱,政治经济丑闻迭起。社会的黑暗和腐败以及作品引起的生活波澜,使他在图书馆里也备受排挤。他希望通过一场战争来打击所有敌人,然而最终意识到这只是自己的幻想而已。种种矛盾促使他对政府、军队、家庭、道德等貌似神圣的一切都产生了怀疑,使他的思想从不满现实而逐渐左倾。他终于在 1890 年愤然辞去了图书馆的职务,从而能够不受限制、严肃认真地用文学来表达社会问题。

德雷福斯事件是法朗士思想发展的转折点。在社会主义改良派领袖饶勒斯的影响下,他开始接近无产阶级,倾向社会主义,同情和支持国内外劳动人民的正义斗争,他的思想正是在这些斗争中发展到了激进人道主义的高度。他以社会现实为题材,写出了《现代史话》《克兰比尔》和《在白石上》等一系列揭露和批判资本主义制度的优秀作品。

1906年，德雷福斯冤案彻底平反，克雷孟梭担任了内阁总理。法朗士看到自己的“希望最终得以实现”，以为大功告成，便埋头写作准备了20多年的历史巨著《圣女贞德生平》。但是事隔不久，克雷孟梭便调动军队，血腥地镇压了工人的罢工，使法朗士重新陷于怀疑和失望之中。然而他并未丧失斗争的勇气，他在幻想小说《企鹅岛》和《天使的叛变》中，无情地揭露了包括克雷孟梭在内的政客们的丑恶行径，预言了资本主义社会必然灭亡的命运。十月革命胜利后，他全力支持苏维埃政权，带头签名抗议帝国主义国家对苏联的封锁，并且表示了对马克思的景仰。1921年，他荣获诺贝尔文学奖，他在领取奖金的演说中揭露《凡尔赛和约》是“战争的延续”，表现了不向帝国主义反动势力妥协的崇高气节，赢得了全世界人民的尊敬。

从青年时代到逝世为止，法朗士在60年的文学生涯中，共发表了20卷小说和近20卷的诗歌、回忆录、文学评论、政论和历史著作。他的创作可以分为两个时期：1890年以前，他的作品大都不直接涉及社会现实，而是以传说或回忆的方式来表现对生活的热爱，反映了法朗士向往自由幸福、反对教权主义的人道主义思想；1890年以后，他积极投身于进步的社会活动，成为左翼势力的杰出代表，撰写了一些配合现实斗争的政论和抨击资本主义制度的小说，这些作品是该时期法国历史的真实写照。

法朗士是以诗歌开始文学创作的。1873年，他把前几年发表的诗歌汇编成《金色诗集》，这些诗歌以动物和植物为题材，赞美生活和爱情，呼吁人们尊重动物的生命，表现了他对幸福的憧憬和对弱者的怜悯，也反映出达尔文进化论对他的影响。

法朗士的成名作《波纳尔之罪》分为两个部分。

第一部分《圣诞柴》写戈格斯夫人分娩不久便失去了丈夫，家境困难，无法度日。在寒冷的冬天里，楼下的老学者波纳尔让人给她送去一块圣诞柴和一些汤，后来戈格斯夫人便不知去向了。若干年之后，波纳尔根据线索到西西里岛去找一份《金色传说》的手稿,途中认识了俄国的彼得罗夫公爵夫人。经过一番周折,波纳尔眼看手稿在巴黎的店里拍卖,却苦于缺钱而无法到手。正在苦恼之际,有个男孩给他送来了一个盒子,里面是公爵夫人送给他的一块由名师雕刻的圣诞柴,还有那份四十年来他梦寐以求的手稿。最后女仆在门口认出了男孩的母亲,原来公爵夫人正是当年的戈格斯夫人。

第二部分《冉娜·亚历山大》的主人公也是波纳尔,他年轻时爱着克雷蒙蒂娜,但由于双方家长政见不同而未能成婚,克雷蒙蒂娜由她父亲做主嫁给了一个富裕的农民。事隔数年,波纳尔到友人家里去研究手稿,偶然发现冉娜正是克雷蒙蒂娜的外孙女,她已经失去了所有的亲人,在凶恶的监护人苍蝇先生的逼迫下,不得不在一所学校里做繁重的工作。波纳尔像见到自己的外孙女一样,对冉娜的怜爱之心油然而生。他决心担负起“外祖父”的责任,冒着拐带幼女的罪名把她救出了虎口。恰巧苍蝇先生因卷款潜逃而犯罪,波纳尔才得以免除牢狱之灾,成了冉娜的合法保护人。冉娜长大后与波纳尔的优秀学生格里斯相爱,波纳尔决定把心爱的藏书全部卖掉为她办嫁妆,自己则隐居乡村。但是他实在难以割舍几份最珍贵的手稿,所以在一天夜里又把它们从要卖掉的书中“偷”了出来,藏在一个旧柜子里。他“拐走”了冉娜,“偷”了他监护的孤儿的东西,这就是善良的老学者一生中仅有的“罪行”。

这两个故事成功地塑造了人道主义者波纳尔的感人形象。他仁慈、博学,是一个通过书本来认识世界,对社会现实却茫然无知的老学究。他为了寻找手稿而疲于奔命,一筹莫展,想不到多年前做的一件好事却给他带来了意料之外的回报。他出于对昔日爱情的怀念而搭救冉娜,命运的机缘居然使他逃脱了法律的罗网。波纳尔本人通过接触社会现实,也变得热爱生活,最后写出了关于鲜花和昆虫的作品。法朗士通过这两个故事,为人性的善和美谱了一曲动人的赞歌,而且通过波纳尔的转变歌颂了美好的生活。法朗士用全部热情来歌颂波纳尔纯洁的心灵和崇高的品质，因为波纳尔正是他心目中理想的形象：他的博学显示出法朗士对书籍的兴趣和他本人知识的渊博，他的爱情也多少反映了法朗士对青年时代梦幻的留恋。法朗士在波纳尔身上倾注了自己的全部热情，所以波纳尔的形象才这样栩栩如生，感人至深。

1889 年，法朗士把自己在 1867 年发表的诗歌《圣泰绮丝的传说》改写成著名的小说《泰绮丝》，内容是一个修道士感化妓女的故事。公元 4 世纪，埃及尼罗河畔的沙漠里有许多修道士，贵族子弟巴福尼斯也在牧师的感召下放弃家产来到这里苦修了十年。有一天他忽然想起从前曾在亚历山大剧场见过一个美貌放荡的女演员泰绮丝，许多人为了她挥金如土、沉沦堕落。巴福尼斯决心把她从罪恶的深渊中拯救出来，于是他不顾饥渴、昼夜兼程，从沙漠步行到亚历山大。泰绮丝在纸醉金迷的生活中虚度年华，得不到真正的爱情和幸福，这时正感到无比的苦闷和空虚。她看透了富人的贪婪和邪恶，常常回忆自己悲惨的童年。黑奴阿梅斯慈父般的温情，使她深感世上只有穷人的心地才善良，只有清贫的生活里才有安宁。巴福尼斯此时来到这里，趁机用语言迷惑了她，为了断绝她的退路，还把她无数的艺术珍宝付之一炬，把她送进女修道院，在一间斗室里过着只有面包、水和一支三孔笛的修行生活。但巴福尼斯回到沙漠之后坐卧不宁，无论怎样都摆脱不了魔鬼的诱惑。他曾爬到一根石柱顶上待了一年多，任凭日晒雨淋、皮肤溃烂，也曾钻入荒僻阴森的古墓，离群索居，与蛇蝎为伍，但泰绮丝的形象仍然出现在他的眼前，他终于不得不承认是爱上了她。当泰绮丝病危的消息传来，他无比悔恨、绝望。

19 世纪 90 年代初，法朗士连续发表了两部哲理小说：《鹅掌女王烤肉店》和《热罗姆·瓜纳尔长老的意见》。两部小说的主人公都是热罗姆·瓜纳尔长老，但是结构有所不同。《鹅掌女王烤肉店》类似伏尔泰的《天真汉》，它借用 18 世纪的故事作框架，以烤肉店主的儿子雅克·烤肉扦回忆老师瓜纳尔长老的言行的方式，辛辣地讽刺了法国的社会现实。瓜纳尔长老学识渊博，但在情场上多次失意，而且进过监狱，后来碰巧成了雅克·烤肉扦的老师。哲学家达斯塔拉克邀请他们到家里翻译古代文献，因为达斯塔拉克是个狂热的炼金术士，正跟犹太老人莫萨伊德合作，企图发现控制大自然的奥秘。他坚信火里生活着一种名叫蝾螈的精灵，会给人带来美妙无比的爱情。雅克·烤肉扦在按他的吩咐等待蝾螈的时候，巧遇莫萨伊德的侄女雅爱尔，两人产生了热烈的爱情。烤肉扦从前的邻居卡特琳生活放荡，她的情人们互相殴斗，烤肉扦便把她的情人之一、贵族唐克蒂尔藏在自己的房间里，不料雅爱尔和唐克蒂尔一起私奔，长老和烤肉扦也尾随而去。道貌岸然的莫萨伊德实际上霸占着雅爱尔，他把长老错当成情敌，在去里昂的路上伺机刺死了长老。雅爱尔跟唐克蒂尔走了，烤肉扦独自伤心地回到家里，以后成了一个本分的书商。达斯塔拉克天天点火试验，终于在大火中死于非命，莫萨伊德虽侥幸逃出，却掉进塞纳河里被淹死。

从小说的结构、书中情人密约和私奔等情节以及对“违反自然”的道德的揭露来看，它无疑深受18世纪小说、特别是狄德罗的《拉摩的侄儿》和《宿命论者雅克和他的主人》的影响。它的情节动人但不紧凑，主要是为瓜纳尔长老的议论做铺垫之用。瓜纳尔长老是个有血有肉、诚实可亲的人，他酷爱学问，同时喜欢金钱、美酒和女人；他主持正义，却也是打架和赌博要赖的能手；他拥有信仰，但在偷了东西或殴斗之后，总能从圣人的格言里找到自慰的依据。他谈吐高雅而又放荡不羁，因此随时随地都能发表一通不无道理却又令人难堪的妙论。在他看来没有什么神圣的东西，因为“人都是自私、怯懦、放荡的”，“很难不犯罪”，而比起“骗子、流氓和一切坏蛋”来，“可敬的人物使人更不高兴”。爱情是虚无的，嫉妒是愚蠢的，所以卡特琳的放荡值得“宽恕”，雅爱尔的虚荣不过是女人的天性。总之，人类一切活动的中心是“饥饿和爱情”，“道德就像乌鸦一样在废墟上做窝”，就是说只能存在于老年人的皱纹里。他这些议论貌似荒诞不经，其实只是毫不隐讳地说出了资本主义社会里司空见惯的常情，因此反而令人感到亲切和痛快淋漓。

法朗士的长篇小说《现代史话》分为四卷出版:《路旁榆树》《柳条模型》《红宝石戒指》和《贝日莱先生在巴黎》。虽然由于斗争的需要和连载形式的限制,法朗士不可能构思曲折复杂的情节,只能通过人物的议论来表达自己的观点,从而使《现代史话》带有政治随笔的性质,但是它无疑是一幅巨型的历史画卷,表现了19世纪末法国社会的进程和人们的精神状态,反映了德雷福斯事件爆发前后黑云压城的严重形势,也显示了法朗士力挽狂澜、不屈不挠的斗争精神。

贝日莱先生是《现代史话》的主人公,是当时法国家喻户晓的人物。与老学者波纳尔、瓜纳尔长老不同,他既是法朗士的代言人,又是个置身于现实斗争的人道主义者,他真实地体现了法朗士本人的思想、经历和家庭悲剧。他的孤立处境和忧郁心情,是法朗士为人道主义理想在现实中到处碰壁而苦闷的写照,这种苦闷的心情不是波纳尔那样埋头书本所能逃避,也不是瓜纳尔长老式的嬉笑怒骂所能掩盖的。正是这种苦闷推动着法朗士成为一个激进的人道主义者,使他从对动物、穷人和弱者的怜悯发展到支持国内外无产阶级和劳动人民的正义斗争,并且逐渐改变了对暴力革命的反感。

《现代史话》是法朗士唯一的多卷本长篇小说。它虽然情节单薄、结构松散、议论过多,在艺术上不够完美,并且随着时间的推移逐渐失去了它的现实性,但是它如实地反映了法国19世纪末的时代风貌,因此在法国近代文学史上仍然具有重要的意义。值得注意的是,法朗士在小说中第一次提到了工人运动中的分歧,表明了坚决支持饶勒斯的立场,主张“建立一个人人按劳取酬的社会”,说明他已经初步建立了对社会主义的信仰。

《企鹅岛》是法朗士最著名的小说之一。它描写圣人马埃尔坐着魔鬼造的小船漂流到北冰洋彼岸的阿尔加岛,为岛上无数的企鹅举行洗礼,使它们变化为人,然后把阿尔加岛带到了不列颠海岸。岛上偏僻的山洞里住着一对夫妇,男的叫克拉根,经常化装成恶龙的模样到村里去偷盗;女的叫奥尔贝洛丝,背着她的丈夫跟牧羊人、牧牛人来往。村民们祈求圣人降服恶龙，于是夫妇俩定下诡计，当着全村人的面轻易地刺杀了事先做好的假龙。奥尔贝洛丝死后被尊为圣徒，克拉根的儿子特拉哥建立了企鹅岛的第一个王朝。历代国王好战成性，企鹅人和鼠海豚人的百年战争毁灭了艺术，僧侣们篡改古代的手稿。有两个博学的僧侣进行了改革，经过文艺复兴和两个古典主义的世纪，在哲学家世纪的末期产生了共和国。企图复辟的贵族僧侣们一口咬定犹太人比洛偷了八万捆干草，共和派内部分裂，产生了一个昏庸无能的政府。50年后，企鹅岛变成了工业化的城市，一边是高楼大厦、车水马龙，一边是饥饿和瘟疫在夺去无数人的生命。最后工业凋零，大地成了一片荒漠。若干年代之后，废墟上又出现了猎人和牧人，人类社会开始了新的循环，但是无论国家换了什么主人，都避免不了资产阶级和无产阶级的斗争。

由于人道主义思想的局限，法朗士不可能理解德雷福斯冤案的昭雪实际上只是统治者的权宜之计，是为了缓和尖锐的阶级矛盾和转移群众对社会主义的注意力，当然更不能理解昔日的进步人士为什么一上台就会变成社会主义的敌人。无情的现实粉碎了他的美妙理想，使他感到比以前更为强烈的苦闷，《企鹅岛》中流露出来的悲观情绪，正是他这种既失望而又不甘绝望的复杂心情的反映。法朗士在德雷福斯事件时期就是一切反动势力的眼中钉，现在昔日的战友成了敌人，他的人道主义理想也被大战前夕的阴影所笼罩，他进退无路但不愿屈服，只有用他的笔来扫除人间的不平。如果说法朗士在写《现代史话》时是抱着胜利的希望向强大的敌人进攻，那么他在写《企鹅岛》时则是破釜沉舟，背水一战。何况用企鹅岛影射法国，这种手法可以使作者无所顾忌，所以法朗士的笔锋无所不至，尖刻地嘲弄了法国的历史和传统，愤怒地控诉了资本主义的现代文明。现代国家建立在“尊敬富翁、蔑视穷人”的原则之上，一切文化艺术都荡然无存，剩下的只是丑恶。尽管法朗士认为人性中最强大的是“傲慢和贪婪”，把文明社会的灭亡看成人类新的循环的开始，但《企鹅岛》仍然无可置疑地证明了他对资本主义制度的深刻认识。它像“一颗炸弹一样”喷发出反抗黑暗现实的怒火，震动了整个法国。法朗士善于把自己的观点寓于动人的幻想故事之中，在猛烈抨击时仍不失其典雅的情趣和高贵的风度，充分显示了炉火纯青的艺术造诣和非凡的讽刺才能。

《诸神渴了》是法郎士最杰出的作品。这部描写雅各宾派恐怖专政的小说曾引起过不少争论和非议，实际上它完全是法朗士思想发展的合乎逻辑的结果。

小说展现了法国大革命失败前后动荡不安的社会生活。1793 年，法国四面受敌，形势十分危急，投机商们囤积居奇，人民生活极为困苦。青年画家埃伐利斯特·加默兰是个充满热情的爱国者，但是为了赡养母亲而不能从军。他不时画些小作品卖给投机商让·勃兰兹，逐渐和勃兰兹的女儿艾洛蒂相爱了，然而由于社会地位的悬殊，他们只能悄悄地幽会。里通外国的检察官寡妇罗斯莫尔夫人对加默兰颇有好感，为了在法庭里安插亲信，设法让他当上了革命法庭的陪审员。加默兰为人仁慈，崇拜马拉，不轻易判人死刑。但在马拉被暗杀之后，形势急剧恶化，法庭处死的人愈来愈多，加默兰也变得愈来愈残酷，以至于被母亲和妹妹看成“魔鬼”。他的妹夫是移民，在被当作反动分子送上法庭的时候，他竟然冷若冰霜地拒绝了妹妹朱丽亚的求情。他甚至还坚持把一个无辜的年轻人送上断头台，因为他怀疑这个人是艾洛蒂的情人。他虽然“夜里二十次被噩梦惊醒”，却仍然认为自己是在保卫共和国的利益，因为他认定只有“神圣的断头台”才能“拯救祖国”。最后雅各宾派失败，加默兰自杀未遂，和罗伯斯比尔一起死在断头台上。艾洛蒂把他赠送的刻有马拉头像的戒指扔进火炉，投入了别人的怀抱。

法国大革命对法朗士的思想和创作有着极为深刻的影响，可以说他一生都在心中酝酿着这个重大的主题。早在青年时代他就在报上登过广告，想发起编写一套《法国大革命百科全书》，这个计划虽因缺乏经费而未能实现，却充分显示了他对法国大革命的兴趣。当然，由于幼年时在父亲书店里获得的深刻印象，他同情的是吉伦特派而不是雅各宾派，而且曾长时期对暴力革命抱有反感，但是现实的斗争使他从 20 世纪 90 年代起逐渐改变了态度。1907 年，他积极参与了争取为巴黎公社著名的女战士、“红色圣母”路易丝·米歇尔竖立塑像的活动。这种爱憎分明的立场在《诸神渴了》里得到了充分的反映：“人民之友”马拉不顾溃疡的折磨，无情地揭露叛徒，因而惨遭敌人的毒手，人民对他的去世感到无比的悲痛，就像“失去了牧人的羊群”；军事委员会书记福尔居纳·特鲁贝尔积劳成疾，把血吐在手绢里坚持工作，直到生命的最后一息，临终前还嘱咐加默兰“提高警惕保卫共和国”；罗伯斯比尔为人类的幸福昼夜操劳，呼吁法国人民团结起来实现博爱，他的失败使法朗士深感痛惜。相反，两面三刀的反动分子勃兰兹，借革命投机的保王党人亨利，以及大银行家和反动贵族等则在法朗士犀利的笔下丑态百出。他们在革命中伪装积极、牟取私利，暗地里大搞阴谋活动；一旦革命失败，马上就狂呼“打倒马拉”，砸碎马拉的雕像，挖空心思地侮辱罗伯斯比尔，充分暴露出反革命复辟的疯狂。

法朗士在小说中反对的不是革命恐怖，甚至还赞扬“国民公会实行恐怖，建立了无情的法庭来惩罚叛徒”。他反对的只是“革命法庭对脚夫、女仆和对贵族、金融家一样严厉”的“平等原则”：不论是搞阴谋活动、里通外国的贵族、银行家，还是英勇作战但打了败仗的将军，不论是真正的叛徒、卖国贼，还是只喊了一句“国王万岁”的平民，只要上了法庭便一律被处以死刑。宵小之徒为了领赏而诬陷好人，“许多孩子为了得到遗产而揭发父母”，人们互相猜疑、告密成风，狂热使人们失去了理性，社会上弥漫着一片恐怖的气氛。法朗士的描绘基本上符合历史事实：雅各宾派在连续镇压了疯人派、阿贝尔派和丹东派之后，社会基础愈来愈薄弱，最后陷于孤立的困境，在大资产阶级的政变面前只能束手就擒。

作为一个人道主义者，法朗士不可能从阶级斗争的高度来理解雅各宾派恐怖专政的必然性和历史意义，但是《诸神渴了》不是对法国大革命的全面评价，而只是通过对大革命最后一段恐怖时期的描绘，从大革命的失败中吸取沉痛的教训。法朗士正因为不愿意看到悲剧的重演，才敢于正视现实，揭露雅各宾派的弱点，所以尽管《诸神渴了》这个借用的书名点明了它旨在揭露大革命恐怖现象的主题，但小说中流露出来的是一个人道主义者对大革命的强烈同情。

勃洛多在许多场合是法郎士的代言人，他既懂得享受生活，又能冷静地观察生活。他的命运和政治事态的发展密切相关。他天性善良、富于感情，曾饿着肚子把配给的面包分给一个抱着病孩的妇女，还想用希腊悲剧的题材精心创作一幅表现兄妹之情的巨画。他担任陪审员之后，决心消灭一切反对共和国的敌人，为此不惜"放弃爱情，甚至生命"。但是连续不断的审讯使他失去了正常的理智，捕风捉影地认为叛徒无处不在，因而处死了许多无辜的人。最后他也被推上了断头台，他的爱情和生命同时结束了。勃兰兹这样的剥削者在"拥护共和国"的幌子下照样发财，阿泰娜这样的穷姑娘却由于失业而沦为妓女，罗丝莫尔夫人见风使舵，与反动派和革命领导人同时保持密切的关系。小说赞扬了国民公会创办专门学校，鼓励艺术发展等种种措施，但也指出革命最重要的手段是变革经济基础，而不仅仅在于互称"公民"、改革历法等表面形式。如果不彻底改变资本主义社会的经济基础，那么革命者越是坚决地实行"取缔妓女"之类的措施，把阿泰娜这样的可怜人投入监狱，革命就失败得越快。

为了写好这本书，法朗士收集了丰富的历史资料，甚至精确地记录了大革命时期每天的天气情况。为了使作品显得严肃和庄重，他还放弃了惯用的讽刺笔法。法朗士写作《诸神渴了》，是为了"表明人类尚未完美到以道德的名义来实行裁判的程度，他们应该把宽容和仁慈作为自己的准则"。这是他对当时道德沦丧的资本主义社会长期观察的结果，表达了他希望人类实现博爱的善良心愿。法朗士认为人类"恶"的本性不可改变，法官雷诺丹利用朱丽亚的不幸来满足自己的兽欲，加默兰出于嫉妒把想象的情敌送上断头台的情节便是证明。但总体来说，《诸神渴了》以朴实而悲壮的笔调，真实地记录了雅各宾派专政时期的历史，细致地描绘了普通人的平凡而不安定的生活，生动地反映了各种人物的精神状态，通过这一切深刻地揭示了“大量辛酸的真理”，因而是描写法国大革命的一部不可多得的杰作，具有深远的历史意义。

第二节　法国的托尔斯泰

罗曼·罗兰（Romain Rolland，1866—1944）是法国杰出的现代作家，伟大的人道主义者。他的前半生在 19 世纪末期动荡不安的法国社会中度过，后半生经历了本世纪两次世界大战的历史悲剧时期。他漫长的生涯中以艺术和思想领域的多方面耕耘开创了继雨果之后的人道主义新阶段，对欧洲知识界产生过深刻影响。

罗曼·罗兰出生于法国涅夫勒省克拉姆西镇一个小资产阶级家庭。父亲是正直而安分的公证人；母亲谙熟音乐，在她的启迪下罗曼·罗兰养成了对音乐的爱好。幼年的罗曼·罗兰喜欢读书，常常通过书本沉湎于那些“关于英雄和文艺巨人的梦”。1880 年全家移居巴黎后，罗曼·罗兰开始阅读莎士比亚全集并发现了托尔斯泰，这两位艺术巨匠的作品使他终生受益匪浅。

1886 年，罗曼·罗兰进入巴黎高等师范学校学习哲学、历史，对艺术史的研究给他日后的文学创作打下了坚实的基础。1890 年，他漫游意大利，收集素材并开始创作。后来，他在高等师范学校和巴黎大学讲授艺术史。这个时期，他创作了以《信仰悲剧》为总题的三个剧本：《圣路易》《艾尔特》和《理性的胜利》。这些剧本表达了爱国主义情感和振兴民族精神的愿望。另一剧本《群狼》影射了当时的德雷福斯事件。剧本上演时曾激起两派观众“火并”，但戏的主题是模糊的，作者把现实问题处理成“正义还是祖国"的高乃依式两难境遇,反映出他对事件的模糊态度:他同情受害者,却没有加入事件激起的民主浪潮,而是采取超然于斗争双方的立场。罗曼·罗兰的戏剧作品一直受到戏剧界的冷落,他不得不转而尝试别的体裁。于是,他撰写了《贝多芬传》《米开朗琪罗传》《亨德尔传》和《托尔斯泰传》。同时,他开始创作十卷本长篇小说《约翰·克利斯朵夫》,小说第一卷发表于1904年初,至1912年全书完成。这部小说的发表使他荣获法兰西学院文学大奖,但因为它抨击了法德社会的颓废文化界,尤其是巴黎的"广场上的集市",所以招来守旧势力的仇恨,引起不少资产阶级腐朽文化的卫道士对作品的围攻。最终,他因这部小说获得了1915年度的诺贝尔文学奖。战争期间,罗曼·罗兰侨居中立国瑞士。他的反战立场激怒了法国民族沙文主义者,其中包括他过去的一些朋友和知识界同行,他们把他说成是"民族公敌"。但罗曼·罗兰毫不退却,他坚持人道主义立场,不断发表反战文章,号召各交战国人民脱离沙文主义狂潮,努力结束战争。他在战争初期的重要文章有《给盖哈特·霍普特曼的公开信》和著名呼吁书《超乎混战之上》。战后,罗曼·罗兰的思想进一步左倾,并活跃在社会政治的舞台上,他投身于国际反法西斯运动,支持苏联,成为法国文学界中社会主义的同路人。在文学创作上,他较重要的成果是小说《克莱伦勃》与《欣悦的灵魂》。第二次世界大战期间,他在沦陷的法国闭门著书,最后完成的作品有《回忆录和日记片断》《贝多芬的伟大创作时期》和《贝玑》等。

《人民戏剧——论新戏剧美学》一书,是罗曼·罗兰于1903年完成的关于戏剧问题的论文集。它围绕着世纪之交一场几乎遍及欧洲的人民戏剧运动,探讨了民主主义艺术的出路,其基本思想是阐明伟大的民主主义运动的历史延续性及其在现代文化生活中的历史作用。

《人民戏剧》一书涉及阶级文化概念,并以这个概念分析新文化运动的社会基础。这种分析的直接结论就是:资产阶级艺术的发展日益背离人民的民主主义愿望,因而任何关于新文化新艺术的设想只能以艺术回到人民自身为基础,而最根本的前提是人民(尤其是社会底层)在文化生活中真正获得他们的社会权利和地位。这个结论促使罗曼·罗兰对资产阶级文化采取批判的态度。但这本书的基本思想并不停留在文化批判的一般水平,而是提出一种以"全人类艺术"为核心的新文化概念,这一概念不仅超越了以"个体"历史构成的文化观,而且超越了民族文化的一般特征,而与歌德的"世界文学"的伟大理想联系在一起。实际上,这个概念提出的是人道主义思想在历史文化领域的一个中心议题,亦即在资本主义社会的历史条件下一种超越阶级界限的文化能否产生的问题。罗曼·罗兰在书中探讨了这一问题的迫切性和可能性。

《人民戏剧》的成书年代和讨论范围与社会主义思潮和民主主义运动的高涨直接有关。大约在19世纪最后十年间,欧洲许多国家相继出现一些规模不小的大众化剧院,主要上演具有鲜明的人民性主题的传统剧目和当代剧目。莎士比亚的一些历史剧,莫里哀的市民剧,霍普特曼的《织工》,易卜生的《人民公敌》等社会剧,都在这些剧院受到民众的欢迎。这一戏剧动向引起了正在从事艺术史研究的罗曼·罗兰的注意。他确信,这一新的艺术思潮已不代表旧阶级的精神和文化,它实际上是"一个新社会的迫切表达"。

在此之前,罗曼·罗兰一度分析了西方社会的"破产"问题,并试图寻找一条拯救文化的道路,但一直没有发现能够产生新文化的社会基础。直到人民戏剧运动,罗曼·罗兰才通过对各阶层社会地位的分析而找到了新文化的维系点,民主主义和人道主义的人民基础。罗曼·罗兰在书中敏锐地指出,人民戏剧面临着两种命运:一是"资产阶级戏剧以偷梁换柱的手法冒充人民戏剧",这种情况尤其表现在以大量陈旧的传统剧目或充满颓废情绪的当代新浪漫主义剧目作为人民戏剧的主要内容;二是"创造新人,新人的道德,新人的真理",这是人民戏剧的真正出路,由这一目标所规定,"人民戏剧不是时髦商品,也不是艺术爱好者的游戏”，而是新的社会力量“用以反对一个腐朽衰败的社会的武器”。正因为人民戏剧有这一鲜明的社会倾向，它不能满足于传统剧目中的优秀之作，何况这些优秀之作由于时代的限制，人民的地位在剧中并未得到完全的肯定。按罗曼·罗兰的看法，即使人民戏剧降至最低要求，也要“打破几个世纪以来人民在舞台上被丑化被侮辱的地位”，且不说人民戏剧还要求更多的内容。

罗曼·罗兰对人民戏剧两种命运的分析并不是没有根据的，他所依据的是民众的阶级分化现象。他考察了现代文明对社会各阶层施加的影响，这种文明以商业气息导致拜物化现象，又以其文化奢侈转移大众健康的审美趣味。于是出现了罗曼·罗兰在书中加以分析的“两种民众”：一种是“脱离了贫困状态的阶层”（小资产者阶层），“他们立刻为资产阶级所吸引”；另一种是贫困的社会“底层”，他们为文明所抛弃。这两种社会地位分别决定着他们对待人民戏剧的态度。前者“要求保持人民戏剧的现状”，在文化需求方面依附于习惯势力；后者则“要求从人民这一新的力量之中产生出一种新型艺术，一种新的戏剧”，为全民所共有。

与此同时，罗曼·罗兰批判了人民戏剧运动中的两种有害倾向。一种是以人民剧院创始者之一阿德里安·伯恩海姆为代表的巴黎小资产阶级戏剧派别，他们依赖接受国家津贴的大剧院的支持，专门上演古典戏剧，然后便宣告人民戏剧大功告成，罗曼·罗兰指出这种做法实质上是用资产阶级戏剧取代人民戏剧，其艺术活动是与人民戏剧的方向背道而驰的。另一种是当代剧作家在描写人民生活时表现出来的软弱无力的倾向，如霍普特曼的《织工》和托尔斯泰的《黑暗的力量》，罗曼·罗兰认为这两个剧本描写社会底层的苦难呼号和悲凄故事，竭力渲染人民的绝望情绪，就是为了唤起富有阶级的良心发现，这种戏剧对人民摆脱奴役没有帮助，应该反映人民中“带头反抗者”的精神面貌。

在《人民戏剧》一书中，罗曼·罗兰的艺术思想相当明晰，贯穿着清醒的历史观点。对于书中提出的一些重要看法,如在资本主义条件下开创全人类文化可能性的看法,罗曼·罗兰并不认为他本人或他这一代人能够做出结论,因为这个问题仍在实践之中。

基于对历史和民主主义运动的这种新的理解,罗曼·罗兰得出这样一个结论:“我对人民戏剧有很高的估计。我并不认为我们(这第一代人)能够实现开创这种新型艺术的任务;我们还属于旧的制度,属于资产阶级社会和思想。但我们有这种未来艺术的预想;我希望我们将为它创造条件;这种为了人民的艺术。最终还要由人民来完成。”这一结论的思想说明他作为当代人道主义者、民主主义者,对历史文化发展远景的认识已经达到一个相当客观的新水平。

《约翰·克利斯朵夫》是罗曼·罗兰长篇小说的代表作,它的特殊价值在于:一是作为社会小说对欧洲现代文明腐朽衰落的现实做出了有力批判,二是作为观念小说以一种新的人道主义思想对一代人产生了深远影响。

小说描述音乐家约翰·克利斯朵夫的一生,塑造了这个集道德理想、行动热情和英雄精神于一身的新人形象,并以他的经历为线索,展现了战前欧洲广阔的社会生活。

小说前三卷(《黎明》《清晨》《少年》)叙述约翰·克利斯朵夫在莱茵河畔故乡小镇度过的童年和少年时代。克利斯朵夫一家属于比较贫穷的市民阶层,祖父米希尔和父亲曼希沃是镇上有点名气的宫廷乐师,他们见小克利斯朵夫有音乐天赋,便想把他训练成可以给家族带来名利的大音乐家。他的父亲用戒尺强迫他练琴,强迫他演奏,结果破坏了音乐给他的童稚的、圣洁的乐趣,也使孩子的自尊心受到伤害。作家围绕这些生活细节,以戏剧性的笔触,把市民阶级爱慕虚荣的心理描绘得淋漓尽致。约翰·克利斯朵夫的叛逆性格便是在这种家庭和社会环境中形成的,这个庸俗的社会越想要他驯服,他越要摆脱羁绊,不愿做个“循规蹈矩的德国小市民”。《少年》是主人公青春期寻求友谊和爱情的充满波折的经历，穿插着生动有趣的市民生活画面。对克利斯朵夫来说，这是一个观察社会和发现生活的时期，他在给有钱人当家庭音乐教师时，与天真的女孩弥娜相爱，却遭到弥娜的母亲克里赫太太的斥责。伤心之余，克利斯朵夫看透了上流社会高雅面纱掩盖下的金钱关系和门第观念的冷酷现实，于是体会到街坊邻里温和人生的可贵，尽管小市民习气不时地使这里的生活闹出小小风波。

与上述市民阶层温和的人生画面不同，小说第四卷《反抗》和第五卷《节场》暴露了德法社会整个文化艺术界的衰败现实。这两卷小说是全书最具现实批判性的篇章。约翰·克利斯朵夫在宫廷乐队供职，但他对大公爵统治下的现实感到不满，经常与乐队中的御用文人发生龃龉。他拟定一些艺术题材，倡导英雄主义和鞭挞文化市侩。当他以这种精神来观照德国艺术时，便看到了人们崇拜的浪漫派艺术的颓废本质。约翰·克利斯朵夫不是按完美原则塑造的典型，而是一个粗犷的反抗个性。他凭着年轻人目空一切的气概把整个社会的文化置于他的对立面，因而他对一切偶像的反抗难免不带一点盲目性。这是小说人物性格发展的需要。小说第五卷《节场》是一个场景的转换。一件偶然发生的事件迫使约翰·克利斯朵夫离开家乡。他痛打了到乡间骚扰的德国大兵，遭到缉捕，只好逃往法国。小说的批判锋芒也随着主人公的行踪移向法国社会。在作家笔下，法国文化生活和社会生活的种种现代弊病暴露无遗。首先，法国文坛充满“掮客风气”，艺术家侈谈艺术，不过是在谈商业问题，艺术发出铜臭，艺术品成了“现代工商业化的产品”，拜物现象普遍渗入精神领域；其次，出版物充满“精神卖淫风气”，艺术家和批评家借讨论艺术和道德而公开鼓吹“社会化的卖淫”，作品的新花样就是不断地向读者提供更加淫猥怪异的刺激，艺术成了淫乱生活的大众媒介；再次，艺术成了投机家捞取政治资本的“晋身之阶”，因为艺术不仅是社交界的时髦，也是官场的时髦，加入文艺社团是为了跨入学士院或投靠某个有势力的党派。正如此卷小说标题所暗示的一样，巴黎文坛整个成了乱糟糟的“集市”。

继第四、第五卷抨击性小说之后，作品转入一个充满人情味的友爱世界（第六卷《安多纳德》、第七卷《户内》和第八卷《女朋友们》）。主人公周围相继出现安多纳德、奥里维、葛拉齐亚等美好形象。至此，诚如作者所说，小说式的情节找不到了，只呈现出几个性格和思想的平面图画。

约翰·克利斯朵夫是一个有着丰富性格内涵的复杂形象。他不像奥里维那样从个人对社会的伦理关系去批判资产阶级，而同时保持着对它的某种依恋性，因而他没有奥里维那种表面化的苍白的思想特征。不过，在展望未来社会的远景时，他也不自觉地为某种宽泛的博爱理想所困扰，导致他那强悍个性的畸变和悲剧性终结。罗曼·罗兰并未赋予这一小说人物以过多的政治色彩，但他那被作家有意突出的普遍人性由于不断地处在尖锐的社会矛盾之中，因而往往被历史化和具体化了。这也是小说家努力的方向，他想使这一人物成为有血有肉的人的形象，不排除身上的弱点和盲目性，而突出他的英雄性格和反抗精神；不使他脱离社会和政治斗争，却又让他保持着思想上的绝对自由；不窒息他身上一定程度的野性和强悍个性，同时赋予他以人情味和真诚的同情心。总而言之，这是一个具有丰富人性特征的人物形象，又是一个在社会里挣扎、谋生、创作、反抗、探索的实实在在的艺术家形象。从小说美学的观点来看，这是一个在现实性的基础上加以理想化的形象。但是，审美理想化并没有妨碍小说家把他的人物的个性根植于现实的土壤。

第三节　从家庭着手着重再现现实社会

马丁·杜加尔（Roger Martin du Gard，1881—1958），1881年5月23日生于塞纳河畔的纳伊。父亲是巴黎塞纳区法庭的第一审诉讼代理人。他爱看左拉的小说，念中学时受到托尔斯泰的影响。1900 年,他进入文献学院,学习历史和中世纪建筑学。1902 年至 1903 年,他到鲁昂服兵役,复员后继续学习,1905 年毕业。1908 年,他钻研过精神病学。

马丁·杜加尔的代表作是《蒂博一家》。《蒂博一家》通过两个资产阶级家庭及其社会联系,反映了法国在 20 世纪初的变迁以及世界大战的深刻影响,试图从一两个家庭去表现整个社会,在小说发展史上具有重要意义。它不同于以往的长河小说。《约翰·克利斯朵夫》是一部为主人公立传的小说。如果说《追忆似水年华》也算是长河小说的话,它虽然描写了几个家庭,但基本上围绕个人生活而展开。《蒂博一家》扩展了这种"自传体"小说的写法,从家庭纪事入手,这种写法对社会各界的触及必然广泛一些。家庭是社会的基本单位,牵动着社会的神经。对一两个家庭的深入剖析,显然能扩大到对社会的批判。为了深化对社会的描绘,马丁·杜加尔对道德、社会学、哲学、政治问题都进行过深入研究,搜集了广泛的资料。他在 1918 年 1 月 18 日的信中说:"我关心所有的重大现实问题,并因此而自豪;我在这方面不停地工作,增加材料,我没有一天不在记录哲学或社会学问题的笔记,翻阅理论书,剪贴杂志和报纸。"

这部小说对第一次世界大战的描写是十分成功的。首先,它对大战前夕和战争初期的局势和气氛概括得相当准确。当时,各国政府的外交活动和人们的态度先是麻木不仁,继而是惊慌失措;各派政党紧张活动,尤其是社会党人与和平主义者大力宣传自己的主张。小说描写了社会党领袖若莱斯被暗杀的经过,这是战前的重要政治事件,它表现了战争狂人的猖獗和战前的恐怖气氛。小说还描写了 1914 年 6 月 28 日奥匈帝国皇储被刺后的紧张局势。马丁·杜加尔并不满足于这种全局性的描绘,他还力求分析这场战争的根源。小说中刻画了一个革命者领袖梅奈斯特雷尔,他富有实际工作经验,善于归纳问题,他认识到"没有革命的理论,就没有革命的运动"。他对战争形势和根源的分析颇为精辟。

对战争根源的分析是一方面,如何阻止战争爆发是另一方面。可以说,人们无回天之力。然而,和平主义者的活动十分活跃。雅克就是他们当中的一员。他对群众做工作,希望他们团结一致,让欧洲各国政府接受和平。他呼吁法国人和德国人联合起来,实现民族和睦。战争爆发后,他对士兵做工作,要他们扔掉武器,拒绝战争。可悲的是,雅克最后死在他做工作的对象的枪口下。小说的描写忠实地再现了一次大战前和初期和平主义者的徒劳努力,这是一个历史的教训,对于 20 世纪 30 年代的欧洲人来说,应从中获得启示,小说的现实意义就在这里。

20 世纪初在法国历史上被称为"美好时代",当时社会出现的升平景象其实隐伏着深重的危机,这种危机也反映在家庭之中。《蒂博一家》解剖了两个麻雀——两个资产阶级家庭,以此去折射整个社会孕育的深刻危机。蒂博家是小说重点描绘的对象。蒂博先生属于大资产阶级,经营社会慈善和教育事业。由于他一生事业成功,所以志得意满、独断专行,其实他昏聩糊涂、不分良莠。他一手创建的教养院是个戕害青少年身心健康的机构。他企图让自己的名字流芳百世,结果事与愿违。两个儿子都没有继承他毕生精力所贯注的事业,临死时他才意识到这一点。他亲手建造起来的大厦眼看一朝倾覆。他的死是一场痛苦的挣扎,预示了这个大资产阶级家庭的没落崩溃。

《蒂博一家》还描绘了另一种类型的资产阶级家庭,这就是丰塔南家。丰塔南是个生活糜烂的资产者,为了追逐女人,他置家庭于不顾,跟着情妇跑到国外,一过几年,最后他陷于精神矛盾而开枪自杀。他的妻子温柔善良,逆来顺受,出于无奈才与丈夫经济分家,总算把两个孩子拉扯大。然而,大儿子达尼埃尔继承了父亲的浪荡本性,女儿贞妮爱上了雅克,却因战争而未能与雅克成婚,只是她生下了一个遗腹子,体现了作家对未来的一线希望。总之,丰塔南家的遭遇代表了破落的资产阶级家庭的变化,从另一个侧面反映了 20 世纪初金玉其外、败絮其中的社会状况。

第四节 从传统现实主义转向现代主义

马塞尔·普鲁斯特(Marcel Proust,1871—1922)是20世纪法国最重要的作家,他的主要功绩是开创了意识流手法,因而获得了世界声誉。1871年7月10日,普鲁斯特生于巴黎一个富裕的家庭里。他的祖父母是伊利埃食品杂货商。他的父亲阿德里安·普鲁斯特是医学院的教授和主任医生,母亲让娜·维尔是犹太人。他从父亲那里继承了准确、稳妥的判断力,而从母亲那里获得了极端的敏感性、音乐感和情感的变幻不定。母亲怀上他时正值普法战争,阿德里安受了伤,险些丧命。普鲁斯特从小就患失眠症。9岁那年,在奥特伊,当他从布洛涅园林散步回家时,因在潮湿的草地上玩耍,得了严重的哮喘病,以致他的父亲看见他窒息得厉害,以为他会夭折。这种病从此折磨了他一生。然而疾病使他了解到一种更加宝贵的时间,即内心时间。这种哮喘病或者叫作枯草热,同他的神经质的体质有关,他的意识总是极其兴奋。他的心灵渴望着温情和交流。他不断地郁闷是由于他的情绪总处于矛盾状态。他喜欢迎着清风、阳光、山楂花,眺望海上的白云、潮湿幽暗的森林和"像粗线、黝黯织成的幕布般张开的大雨"。动物、植物、一切东西,在他的感受中都变成了人,铭刻在他的脑海中。他对母亲有一种特殊的依恋感。13岁时,有人提出这个问题:"对你来说,什么是极端不幸?"他回答:"同妈妈分离。"20岁时,别人问他:"什么是您最大的不幸?"他回答:"不了解我的母亲,也不了解我的外祖母。"因为他的母亲和外祖母给了他最多的爱。

在青少年时代,书籍成了他的爱好。外祖母和母亲喜欢的17世纪散文家德·塞维涅夫人的书信也吸引了普鲁斯特。塞维涅夫人和她的女儿之间那种强烈的温情联系吸引并影响了普鲁斯特,进一步诱发了他蕴藏的内心情感。由于一到春天他就容易犯病,家里人不许他接触大自然。一个屋顶、一块石头上的阳光、道路上散发的气味,都能使他突然停住脚步,感到一种特殊的兴味。他会一动不动,凝望着、呼吸着,竭力遐想超出眼前的景象或气味。虽然他的哮喘病越来越重,但是他学习成绩优异。

到了参军年龄的普鲁斯特,自愿进入了驻扎在奥尔良的第 76 步兵团。一年期满以后,他在巴黎大学和政治科学自由学院听课,也去听法律系的课。不久,他同文学界有了来往。1891 年,他在报纸和杂志上化名发表各类文章。他在巴黎大学通过了文学学士学位,并在 1896 年 6 月 29 日入马扎兰图书馆任职。他一直有机会接触上流社会,出入于玛蒂尔德亲王夫人的沙龙,还有施特劳斯夫人和德·卡雅夫人的沙龙。1896 年,他开始构思自传体小说《让·桑特伊》,外人一直不知道有这部作品,直到他逝世后 30 年才被人发现。从小说中可以看到处于萌芽状态的、在《追忆似水年华》中才得到充分发展的思想和描写。他从 1909 年开始创作《追忆似水年华》,直到 1927 年全部完成。

普鲁斯特之所以成为 20 世纪最伟大的法国作家,就在于他创作了《追忆似水年华》这种新型小说。《追忆似水年华》的独创性首先表现在意识流手法的运用上。可以说普鲁斯特是第一个大量使用意识流手法的作家。乔伊斯、伍尔夫和福克纳都出现在他之后。

在普鲁斯特之前,意识流手法基本上还是未被开发的领域。意识流手法与心理分析有关联,但二者有质的不同。就法国而言,心理分析最早可追溯到拉法耶特夫人的心理小说《克莱夫王妃》,17 世纪的古典主义悲剧家拉辛和 18 世纪的小说家拉克洛也擅长对人物内心情感的分析。但是,这些作家着重描绘的是人物心理的起伏变化,换句话说,是在理性支配下的情感活动。

卢梭及其后继者——浪漫派作家也擅长心理描写,表现人物汹涌澎湃的感情活动。有的如夏多布里昂,善于以自然萧瑟的景色去衬托主人公内心的悲苦,做到情景结合;有的如奈瓦尔,已深入到梦幻中去,挖掘人物的朦胧感觉。奈瓦尔已接近现代表现手法，但他的尝试还是初步的，而且篇幅不大。

斯丹达尔是心理描写的大师，他展示了人物完整的内心世界。斯丹达尔已经意识到，内心世界是现实不可分割的一部分，它是揭示人物灵魂的重要手段。从斯丹达尔开始，现实主义流派出现，并逐渐形成以内倾性为描写特点的一批作家。19世纪文学的一大贡献就在于此。正是在博采众长的基础上，普鲁斯特开创了意识流手法。

简言之，普鲁斯特的意识流手法表现为回忆。整部《追忆似水年华》就全部是由回忆组成的。但是，回忆或普鲁斯特所说的模糊回忆，是一个总的表现形式；这种回忆同以往文学中的倒叙手法已不可同日而语，它有极其丰富的内涵，只有对它进行条分缕析，才能看出普鲁斯特的创造和巨大发展，以及为什么在他笔下回忆会成为意识流手法。不难看出，普鲁斯特的这种意识流手法是从味觉、嗅觉、视觉、听觉、触觉出发的，先是各种感觉产生联想，进一步，各种感觉互相交换。各种感官的通连、转换并与记忆相连，这正是波德莱尔首创，而后象征派广泛应用的"通感"手法。普鲁斯特将通感手法运用到小说创作中，无疑是一种创新。普鲁斯特与象征派诗人是同时代的人，他受到象征派影响是不足为奇的。由于小说与诗歌在体裁上不同，《追忆似水年华》中的通感手法也就不同于象征派诗歌中的通感手法。普鲁斯特不一定采用象征，而往往只是借用各种感官与精神意识通连的手段而已。与其说他在借鉴前人的经验，还不如说这是他的新探索。这种新探索使他的意识流手法具有个人独特的色彩。既然是回忆，就必然与时间相连。普鲁斯特创造了一种"时间心理学"。他对人的内心世界的描绘与时间的概念密不可分。普鲁斯特力图抓住情感的无限丰富性，将各种感觉、回忆、意念的网络所产生的无比丰富的实感捕捉住。为了将人一生的感受记录下来，小说必须具有一定的时间跨度。这不是一时一地的感受记录，而是"不同时刻的普通积聚"，就是说，由无数个不同时刻的心理活动组成人的一生。

在叙述不同时间呈现的现实时,普鲁斯特没有采用按时间顺序发展的方式。相反,他采用了不同于传统小说的手法。他认为传统小说运用的是"平板的心理学",这种心理学已"不再正确,因为没有考虑到时间"。

《追忆似水年华》采用了多角度、反复观照的手法去刻画人物。例如,阿尔贝蒂娜就是在不同时间中显现的。她在巴黎去拜访主人公时,主人公想起,他先是在海滩遇见她。后来两人结识,但他不敢拥抱她。最后,他才感到她是真实的。小说中间隔地多次叙述阿尔贝蒂娜。每次出现的阿尔贝蒂娜都各不相同,就像舞蹈女演员,但综合起来是一个完整的阿尔贝蒂娜。

此外,《追忆似水年华》采用了时序颠倒的手法。斯万的恋爱本来是主人公听说的事,发生在他出生之前,但这个故事叙述在前,而主人公长大后与斯万家来往,并与斯万的女儿恋爱,后来才知道斯万的往事,这却放到后面去叙述。因此,小说故事在内容上时序是颠倒的。《追忆似水年华》的时序颠倒和交叉重复的叙述方式,就是"互相渗透"概念在文学创作中的体现。

普鲁斯特的第三种意识流手法是,抓住不同层次的意识。普鲁斯特为了让读者看到人物在强烈激动中产生的内心斗争,常常借用自身的体验。他发现,情感的冲突往往突然照亮我们内心的愿望。小说中斯万对奥黛特的迷恋就是这样。有一天,他从"小核心"成员泄露的神秘的话中明白了,维尔迪兰夫妇企图让少女同他脱离关系。维尔迪兰夫人阻止他去送奥黛特,斯万回家时愤慨异常。他小声地、长久地詈骂维尔迪兰夫妇,认为这个小圈子属于最低级的社会阶层,决意不再见这些人。但在痛骂时,他的内心却下意识地想着别的事,一回到家里,他拍着额角叫道:"我想我找到了办法,明天能应邀参加夏园的晚餐"。在这段描写中,普鲁斯特写出了斯万不同层次的意识的两个方面。当斯万被"受到侮辱"的情感控制时,他忘了他对奥黛特的迷恋超过了自尊心受到伤害的情绪。尽管他确实一时对维尔迪兰家采取敌视态度,但他的爱情继续在他意识的深层中起作用,直至这种情感突然显现出来，并变为行动，驱逐了仇恨的想法。这种想法虽然强烈地表现出来，妨碍斯万去认识，但他要再见奥黛特的念头仍然存在。

在《追忆似水年华》中，普鲁斯特不仅描写了人的意识常常会起一种表面看来虚假的作用，而且描绘了心灵存在各种细微的变化，人的判断往往受到隐蔽的爱与恨的左右。有时，正当一个人以为对别人无动于衷时，其实他却不知不觉地在接近这个受冷落的人。人的意识中存在着两种或多种截然相反的情感，由前者到后者的过渡虽然是突然的，却有着可以变化的基础。普鲁斯特力求表现的是人的精神生活的丰富性。

从这里可以看到普鲁斯特的写法不同于传统小说，传统小说注意人物的性格，至多注意到这种性格的变化发展，或者刻画复杂的性格。普鲁斯特则注重人物意识的复杂丰富性，就像平静的大河底下有着回流、旋涡、暗流……他认为不能被表面现象所蒙蔽，小说家应该发掘出深层的东西。

第五节　从达达主义到超现实主义

一、达达主义

达达主义是第一次世界大战期间在欧美青年知识分子中出现的一种比较普遍的思潮，一种被大战激发起来的否定和破坏一切的精神状态。第一次世界大战期间，苏黎世是欧洲反战运动和流亡人士的中心。1916 年罗马尼亚出生的法国诗人特里斯当·查拉（1896—1963）等青年诗人，在苏黎世成立了一个文艺团体，以在字典上随意翻到的“达达”一词作为该团体的名称。达达主义的宗旨是反对一切有意义的事物，反对一切传统和常规，总之是要打倒一切，甚至包括达达主义本身。诗歌是表达愤怒最理想的形式，因此达达主义只有诗歌，而且这些诗歌不是宣言就是谩骂和挑衅。总起来说，达达主义在文艺方面没有什么成就可言，只是对于旧世界起到了一些破坏作用。

二、超现实主义

超现实主义是20世纪法国现代主义文学中历时最久、影响最为广泛的流派之一，它在政治上不甘寂寞，在艺术上标新立异，以反传统精神和自动写作法著称于世，在文学方面产生过不少作品，特别是在绘陶、雕塑、建筑、戏剧和电影等领域取得了重大成就。超现实主义也是一个以诗歌为主的文学流派，与达达主义的不同之处，在于他们一心想有所作为，有着旺盛的创作热情。他们在精神上有所追求，在艺术上不倦探索，因而与否定和排斥一切的达达主义不能相容。正因为如此，超现实主义才能存在半个世纪之久，并且在艺术上有所建树，曾经对它有过重大影响的达达主义却一无所成，似乎只是为超现实主义敲了一通开场锣鼓就销声匿迹了。

人们通常以为达达主义是超现实主义的前身，其实诗人纪尧姆·阿波利奈尔早在1916年就首先使用了“超现实主义”一词。布勒东等在1924年10月15日发表了《超现实主义宣言》，成立了事实上早已存在的“超现实主义研究所”，创办了刊物《超现实主义革命》。《超现实主义宣言》明确提出了超现实主义的定义，否定了现实主义与传统小说，指出超现实主义追求“纯精神的自动反应，力图通过这种反应以口头的、书面的或其他任何形式表达思维的实际功能。它不受理智的任何监督，不考虑任何审美或道德方面的后果，将这思维记录下来”。

超现实主义小组从成立开始就存在分歧，到1925年夏天开始介入政治以后就愈演愈烈。正因为如此，超现实主义小组在政治上的影响十分有限，在1939年以前的全部政治活动，就是出版了几十份小册子或公开信。其中有一部分是反对法西斯主义、西班牙内战或慕尼黑协定的，但大多是成员之间的互相攻讦，还有一些是错误的甚至是反动的。到第二次世界大战爆发以后,本来屈指可数的超现实主义者们各奔东西,超现实主义小组从此一蹶不振。

如果说超现实主义在政治上几乎无所作为的话,在文学艺术方面的影响则要大得多。1926 年到 1929 年是它创作的繁荣时期,作品每年在世界各地进行展览,有时在一年里就进行几次。它与布鲁塞尔、伦敦、贝尔格莱德、布拉格、哥本哈根,甚至东京、纽约和拉丁美洲都保持着联系。超现实主义在文艺方面成就较大的原因,首先是它的成员都是颇有才华的作家和艺术家,他们需要也乐于用作品来表现自己在精神上的追求,所以与小组的关系如何并不影响他们的创作,布勒东、阿拉贡,特别是艾吕雅都写了大量诗歌。从某种意义上来说,矛盾和冲突或许更能砥砺他们的文思,至少他们所写的大量论战文章是如此。另一个原因是超现实主义扩展到了绘画领域,使小组得以从 1925 年起在世界各地举行画展。这些绘画尽管有些不可思议,但毕竟比著作更能引起人们的好奇。

让·路易·贝杜安在 1961 年出版了一本名为《超现实主义的二十年:1939—1959》的书,说明超现实主义运动在第二次世界大战之后依然存在,不过已经衰落,今非昔比。当时原有的超现实主义者相继去世,还在世的如阿拉贡、艾吕雅、毕加索等都已成为法共党员,就连达达主义的创始人查拉也在抵抗运动时期加入了法共。除维昂这样的特例之外,受到超现实主义影响的青年作家为数很少,后继乏人。而超现实主义这个名称也随着它向世界各地的传播变得越来越抽象和暧昧,涉及主观性、客观性、精神自动性、想像、非理性、梦幻、反抗、革命等一系列概念,几乎无所不包,无所不容,成了非现实主义的同义词,实际上已经失去它的正统性。超现实主义运动在布勒东去世之后不久就宣告结束。不过它作为一个文学流派虽然已经成为历史,但是作为一种美学观点、一种风格,还将继续存在下去,在其他现代主义文学中都能或多或少地发现其痕迹。

超现实主义虽然在其他艺术领域里取得了辉煌的成就,但在文学方面并未留下传世之作。其原因大致有三个方面。

首先,超现实主义虽然不同于达达主义,但毕竟也以造反为主,把主要精力用来搞"革命",写宣传小册子,声称"我们与文学毫不相干","超现实主义不是一种新的或更为方便的表现手法……它是精神及类似精神的一切得到彻底解放的手段"。

其次,超现实主义小组从成立开始就不断争吵和分裂,因此不少作家在脱离小组之后所写的优秀作品,都不属于超现实主义的范畴。

最后,也是最重要的原因,是超现实主义者用自动写作法来创作,也就是在催眠术和麻醉品的作用下,在半睡半醒的朦胧状态中写出一些词句优美但晦涩难懂的诗歌。这些作品在当时具有向传统文学挑战的作用,但对一般读者来说确实莫名其妙,不知所云,因而难以传之久远。

但诗歌毕竟是超现实主义的主要作品,超现实主义的创始者们无不以诗歌著称。布勒东身体力行,除了主编杂志、发表宣言和艺术评论之外,早在1919年就出版了带有象征主义色彩的诗集《当铺》,他与苏波合作的《磁场》(1920)之所以采用这个名称,是因为他们认为物质和精神的世界只是一个处于永恒的振动之中、一切都在无形地相互干扰和联系的磁力场。他接着发表了诗集《地光》(1923),进一步发展了《磁场》中运用的自动写作法。1924年10月发表《超现实主义宣言》之后,他紧接着在当月就发表的散文诗集《悠悠游鱼》,也完全体现了自动写作法的风格。他的长诗《自由联合》(1931)由于手法新颖被收入法国大学和中学的教材。布勒东在诗歌方面的代表作是《白发左轮枪》(1932),其中以银色和白色作为基调,突出了光线与色调的对比。

总体来说,超现实主义诗歌与达达主义有所不同,它利用诗句的分行来表达不停地跳跃的思想,以潜意识的词汇和超时空的意象来描绘梦幻的感觉和景象,在主观想象方面达到了无以复加的程度。从这个角度来看,超现实主义继承了奈瓦尔等浪漫主义诗人、兰波等象征主义诗人的创作特色，可以说是浪漫主义的尾声。正如阿拉贡所说："真正使浪漫主义驰名的是超现实主义者。"

自动写作法虽然在消除习俗对思想的束缚方面不无积极意义，甚至被超现实主义者们视为一种革命的力量，但是它毕竟不是什么成功的创作方法，更不是通向所谓"超现实"的道路。而且靠大剂量的毒品引起的幻觉，会引起种种不正常的精神状态，以至于一些超现实主义者把自杀作为了结一切的手段。

超现实主义的作品基本上都是诗歌，算得上小说的只有布勒东的《娜嘉》(1928)、《连通器》(1932)、《狂爱》(1937)和《秘方十七》(1944)等叙事体散文，以及阿拉贡的《阿尼塞或西洋景，小说》和《巴黎的乡下人》。它们不同于故事情节完整、以描绘世界荒诞为目的的存在主义小说，也不同于纯客观地描写物的世界的新小说，而是有点类似于意识流小说，不过在下意识的描绘之中，夹杂着对超现实主义运动的经验的评论。这些夹叙夹议的作品，表达的是清醒意识与朦胧的欲念或梦幻交织的状态。例如，《娜嘉》写布勒东在街头偶然遇见衣衫褴褛、孤苦无依的娜嘉。她满脑子都是幻觉，能想象出开花的星，蓝色的风，像水一样的火，总是自言自语地说些怪诞的故事，结果被关入精神病院。布勒东认为她是一个自由的精灵，对她的被拘禁极表愤慨。这似乎是一个爱情故事，但全书只有三分之一的篇幅描写娜嘉，而且以"我是谁"这个问题开始，以一架遇难飞机的电报结束。布勒东把这段电文比作美，全书的最后一句话是："美将是痉挛性的，否则就没有美。"这似乎在宣扬超现实主义的审美观。

布勒东一贯反对现实主义，早在1914年他就表白自己"经常宣称现实主义作品在艺术上十分低劣"，认为莫泊桑的小说"毫无生气，枯操，平庸，不完整和没有深度"。在《超现实主义宣言》中声言现实主义在精神上是平庸和仇恨的根源，在艺术上是"迎合最低级的趣味"，并且嘲笑以自己的认识去推论别人的认识是一种"不正当的文学投机"。他认为叙述者不是观察或叙述与自己无关的游戏,而是以第一人称来讲自己生活中"最引人注目"的情节。所谓"最引人注目"的情节,就是与现实主义小说所描绘的司空见惯的日常事物相反的巧合。布勒东追求的就是使整部作品的结构都出乎读者的意料,因而看起来是零乱不堪和难以卒读的。不过从某种意义上来说,也可以认为超现实主义是为现代主义文学流派开辟了道路。

超现实主义是通过万事万物去下意识地感知无穷尽的奥秘,所以信笔所至,随心所欲,充满朦胧的梦幻,使人无法理解。有学者对超现实主义和象征主义的异同做了准确的概括,指出超现实主义发展了象征主义的通感创作论,这种通感"既可以走向象征,也可以走向超现实。这种走向及其结果如果是可以理解的、可以领会的,往往就是象征,而这种走向及其结果如果是难以理解的、难以领会的,往往就是超现实"。

超现实主义是一个集现代主义创作手法之大成的流派,或许正因为如此,它才是一种长期的探索,它的作品和人员一样处于不断的变化之中,以至于没有留下什么传世之作。但是它在文学上毕竟产生了不可磨灭的影响,不仅它的探索和试验可供后人借鉴,而且孕育了一个波德莱尔式的奇才:鲍里斯·维昂(1920—1959)。波德莱尔既推崇浪漫主义大师雨果,又赞美现实主义巨匠巴尔扎克,也尊敬唯美主义的才子戈蒂埃。正因为他兼收并蓄,保持着相对的独立性,后来的不同流派才都尊奉他为先驱。维昂是20世纪的波德莱尔,曾追随存在主义,与萨特、加缪和波伏瓦交往密切,但不承认自己是存在主义者。他与一度加入超现实主义小组的普雷韦尔和格诺等更是情深谊长,但他并未加入这个小组,目的在于保持文学上自由射手的身份。他的一生比波德莱尔还要短促,但是在短短几年的创作生涯中,竟写了九部长篇小说和若干短篇小说,其中《岁月的泡沫》(1947)堪称超现实主义的杰作。他的创作时间虽然是在20世纪40年代末,但由于他继承了超现实主义的文学传统并且取得了出色的成就,所以放在超现实主义一节中介绍比较合适。

第六节 战争背景下的反法西斯文学

第一次世界大战以后，德国有两块街头标语牌，一块写着：“永远不要再有战争！”另一块写着：“永远不再有战争就等于永远不再有胜利！”两条标语代表着泾渭分明的两条道路。对于第一次世界大战，从战前到战后德国文学界一直存在两种不同的态度。

一些作家从沙文主义、军国主义立场出发，竭力美化战争，渲染士兵的“英雄行为”，把战争浪漫化。例如，恩斯特·容格尔(1895—1998)的长篇小说《在枪林弹雨中》(1920)和《火和血》(1925)等，以及约斯特和宾丁等人的一些作品，不仅毒害人们的思想，美化战争，对第一次世界大战做了历史唯心主义的解释，而且为法西斯的泛滥和希特勒发动战争做了思想准备。

与上述战争文学相反，那些受战争宣传的蛊惑，怀着“保卫祖国”的“英雄主义”热情走上战场的德国和奥地利人，很快就目睹了战争的残酷和给人类造成的巨大灾难，他们渐渐觉悟过来，所以在战争期间及战后，许多作家基于人道主义、和平主义或无产阶级革命立场，积极创作各种类型的反战作品，揭露军国主义的罪恶，战争的残酷与荒谬，控诉战争给人民所造成的生理和精神创伤以及对人类文明的巨大破坏，表现人民反对战争和对未来所抱的希望与憧憬，如贝歇尔的反战诗歌和小说，埃伦施泰因的诗歌，格奥尔格·冯·德尔·弗林(1889—1968)的日记体长篇小说《士兵祖伦》(1927)和自传体小说《拉法耶特战俘营》(1929)，埃德勒夫·克彭(1893—1939)的长篇小说《战报》(1930)等都比较有名。但在魏玛共和国后期反响巨大的是雷马克、雷恩、阿诺尔德·茨威格和他们的反战小说《西线无战事》《战争》和《格里沙中士案件》。特别是20世纪20年代中期以后法西斯势力羽毛渐丰，活动日益猖獗，人们重新面临新的战争危险的时候，这些反战小说的出现，其现实意义更为重大。它们与法国巴比塞的《火线》、海明威的《太阳照样升起》和《永别了，武器》一样，成为世界反战文学的里程碑。

一、雷马克

埃里希·马利亚·雷马克(1898—1970)，原名埃里希·保尔·雷马克，生于德国奥斯纳布吕克书籍装订工家庭，祖先是法国人。他 1915 年进入师范学校读书，翌年被征入伍，参加第一次世界大战，战后回母校修完课程，后当过教师、工人、商人、报纸撰稿人等，1925 年起在柏林担任体育记者，1929 年发表的反战小说《西线无战事》受到极大欢迎，成为世界知名作家。此后大部分时间他都生活在国外，先是在法国，1931 年移居瑞士的阿斯科纳，1933 年希特勒上台后，备受纳粹迫害，作品被禁，甚至公开被焚，1938 年被取消国籍。1943 年他在德国的妹妹受到株连，说她不相信德国会取得胜利而被处死。1939 年雷马克到美国纽约，1947 年加入美国国籍，1945 年后他在纽约和瑞士的波多隆科两地居住，1963 年获奥斯纳布吕克的尤斯图斯·默泽奖章，1967 年获德意志联邦共和国大十字勋章，1968 年获阿斯科纳荣誉市民称号，还是德国语言文学科学院的通讯院士。1970 年 9 月 25 日，雷马克在瑞士洛迦诺逝世。

《西线无战事》是雷马克第一部成功之作，也是他的成名作，为作者赢得了世界声誉。小说主人公保罗·博伊默尔在学校教师的煽动下，报名当了志愿兵，参加第一次世界大战。通过他的自述，描写了他和七个伙伴的战争经历和体验。保罗经历了战场上的残酷生活，目睹了种种惨状，他感到十分迷惘，心灵受到难以治愈的创伤。保罗在回家休假时，已经没有了过去的“英雄气概”。他伤好后再次被派往前线时，德军已处于劣势，士兵中弥漫着厌战情绪，他的几个知心同学和伙伴非死即伤，全班只剩下他一人。1918 年 10 月的一天，在和平即将来临之际他中弹阵亡。

这一天整个前线显得沉寂和宁静，战报上写着：西线无战事。小说的成功首先在于它清醒、冷峻、真实地描写了战争的荒谬及其残酷和恐怖。作者从生命和人道的立场出发，憎恨和鞭挞战争，表达了饱尝战争苦难的人们的愿望和心声。小说揭露和谴责了德国帝国主义鼓吹的"钢铁青年""保卫祖国""保卫人民"等一整套欺骗宣传，真实地刻画了当时"迷惘的一代"或"失落的一代"德国青年的心态和他们的醒悟。小说中八个士兵的痛苦经历和悲惨结局反映了一代人的命运，因而引起千万人的共鸣。

二、阿诺尔德·茨威格

阿诺尔德·茨威格(1887—1968)是著名德国反战文学的代表，也是少数几个没有在集中营里或流亡中死去的犹太作家之一。他出生在犹太手工业工人家庭，1907 年至 1915 年在大学学习，第一次世界大战期间，于 1915 年应征入伍，在塞尔维亚和法国服役，参加过凡尔登等战役。这次战争经历使他目睹了帝国主义战争的残酷和罪恶，对他的思想和创作产生了决定性影响。1906 年他就开始文学创作，战后继续写作，并做编辑工作，从 1919 年起成为专业作家，同年发表著名政论《在斯巴达克墓前的悼词》，强烈谴责反动势力杀害李卜克内西和卢森堡的罪行。1929 年他担任德国作家保护协会主席，并获毕希纳奖。1933 年纳粹上台后，他被纳粹剥夺德国国籍，流亡国外，最后定居巴勒斯坦。流亡期间他除参与多种反法西斯流亡刊物的工作外，还主编《东方》杂志。1948 年他回到了东柏林。

阿诺尔德·茨威格是在印象主义、尼采哲学思想、新康德主义和生命哲学，尤其是弗洛伊德理论的影响下开始创作的，是 19 世纪和 20 世纪之交唯美主义文学的典型代表，在思想上倾向人道主义与和平主义，其叙事作品非常注重心理描写。在中篇小说《克洛普夫家纪事》(1911)和长篇小说《克劳迪娅的故事》(1912)中，作家敏锐地注视上层知识分子，并以嘲讽的笔触描写他们的痛苦。《克劳迪娅的故事》是作家获得成功的第一部作品,也表明他对晚期资产阶级的教养抱有幻想,并显示出作家精通心理描写,善于把握知识妇女的性格特征。他同弗洛伊德的私交颇深,即便在流亡时期积极学习马克思主义的时候,弗洛伊德思想对他的影响也没有减少。20 世纪 20 年代,他创作了《唤来的影子》(1923)、《早晨的脚印》和《虹》(均为 1925)等多部短篇小说集。

第一次世界大战和战后时期的经历,以及战争造成的恶果,使阿诺尔德·茨威格对社会发展问题进行了深入的思考和研究,成为这一时代的无情批判者,并在一系列描写人物命运的小说中揭示工人同社会的冲突。20 世纪 20 年代中期以后,他的创作转向新实际主义和现实主义,把战争及其社会和心理的后果当作“从帝国主义到社会主义时代这个过渡时期的文学文献”加以广泛表现。在长达 30 年的时间里,他陆续推出关于第一次世界大战的六部长篇系列小说,对普鲁士的军国主义传统做了系统而深刻的分析。总题为《白人大战》,包括《格里沙中士案件》、《1914 年的年轻女子》(1931)、《凡尔登的教训》(1935)、《国王登基》(1937)、《停火》(1954)和《时机成熟》(1957),主人公维尔纳·贝尔廷则贯穿于六部小说中。

第八章　理性思维的现代化变革：20 世纪下半叶的法国文学

现代主义是 20 世纪以来出现的各种文学艺术思潮流派的总称，其是西方垄断资本主义时代的产物，从不同角度反映了现当代资本主义社会的危机与人的精神困惑、迷茫。其文学在审美追求、思想内容等层面都表现出反传统倾向，具有大胆实验、标新立异的特点，如存在主义文学、荒诞派戏剧就是其典型代表。而到 20 世纪 60 年代末的法国，新小说作为一个流派已经盛极而衰，后来又产生了所谓的新新小说派、新寓言派等，实际上算不上真正的流派。从 20 世纪 80 年代开始，这些流派的领袖人物相继离世，这标志着主宰法国文坛的流派最终消失。由于文坛上不再有起导向作用的流派，文学的通俗化就成了必然的趋势。法国因为古典主义对文学体裁做了划分，所以在高雅文学与通俗文学之间有着明显的界限。但是高雅与通俗只是形式，其价值是随着时代的不同而变化的。无论是雅是俗，任何一种体裁都可能取得出色的成就。通俗文学自古以来始终拥有最大量的读者，具有野草般的生命力。即使在数百年前古典主义的鼎盛时期，观看悲剧和喜剧的也主要是贵族和资产者，民间流行的却是滑稽表演。从文学的历史发展过程来看，一切高雅文学都来自通俗文学，都是作家和艺术家对通俗文学进行加工的结果。从一定意义上来说，通俗文学是高雅文学的基础，因此二者没有高低之分，而是相互补充、相辅相成的。19 世纪中叶，大仲马等通俗小说家们的作品家喻户晓；而在 20 世纪末，当高雅文学或文学流派盛极而衰之后，通俗文学几乎占领了法国文坛。

第一节　传统小说的演变

进入 20 世纪下半叶后，小说通俗化倾向越来越明显，越来越多的作家投身通俗文学的创作队伍，这就使传统小说创作面临后继无力的尴尬境遇。不过这一时期并非是传统小说的中介，德吕翁和萨冈的出现及其创作让传统小说转向另一条创作道路，即融汇其他小说的创作技巧和创作方法，而不单以传统的现实主义手法来进行小说创作，这也为法国的传统小说创作开拓了一条更宽敞的道路。

一、德吕翁

莫里斯·德吕翁（Maurice Druon，1918—2009）是法国著名小说家、散文家。他生于巴黎，一生主要攻读政治，1940 年毕业于索缪尔的骑兵学校，参加了卢瓦尔河战役。1942 年，他来到伦敦，加入自由法国力量，同他的叔叔凯塞尔参加编辑《荣誉与祖国》的播音节目。1943 年，两人合写了《游击队之歌》的歌词。德吕翁成为战地记者。1946 年，他发表了《最后一个旅》。此后，他从事文学，同时参与政治。

德吕翁以三部曲《人的结局》而闻名，其中第一部《大家族》获得龚古尔奖。这部小说描写了舒德雷和拉蒙内利两大家族的兴衰。诺埃尔·舒德雷男爵是法兰西银行董事长，拥有矿山、糖厂、报纸，老谋深算，心狠手辣，连儿子都要嫉妒，竟然将儿子扼杀在他策划的金融丑剧中。弗朗索瓦·舒德雷有创造精神，善于进行现代化的管理，他到死也没有想到父亲和祖父设下了陷害他的圈套。而在拉蒙内利家方面，吕西安·莫布朗有钱而无权势，吃喝嫖赌，无所不为。他的几个同父异母的哥哥和侄子联合起来，买通法院，剥夺了他继承遗产的权利。他最终死于收容院。拉蒙内利家由于缺乏经营手段，在商业竞争中遭到毁灭。小说中另有一个人物西蒙·拉肖姆，他出身微贱，却野心勃勃，卑鄙无耻，利用妇女飞黄腾达，最后当上议员，投靠新的主子。这部小说继承了自然主义小说的传统。

德吕翁写过一组历史小说《可诅咒的国王》，情节曲折，再现了宫廷秘事、有权势者的卑劣和他们的后代的衰落，颇有大仲马的遗风，因此成为畅销小说。

德吕翁于 1966 年成为法兰西学院院士。他的作品在 1967 年以《某些人的幸福》为总标题，汇聚了 20 来部小说，其中有描写高级妓女的《生的欢乐》、描写战争和围猎的《骑士》《我的少校》。

1973—1974 年，德吕翁任文化部长，对学生运动采取敌视态度，声誉迅速下降。1978—1981 年，他成为议员。

二、萨冈

弗朗索瓦丝·萨冈（Francoise Sagan，1935—2004）是小说家、戏剧家，生于卡雅尔克，战争期间她在多菲内度过，战后生活在巴黎。她的父亲是工程师，她一家住在豪华的公寓中。她曾在修道院待过。她喜欢普鲁斯特、艾吕雅、福克纳、普雷维尔、莫里斯·萨奇和存在主义的作品，从 15 岁起就常光顾存在主义者的聚合地——“草场的圣日耳曼”的地下室。她在考大学落榜后开始小说创作。

她 18 岁时写出《你好，忧愁》，获得评论家奖，小说极为畅销，她一举成名。这部小说叙述 17 岁的姑娘赛西尔和她的父亲雷蒙夏天到地中海避暑，租了一座别墅。她的父亲 40 来岁，半年换一个情妇，这次他带了艾尔莎前往。可是，雷蒙的旧情人安娜来了，鸠占鹊巢，把 29 岁的艾尔莎赶走了，很快雷蒙就宣布要和安娜结婚。赛西尔曾在安娜家里生活过，深谙安娜的为人，知道她管教很严，如果她当了后母，她自由自在的生活就会从此结束，因此对安娜怀着敌意。安娜确实行使起主妇的权利，有一次把赛西尔关在房里整整一个下午。赛西尔这时遇上一个小伙子西利尔,西利尔开始追求她。赛西尔为了引起父亲的嫉妒心,让艾尔莎和西利尔同进同出,好似一对情侣。这一招果然奏效,雷蒙同艾尔莎在树林里幽会时被安娜发现。安娜为了成全他们,开车出走,故意掉到悬崖下摔死。而赛西尔父女二人也离开了西利尔和艾尔莎。

1956 年,萨冈发表了《朦胧的微笑》。小说女主人公多米妮克是个学法律的大学生,她的男友是俊美的贝特朗,但她总感到厌烦。贝特朗把他的叔叔吕克介绍给她以后,一切起了变化。多米妮克和吕克发现他们性格相同。可是吕克并不想抛弃妻子,他向多米妮克提议到戛纳度过半个月。少女在 40 岁的男人身边找到了爱情。但在戛纳,多米妮克仍然感到厌烦。至于吕克,他也感到疲倦,无法重新开始生活。一天早晨,多米妮克打开窗户,听到邻居的无线电在播放莫扎特的一首乐曲的行板,她从中辨别出这是生与死之歌,是某种微笑。她突然感到相当幸福,她的烦恼治愈了。

随后,萨冈陆续发表了《再过一月,再过一年》《您喜欢勃拉姆斯吗?》《美妙的云彩》《狂乱》《心灵守护者》《冷水中的一点阳光》《从蓝色到心灵》《凌乱的床》《躺下的狗》《我最好的回忆》《厌倦的战争》《萨拉·贝尔纳特》等。其中,《您喜欢勃拉姆斯吗?》的女主人公宝珥已经 39 岁,她的情人罗捷比她年纪稍大一点。另外有一个年轻人西蒙只有 25 岁,却爱她爱得发狂。外出的罗捷回来,她就把西蒙请走。宝珥告诉西蒙,她以前的丈夫很有钱,只是由于她决定工作,才与他分离。西蒙提出与她结婚,被她拒绝了,她宁愿保持这种三角恋爱关系和自由的生活。

《狂乱》同样描写一个 30 岁的女人,夹在一个年轻男人和一个成熟男人之间。不过,她不像宝珥那样做装修工作。吕西尔由一个 50 岁的男人沙尔·布拉南斯-利尼埃尔供养,他做房产,赚了许多钱。他感情细腻,认真地爱着吕西尔,让她自由行动,她也对沙尔有着真挚的爱。但在一次晚餐时,吕西尔遇到一个同年龄的小伙子安东尼,他在出版社编纂丛书,同吕西尔的豪华生活相比,收入甚微。可是吕西尔自认为不在乎钱。他俩在肉体上相互吸引。安东尼其实有一个比他年纪大的情妇，他想离开她，而吕西尔却不想抛弃沙尔，她了解了安东尼以后，反而更爱他。她觉得两种爱不一样，她很惊讶安东尼要她选择，她先是拒绝了，然后同意离开沙尔，沙尔说："您会回来的。"确实，一旦她和安东尼的生活出现物质问题，她就回到沙尔身边。她认为没有钱，爱情只能是短暂的。她后来在一次上流社会的晚宴中又看到了安东尼，两人变得如同陌路人。

《冷水中的一点阳光》描写一个新闻记者吉尔，在外省养病期间遇到了爱情。娜塔丽为了跟随他，抛开了一切，可是后来她发现他的性格不能承受极端的情感。他虽爱她，她却感到厌倦，她想自杀。

《从蓝色到心灵》描写巴黎的两个无所事事的人艾莱奥诺尔和塞巴斯蒂安，受到朋友罗贝尔帮助的故事。塞巴斯蒂安向一个富婆献殷勤，艾莱奥诺尔成为一个年轻电影演员布鲁诺的情妇，而布鲁诺和罗贝尔是同性恋。罗贝尔旅行回来后，发现了这种情况而自杀。于是艾莱奥诺尔与布鲁诺断绝了来往。

1996年萨冈发表小说《失落的镜子》，描写了男女主人公西皮尔和弗朗索瓦结合时好像要同生共死，却因为一场误会和嫉妒而分手。

作为戏剧家，萨冈写过《瑞典的古堡》《有时小提琴》等。

萨冈自1954年发表《你好，忧愁》以来，坚持自己的创作道路。她的小说基本上不接触重大的社会问题和政治问题，也不涉及妇女解放，然而却拥有相当数量的读者。她在法国当代文学史上占有一席之地，这不能不说是一种"萨冈现象"。"萨冈现象"代表了一定的创作倾向，这个倾向也就是萨冈的小说的内涵。

萨冈的小说都是描写爱情，或者是两人之间的爱情纠葛，或者是三角恋爱，或者是四角恋爱。这类爱情小说以中产阶级为主人公，他们过着优裕的生活。夏天到地中海去避暑，租上一幢宽敞舒适的别墅。有的是高级职员，有的做房地产生意。他们之间保持非常自由的关系,一个男人与两个女人同时来往,或者一个女人与两个男人同时相好。他们以某种借口保持独立,轻易不肯结婚,而往往选择同居。如果女的在 40 岁左右的话,她的两个情人便会一个与她年龄相仿,另一个比她年轻得多;男的也是一样,与一个年轻、一个中年的女人谈情说爱。年轻姑娘觉得小伙子不老练,而中年男子成熟得多,因此把爱情投向他们,换一下口味。《朦胧的微笑》的女主人公多米妮克就是这样,她觉得同年龄的男友不过瘾,看上了中年的吕克,尽管他已经有妻子和孩子。吕克并不想抛弃妻子,他乐得逢场作戏,然而这种生活总是有点别扭。幸福是根本谈不上的。《您喜欢勃拉姆斯吗?》的女主人公宝珥已到中年,她不知道为什么竟会放弃舒适的生活和有钱的丈夫,去寻找自由。大概是因为这样一来,她可以与一个年轻和一个中年的情夫来往吧。要么为什么年轻的西蒙向她求婚时,反被她拒绝呢?是她觉得年龄过于悬殊(相差 14 岁)而不同意吗?还是她认为这样一来自己又要失去自由呢?两者都有,二以后者为主要原因。《狂乱》的描写倒是更实在:女主人公吕西尔是一个受情夫供养的女人,这个情夫比她大 20 来岁,所以当她遇到同年龄的安东尼后,被后者吸引住了,离开了自己的靠山。但是,她与安东尼马上遇到了物质困难。她是较为现实的,明白爱情需要物质的保证,否则不能持久。于是她老老实实回到老情人身边,应验了沙尔的话。不可否认,萨冈的描写相当真实地再现了 20 世纪 50 年代以来法国中产阶级的生活状况。中产阶级男女的情感生活,是建立在金钱和优裕的物质生活基础之上的。男方有钱,就能吸引女郎做情妇;同样,富婆也能吸引小伙子做情夫。其实,他们之间很难说具有真正的爱情,而只不过是利用金钱追求肉欲罢了。《你好,忧愁》的雷蒙是一个朝秦暮楚的情场老手,他需要不断换女人,调口味。他见到旧日的情妇安娜,马上移情别恋,很难说是真的爱她,只不过觉得新鲜罢了。他并非不喜欢艾尔莎,当他看见艾尔莎同别的男人相好,便醋性大发。他是真的喜欢艾尔莎吗?不。当安娜死后,他断然离开了艾尔莎,毫不留恋,就是最好的佐证。中产阶级的这类情感生活，在以往的作品中不是没有描写过，但是如此集中地从各个角度去描写，倒是属于萨冈的贡献。

萨冈相当早熟，她在 18 岁就写出了《你好，忧愁》。这种早熟更表现在她敏感地触摸到 18 岁左右的一代青年的思想。这部小说的名字来自艾吕雅的一首诗，但表达的是与艾吕雅完全不同的思想。艾吕雅写的是一首情诗，表达爱情失意时的心绪。萨冈这部小说写的虽是爱情，但忧愁并不是指爱情失意。有的评论家指出这是新的世纪病，正是一语中的。小说在结尾点题："只是在黎明时分，我躺在床上，听着巴黎街上唯一的汽车声时，记忆有时违背我的意愿冒出来：夏天和所有关于它的回忆复返了。安娜，安娜！在黑暗中，我轻轻地，久久地呼唤着这个名字。于是什么东西涌上我的心头。我闭上眼睛，呼着它的名称来欢迎它：你好，忧愁。"显然，这是年轻人对不如意的生活发出的感叹，表露了人物的惆怅心情。那些生活优裕的青年，生活上自由自在，在两性关系上也步中年父母辈的后尘，把"爱情"当作儿戏，说要好就要好，说分手就分手。但是，他们的精神空虚得很，因为他们并没有明确的追求，也不需要有更高的理想，长辈给他们安排好的生活已经足够了。一旦有谁闯进了他们的生活，或者说搅乱了他们的生活，他们就要千方百计进行反抗。赛西尔别的不会，却学会了制造假象，设下圈套，让父亲心生嫉妒，引起他和安娜的矛盾。然而，她也没有料到事情急转直下，酿成了安娜的自杀身亡。她心里有内疚吗？谈不上内疚，只不过忧愁而已。忧愁的是今后自由的生活竟然以他人的死亡为代价，她怎么会过得舒心？忧愁的是今后她将过什么样的生活？赛西尔的心绪代表了她这一代中产阶级的青年，正如莫里亚克在分析这部小说时所说的："她（指萨冈）以最普通的字句获得了一个年轻的生命的一切。确实，这一切微不足道，而这微不足道却是青春，她的青春，许许多多其他人的青春。"萨冈写的是一代人的青春。同样，在《朦胧的微笑》中，多米妮克感到"生活就像一个阴森森的旋涡""对任何人，甚至对自己也漠不关心"，她感到自己身上"某种最重要、最有活力的东西已经消失”。为了寻求刺激,她跟着一个 40 岁、已有妻室的男人跑到戛纳去销魂,但她很快就感到厌烦,她在捉摸:“我不知道这是爱情呢,还是情投意合,这并不重要……也许在这一刻,我有了心上人,在他身上我接受了就像向我显示出来的那种生活,平静而令人心碎。”其实她心里在怀疑这是否就是幸福,这是否就是爱情。回答当然是否定的。作者在小说结尾描写多米妮克从莫扎特的一首乐曲的行板里发现了什么奥秘,似乎找到了生活的真谛,于是露出了某种微笑,那是自欺欺人。萨冈没有道出女主人公找到了什么,说明女主人公的领悟是虚无缥缈的,并不实在。无论赛西尔的忧愁也好,还是多米妮克的厌烦也好,就像 19 世纪青年人的世纪病一样,附在他们身上,他们怎么也摆脱不掉。世纪病是贵族青年感到前途茫茫而产生的一种精神病态,在 20 世纪 50 年代,中产阶级的青年却是因不愁生活,精力没有地方发泄,没有明确的理想而染上了病态的心理。

萨冈的行文非常流畅,文字似乎从笔端源源流出。她虽然不是一个优美的文体家,却拥有自己的笔调,随便而自然,描写恰到好处。她非常敏感,也有一定的想象力,能抓住人物的心理和感受。她对人物的所思所想表达得非常真诚,毫不造作,毫不掩饰。她往往只写中篇小说,这符合她的作品的内容,再长便显得拖沓。一部小说译成中文六七万字,显得紧凑,读者不会因为情节单薄而感到厌烦。

第二节　存在主义文学

存在主义文学是第二次世界大战之后流行于欧美的一种文艺思潮,是存在主义哲学在文学创作上的反映,主要表现于战后的法国文学中,从 20 世纪 40 年代后期到 50 年代达到高潮。这一文学流派对欧美青年一代作家产生了极大影响,之后也被其他文艺思潮流派涉足和借用。

存在主义文学是在存在主义哲学的基础上形成和发展起来的，属于现代主义文学流派之一，是一种对存在主义哲学进行形象阐述的文学思潮。当然，存在主义哲学与文学，其产生有着深刻的社会历史原因。20世纪初，西方各国经济发展甚不平衡，尤其欧美主要国家先后进入垄断资本主义阶段。工业革命的展开，科学技术的迅猛发展，使得西方现代经济突飞猛进。现代科学与现代经济结合，形成了强大的经济联合体。社会生产的高度组织化和机械化，资本的高度集中，使得资本主义社会的发展从自由竞争迅速走向垄断。当然，随着资本主义的进一步发展，其内在矛盾也日益深化。两次世界大战给整个世界带来了毁灭性的灾难，社会生产力遭到极大破坏。人们面对残酷的战争和动荡混乱的社会，心理上产生了极大的不稳定感，精神备受压抑。这就渐渐形成了存在主义滋生的土壤。

让-保罗·萨特(Jean-Paul Sartre，1905—1980)是20世纪法国思想文化界最引人注目的人物之一。作为哲学家，他是战后风靡整个西方世界的存在主义哲学的主要代表；作为文学家，他针对"为艺术而艺术"的倾向提出了"介入文学"理论，并以自己的创作实践介入了当代社会生活的重大问题；作为社会活动家，他积极投身于政治活动，不倦不怠地为反对帝国主义、殖民主义及暴政专制而斗争，"因而被人们誉为20世纪的伏尔泰和雨果"。1960年，萨特发表了他的又一哲学巨著《辩证理性批判》，提出将存在主义作为马克思主义的补充，遂将二者结合起来，淡化马克思主义的阶级斗争性，突出"人"在马克思主义中的地位。20世纪60年代，由于社会形势的变化，萨特存在主义哲学的历史局限性暴露出来，他一方面应付与结构主义者的论战，另一方面继续坚持他的"介入"社会活动。

萨特是一个自由主义战士，积极"介入"社会，面对法西斯主义、殖民主义和专制暴政，他勇敢地和人民站在一起。他以"人道主义向度"和"历史责任感"为行动准则，积极投身于社会实践，与全世界一切"不公正"和"非自由"做斗争。萨特始终以自由和正义为准则,思考与行动并行不悖。萨特从来没有接受过“自我”以外的其他外来标准。他不属于哪个阶级、哪个派别,他属于自由、正义和全世界深陷苦难的人民。他一生都在为自由进行毫不妥协的抗争。他拒绝一切“不公正”和“非正义”的东西,包括爱情、婚姻和荣誉。萨特一生有过很多情人,但他终生未婚,他认为结婚不过是“介入”社会的一种形式。1964 年,萨特以“我一向拒绝一切来自官方的荣誉”为由,拒绝了诺贝尔文学奖奖金。

萨特从一开始就是以文学家和哲学家的双重身份“介入”西方文化领域的。萨特的文学创作与他的存在主义哲学相生相融、同步发展。他的“存在”不仅是法国存在主义哲学的标志,也是战后西方影响最大的文学流派——存在主义文学的象征。萨特的存在主义文学是他存在主义哲学的具体表现形式。他通过自己的作品阐述自己的哲学思想。他的文学创作按照他的存在主义哲学的发展,可分为两个时期:“绝对自由论”时期(1928—1939)和“相对自由论”时期(1939—1980)。“绝对自由论”具体表现为:客观存在的纯粹偶然性,主观存在的绝对孤独性,主客体关系的完全对抗性。在“相对自由论”时期,萨特的创作以戏剧为主。萨特深刻反省自己前期思想中把“自由”绝对化的片面性,并在此基础上形成他“相对自由论”的思想。萨特改变了以孤独者对抗社会的态度。他承认人的社会性,即承认个人与他人、个人与集体、个人与社会的密切联系。所以,萨特“相对自由论”时期的文学就是“人道主义向度”引导下的“介入文学”。

第三节 荒诞派戏剧的崛起

荒诞派戏剧是 20 世纪 50 年代产生于法国,而后流行于许多西方国家的戏剧流派,又称“新戏剧”“先锋派”“反戏剧”等,1961 年,因英国著名戏剧评论家马丁·埃斯林发表《荒诞派戏剧》一书而定名。在戏剧创作方面马丁·埃斯林进行大胆的尝试,对传统剧发起了冲击，使荒诞本身戏剧化，使戏剧形式荒诞化。

荒诞派戏剧的代表人物及作品有法国的欧仁·尤奈斯库的《秃头歌女》《椅子》《阿麦迪或脱身术》《犀牛》《国王正在死去》和萨缪尔·贝克特的《等待戈多》《美好的日子》《终局》，俄裔法籍作家阿达莫夫的《一切人反对一切人》《塔拉娜教授》和《弹子球机器》等，让·热内的《女仆》《阳台》《黑人》等。除此之外，还有英国的哈洛尔德·品特的《生日晚会》《一间屋》《升降机》《看守人》《昔日》，美国的爱德华·阿尔比的《美国之梦》《动物园的故事》，谢阿岱、塔尔迪厄等也是较有影响的荒诞派剧作家。

荒诞派戏剧在思想上直接师承了存在主义"荒诞"的观念，艺术上吸收了超现实主义等流派的文学手法，以荒诞的形式表现荒诞的意识，实现他们对"荒诞真实"的追求。荒诞派戏剧的核心是"荒诞"，这个词本来是指音乐中的不协调音，词典上说明的意义是指不合道理和常规、不调和、不符合逻辑、不可理喻、荒诞可笑。在荒诞派戏剧中，"荒诞"的意义要广泛和复杂得多，它是荒诞派戏剧作家们心目中人与世界、人与人、人与物、人与自我四个方面关系的体现。荒诞派戏剧揭示了世界、人的处境和人自身的生存状态的荒诞性，其表现主题大多是世界的荒诞、人生的无意义、人的异化、人与世界的隔膜、人与人之间关系的疏远。在表现形式上荒诞派戏剧断然拒绝现实主义，"作家感兴趣的既不是一定的社会及其问题，也不是对成功处理的戏剧活力的兴致，又不是心理研究及其细致入微。""戏剧不再是一部作品，而是一种重新创造人和社会的深刻的神话表演，与观众的交流应该在这种具体表现的层次上进行，无须作者在大部分时间中提出或加强一种智力的设计。"按照阿达莫夫的说法，这种戏剧乃是富有多种潜在性的"意义的汇合"，它不再是"谜语的戏剧"，而是"寓言的戏剧"。因此，荒诞派戏剧完全放弃了"理性手段和推理思维"，故意采用与传统戏剧相反的手法来制造强烈的荒诞效果，如完全丢弃了在传统戏剧中必不可少的情节和结构，以模糊的背景取代确定的时间和地点；以象征、寓意、夸张、非逻辑的片段场面取代一以贯之、起伏跌宕的冲突和情节;以破碎的舞台形象代替性格鲜明、生动的人物;以毫无意义的胡言乱语和令人啼笑皆非的反语甚至语无伦次的"梦呓"代替传统戏剧中机智的应答和犀利的对话等。作品大多模仿梦幻结构,让过去、现在和将来相互交织,把幻觉、回忆与现实混合起来,还调动布景、服装、道具、灯光、音响、动作等手段,把各种不同的民间艺术形式,如哑剧、闹剧、杂耍歌舞等插入戏剧。在这些戏里,多以喜剧的方式表现悲剧的内容,人的存在具有强烈的悲剧性,而人对这种悲剧性的处境麻木不仁,这种反差造成了一种喜剧效果,使荒诞成为无奈的笑声中咽下的一颗苦果。正是这种表面的喜剧手法、闹剧场面却包含着对痛苦人生的极大关注,使人在品味之余能领略其震撼人心的力量。但是,这些似乎是毫无"戏剧性"的戏剧,在刚刚搬上舞台时受到冷遇,甚至贬斥,但经过较长时间的考验,终于被社会接受,认可了它的独特魅力。

一、尤奈斯库

欧仁·尤奈斯库是法国荒诞派戏剧的奠基人,其作品《秃头歌女》的演出,标志着荒诞派戏剧的诞生。作品被译成20多种文字,在世界各地上演。1970年,他当选为法国最高学术机构法兰西学院院士。

尤奈斯库于1912年生在罗马尼亚斯拉西纳市,父亲是罗马尼亚人,母亲是法国人。1岁时随父母迁居法国,4岁时父亲独自回到罗马尼亚,他随母亲留居法国度过童年时代。他以法语作母语,深受法兰西文化的熏陶。他自幼喜爱戏剧,常随大人去看戏。13岁时就写了一个爱国主义的剧本。1925年父母离婚后他回罗马尼亚同父亲一起生活。上中学、大学,获布加勒斯特大学法国文学学士学位后,在布加勒斯特一中学任法语教师,并为几家杂志撰稿,直到第二次世界大战爆发。1938年获政府奖学金赴法国从事法国文学研究,准备博士论文《自波德莱尔以来法国诗歌中的罪恶与死亡题材》。1940年起定居法国，在一家出版法律书籍的公司谋职。1950年取得法国国籍。

尤奈斯库于1949年创作了《秃头歌女》，该作品于1950年5月11日，由法国“尼古拉·巴塔耶”剧团在巴黎的“梦游者”剧院首演，剧本标题下作者特别注明“反戏剧剧本”。结果，连好猎奇的巴黎观众也大失所望，因为此剧完全破坏了传统的戏剧程式和舞台规范。观众眼前的舞台全是难以捉摸的迷离梦幻，甚至连题目《秃头歌女》也文不对题。剧中不仅没有秃头歌女，就是跟有头发的歌女也不沾边。巴黎观众虽热衷追求新颖，但在观此剧时直觉如坠雾中。首演惊动了巴黎，有人嘲笑、谩骂，称其为“发疯之作”，也有人称它是“对一切传统戏剧的严重挑战”，还有人讽刺它是“天才的作品”。其实，《秃头歌女》的演出标志了荒诞派戏剧的诞生，也引起人们对尤奈斯库这位前卫剧作家的关注。1956年起，《秃头歌女》一剧才引起较大关注，连演70多场，成为法国历史上连续演出时间最长的戏剧之一，也被译成多种文字。

尤奈斯库的创作高峰在20世纪50年代，主要有《秃头歌女》《雅克或屈服》《致敬》《上课》《汽车沙龙》《主人》《未来在鸡蛋里》《椅子》《责任的牺牲者》《阿麦迪或脱身术》《新来的房客》《阿尔玛即兴》《不为钱的杀人者》《温莎公爵夫人即兴》《犀牛》等。1960年，三幕剧《犀牛》在巴黎国立奥戴翁剧院上演，这是法国国家剧院上演的第一个荒诞派剧作，这标志着尤奈斯库的剧作得到了人们的认可和肯定。

尤奈斯库的后期创作，较重要的有《国王正在死去》《煮熟的蛋》《饥与渴》《流行病或屠杀的游戏》《麦克白》，带有自传性质或梦幻色彩的有《乱七八糟》《可怕的妓院》《带行李的旅客》《在死人中的旅行》等。尤奈斯库一生的剧作大大小小有40多部。

除了戏剧，尤奈斯库还写短篇小说，作品有《一个责任的牺牲者》《焰形旗》《上校的照片》《犀牛》《空中步行者》等。其实，尤奈斯库的上述短篇小说与剧本也有千丝万缕的联系，如《焰形旗》和《上校的照片》与剧本《阿麦迪或脱身术》和《不为钱的杀人者》可视为互为雏形或解释，至于小说《犀牛》与剧本《犀牛》，后者更是对前者的脱胎与继承。

尤奈斯库的作品还有评论性、自传性的文集《笔记和反笔记》《零碎的日记》《过去的现在，现在的过去》《解毒剂》《一个有关的人》等。其中《笔记和反笔记》收集了尤奈斯库散见于报刊上的评论文章。《零碎的日记》并非普通意义上的日记，既没有确定的日期，也没有太多的实录，更多的是戏剧家本人内心的种种感受和意识的不断流动，这部作品很能反映尤奈斯库的世界观，对我们理解他的荒诞剧美学思想大有裨益。

"荒诞"一词不能简单地按字面意思理解为"极不真实或不近情理的"、荒唐无稽、荒谬怪诞的，因为该词源于音乐，本指音乐中的不和谐音。"荒诞"本身还包含了"与众不同、反传统、激进、创新"等意义，后来用在哲学上，指个人和生存环境的不协调，有不合道理与常规、不调和、不可理喻、不合逻辑等含义。所以 20 世纪 60 年代初，英国著名戏剧评论家马丁·埃斯林第一次用"荒诞派"来命名这类作品时说："从广泛的意义讲，荒诞派剧作家的作品与主题，都是人类荒诞处境中所感到的抽象的苦闷心理……我们只能用荒诞派戏剧的准则来衡量这些戏。"[1]有的法国人也把这类戏剧叫"先锋派""新戏剧"。

尤奈斯库称自己的剧本为"反戏剧"。他的作品不被人理解，作家本人对此一点也不惊奇。他说一切革新尝试必然会受到来自各方因循守旧者的反对。他之所以写剧本，就是因为"讨厌"戏剧，他对当时统治法国舞台的变了味的所谓浪漫主义、现实主义戏剧，从内容到形式都反感。这或许是促使他在戏剧领域进行"改革"的动因。

改革的第一步是创作"反戏剧"剧本。既然传统戏剧充满虚伪的陈词滥调，作为新的一代就要冲破墨守成规的"传统主义"。他反对戏剧的教育作用，尤其反对当时盛行的接近自然主义的现

[1] ［英］马丁·埃斯林著，刘国彬译．1992．荒诞派戏剧［M］．北京：中国戏剧出版社：228.

实主义戏剧，主张戏剧只提出见证，无须说教。在反传统戏剧真实观的基础上，他提出了自己的一套“反戏剧”理论。“我写下了所有这些剧本、所有这些文学作品，为了表明谁都没法无视的事实，为了确认自己一直知道的现象：宇宙的怪诞，唯有残暴才能刺穿日常生活的庸俗……荒诞是指缺乏意义，和形而上学的、先验论的根源隔绝之后，人就不知所措，他的一切行为就变得没有意义，荒诞而无用。”“认真严肃地对待荒诞的人生则是荒诞可笑的。”他的戏剧从一开始就向人们揭示了这样一种漂泊的生命：失去了内心的和宇宙间的依附和坐标，找寻着无法找到的避难所。悬而未决的人类的寓意处在“人的戏剧”的瓦砾中。在戏剧与生活的关系上，他主张戏剧“不要太切合时代”，应表现“超即时的、超历史的精神状态和思想状态”，表现“纯粹的思想危机和根本现实的危机”。对他而言，重要的不是社会现实，而是人类的境遇。他认为世界是荒谬的，人生是毫无意义的。

在戏剧冲突上，他主张戏剧“不提供出路”，因为“只有无法解决的事物才具有深刻的悲剧性”。他的作品抛弃了传统戏剧中的绝大部分合乎逻辑的结构，在剧中几乎没有通常意义上的情节。不论角色怎样狂乱地表演，他们的忙碌只不过强调了这样一个事实，即任何改变他们生存状况的事情都未发生。他提出首先要对情节加以“分解”，加以“必要的变形”，在剧中一切都是允许的，戏剧是想象和梦幻的领域，为了追求梦境的可视形式，他大量运用象征手段，把夸张推向极端，使观众感到压抑和恐惧，因为只有极端化的艺术手法才是“悲剧根源”所在。

尤奈斯库戏剧创作的出发点就是“语言支离破碎，面目全非，文字落地如石块或如死尸”。因人类理性的终极追问而产生的荒诞意识在荒诞派戏剧中获得了接近极致的表现。

二、贝克特

萨缪尔·贝克特，是先用法语后用英语写作的爱尔兰裔作家,也是荒诞派戏剧的代表性作家,他一生创作了大量的小说和戏剧。贝克特的剧作使现代人从精神贫困中得到振奋,“具有希腊悲剧的净化作用”。1969 年,“由于他的作品以一种新的小说与戏剧的形式,以崇高的艺术表现人类的苦恼”,获得诺贝尔文学奖。

1906 年 4 月 13 日,萨缪尔·贝克特出生于爱尔兰都柏林的一个犹太中产阶级家庭,父亲是建筑工程估价员。贝克特童年在法国人办的小学读书。1920 年进入恩米斯基伦的波尔托拉王家学校学习。1923 年,进入都柏林三一学院学现代文学,1927 年毕业,获法文和意大利文的学士学位。1928 年,他到巴黎高等师范学校担任英语助教,与意识流大师乔伊斯相识,并作他的秘书。1929 年,贝克特结识了庞德,发表《但丁、布鲁诺、维柯、乔伊斯》一文。1930 年,与友人合作把乔伊斯的作品译成法文,并与一些超现实主义者来往。1931 年,贝克特回到都柏林三一学院任法语教师,在伦敦发表有关研究普鲁斯特的文章,研究笛卡尔的哲学思想,获哲学硕士学位。1932 年以后,贝克特漫游欧洲,并为“先锋派”撰稿。后因为对爱尔兰的“神权政体”“书籍检查”不满,于 1938 年定居法国巴黎。同年在伦敦发表长篇小说《莫尔菲》。第二次世界大战德国占领法国期间,贝克特参加了巴黎的地下抵抗运动,一度因组织暴露被迫逃到非占领区沃克吕斯的一个小村庄,当农业工人。从 1929 年至 1942 年,贝克特用英文写作。战争结束后,他又重返巴黎,集中精力从事文学创作。直至 1947 年开始写剧本。20 世纪 70 年代,他的创作进入晚期。发表了一些剧本和诗歌,但数量明显减少。1989 年 12 月 23 日,贝克特在巴黎一家简陋的养老院中孤独地逝去。

贝克特于 1952 年发表剧本《等待戈多》,次年 1 月该剧在巴比伦剧院上演,贝克特由此一举成名,确立了他作为荒诞派戏剧经典作家的地位。除了《等待戈多》,贝克特重要的剧作还有《终局》《最后一盘磁带》《啊,美好的日子》等。《终局》于 1957 年上演,叙述在一个灰暗的房间里有四个落魄的人,刽子手哈姆坐在椅子上,一边虐待克洛夫,一边哀求克洛夫杀掉自己。他们面前有两只垃圾箱，纳格和奈尔关在里面，他们是哈姆的“可诅咒的后代”，想死，可死总是不来。同年发表的广播剧《所有倒下的人》，写一对夫妇坐火车回家，因有个孩子被人谋杀，从火车上掉下去，使火车误点。《最后一盘录音带》叙述一个老人克拉普几乎耳聋，总在听30年前录制的带子，聊以自慰。1962年上演的《啊，美好的日子》，描写一个老妇人被埋，泥土逐渐埋到脖子根，可她仍然关心自己的日常用品，提包、指甲锉等。

贝克特的作品还有诗作《婊子镜》，评论集《普鲁斯特》，短篇小说集《贝拉夸的一生》和《第一次爱情》，中篇四部曲《初恋》《被逐者》《终局》《镇静剂》，长篇小说《莫尔菲》《瓦特》，三部曲《莫洛瓦》《马洛纳正在死去》《无名无姓的人》及《如此情况》《恶语来自偏见》等。这些小说以惊人的诙谐和幽默表现了人生的荒诞、无意义和难以捉摸，其中的《莫洛瓦》三部曲最受评论界重视，是贝克特最重要的小说，有人称其为20世纪的杰作。

《莫洛瓦》是贝克特用法文写的第一部作品。主要的写作手法是独白式的意识流，主人公用想象和幻想演绎出故事的情节。《莫洛瓦》共两章，第一章写主人公莫洛瓦寻找母亲、寻找故乡的故事。莫洛瓦是一个脚有残疾、失去记忆的作家。他不知道自己是谁、故乡在哪里、为什么找母亲，到后来也不确定母亲是否存在。莫洛瓦最后迷失在一片森林里。第二章出现另一个人物——作家莫兰。一天，莫兰接到一项任务，调查“莫洛瓦事件”，而且要他带上儿子立即出发。此时，莫兰突然精神错乱。他和儿子历尽艰辛磨难，后来因病痛缠身，儿子逃跑，他陷入了绝境。忽而又接到任务结束的命令。回到家中，发现家园一片荒芜，儿子正在那里睡觉，一次梦幻似的旅程结束了。在第二部《马洛纳正在死去》和第三部《无名无姓的人》中，主人公本身已经非人化，只是一些精神流浪者被限在极小的空间里。

青年贝克特喜欢哲学，也喜欢新潮文艺。一生经历过两次世界大战，亲眼看到战争给人们带来灾难，现实世界令人绝望，因而陷入对存在主义哲学的迷恋，认为存在是荒诞的，历史毫无规律，命运是不可知的,人类无能为力。这种观点曾明显地反映在他的小说和戏剧中。世界总是时时处处威胁、压迫着“自我”,人所存在的周围世界充满了“敌意”“荒诞”“冷酷”,人活着毫无意义,只是痛苦和孤独、恐惧和失望。他的作品旨在揭示生活的毫无意义和存在的极其荒诞。另外,20 世纪 20 年代,欧洲盛行的意识流文学新潮也深深吸引了贝克特,创作上受乔伊斯、普鲁斯特和卡夫卡的影响,一开始走的就是远离现实主义传统的创作道路。

贝克特在戏剧创作上主张艺术形式与内容的和谐统一。他说,戏剧“需要一种新的形式,这种形式能容纳混乱的生活而不试图改变混乱的性质……寻找一种能容纳混乱的形式是当前艺术家的任务”。贝克特也正是以“反传统”的戏剧形式来反映人类荒诞、混乱的生活,他的作品也正是从内容到形式都存在着一种“荒诞”。

1937 年,贝克特预见到了一种“非语言的文学”的诞生,贝克特作品中的语言形式与要表达的内容紧密结合。戏剧中对话很少,几近沉默,即使有对话,也充满非逻辑性,不是语无伦次、胡言乱语,就是支离破碎,令人莫名其妙。其目的不是交流,而是表现人物的孤独。通过这些非理性的语言揭示人物的复杂心态,表现他们的焦虑、欲望、恐惧以及对待死亡的矛盾心理。

相对语言力量的削弱,贝克特关注舞台形象的震撼力,他曾说,“形象的力量比语言的力量强多了,而且形象也比语言清晰、准确”。贝克特笔下的人物形象没有独特的个性,很少或没有具体的身份和背景。他往往选取一些流浪汉、老人、残疾者或奄奄一息的人作为主人公,其遭遇比一般人悲惨。他们不会深入思考,没有性格,身份也难以确定,角色甚至可以对换。贝克特彻底掀翻了传统戏剧的舞台,不用具体真实的布景,而关注舞台的艺术效果,使台上的一切隐含象征意义,以此揭示人类荒诞的生存状态。在道具的使用上,贝克特虽将之简化到极致,但也赋予了道具强烈的象征意味,强化人物的局促不安。《等待戈多》的剧情发生在一条光秃秃的小路上,道具只有一棵仅有四五片叶子的小树。《终局》是一个没有家具的房间，在海洋和陆地之间。《灰烬》的背景是废弃的海滩。《哑剧》和《啊，美好的日子》在荒漠里进行。贝克特像很多荒诞派戏剧家一样，依靠道具的巧妙运用，夸大其功效，将荒诞感视觉化，很好地实现了对“能容纳混乱的形式的”探索。

贝克特还是一个小说创作的试验者，他的小说曾吸取过意识流小说家乔伊斯和普鲁斯特的内心独白艺术手法，但主要还是从存在主义观点出发着意描写荒诞的主观感觉。他的小说从创作题材到叙事方式及主人公的形象塑造都打破了传统小说的模式，表现出违反传统的“荒诞”性。

第四节 文学的通俗化发展

20 世纪末，曾经属于现代主义流派的作家还在继续创作，如新小说作家娜塔丽·萨洛特的《这里》(1995)和《打开》(1997)，西蒙的《植物园》(1997)等，但是这类作品已是凤毛麟角，可以说 20 世纪末文学的基本趋势是通俗化。

一、通俗文学的基本类型

(一)侦探小说

当文学逐渐走上老百姓喜闻乐见的通俗之路的时候，侦探小说自然也随之复兴。法国当代最著名的侦探小说家是圣安东尼奥(1921—)，有时他也用原名弗里德里克·达尔发表作品。他早年办过杂志、当过记者，第二次世界大战以后来到巴黎并开始创作，继 20 世纪 50 年代以笔名发表的《让姑娘倒下》后，他的《亲爱的把你的微生物借给我》(1977)系列侦探小说，以名为圣安东尼奥的探长为主人公，到 80 年代初已经出版一百多部，印数超过了一亿册。侦探小说领域里更加令人瞩目的现象，是出现了 20 来个优秀女小说家，布里吉特·奥贝尔就是其中之一。她从事侦探小说的写作时间不算太长，但已经产生了不小影响。1996 年她出版了四部小说：《杰克逊维尔市上空的阴影》写该城的蟑螂铺天盖地、肆虐成灾，以至于吞没了城市，这不禁使人想起加缪的《鼠疫》和尤内斯库的荒诞剧《犀牛》；《铁玫瑰》里主人公因患遗忘症而丧失了记忆和身份，陷入了一场恐怖和冒险的活动之中，这又会使人想起莫迪亚诺的《暗店街》；《马歇医生的四个儿子》采用凶手与被害者交叉记日记的方式，在艺术技巧方面进行了新的尝试。荣获"侦探小说大奖"的《森林死神》，叙述一个母亲为了使儿子复活而杀死六名儿童的案件，是一部典型的推理小说。它通过一个植物人的听觉来分析整个案情，读者直到最后一刻才会发现真正的凶手。从她的这些作品当中可以看出，在当代科技和文学的影响下，法国侦探小说有了新的变化和发展。

（二）通俗小说

从广义上来说，法国每年都有不少畅销书，它们都属于通俗小说范畴。继杜拉斯的《情人》之后，通俗小说更加繁荣起来。除了萨冈这样的老作家发表了《厌倦的战争》(1985)和《萨拉·贝尔纳特》(1987)等通俗小说之外，还出现了一些比较年轻的通俗小说家。20 世纪 80 年代，中学教师佩纳克(1944—)成了最受欢迎的作家，他为孩子们写的三部曲《吃人妖魔的幸运》(1985)、《厉害的仙女》(1987)和《卖散文的女孩》(1989)，无论男女老少都争相阅读、爱不释手。它们讲述的是一个以马洛塞纳为主人公的部落故事，形式完美、内容怪诞，其中有思想，有爱情，有诙谐，有疯狂，犹如富于诗意和幽默的传说。他的小说是对现代主义的反拨，恢复了小说叙述故事的传统功能。贝纳尔·韦尔伯的《蚂蚁三部曲》：《蚂蚁》(1991)、《蚂蚁的日子》(1992)、《蚂蚁的革命》(1996)也是大为畅销的通俗小说。它不是一部昆虫学著作，而是一部角色颠倒的小说，把蚂蚁作为正面人物，却把人类写成猛兽。他对蚂蚁的习性和神态的描绘都十分准确，而且在反映现实的同时注重趣味性。韦尔伯的小说生动有趣，有很强的可读性；它们虽然出于虚构，却有着坚实的科学基础，正如凡尔纳的科幻小说那样，其中不少观点和方法很可能会被科学的发展所证实。他后来发表的小说如《旅游记事》(1997)、《祖先之父》(1998)、《相对和绝对知识的百科全书》(2000)和《天使的帝国》(2000)，特别是探索人类大脑隐秘的《终极秘密》(2001)，都充分体现了这一特色。90年代末，通俗小说开始成批出现，如《母猪女郎》《基本粒子》等。它们不仅大为畅销，而且使初出茅庐的作者成了文坛明星。

(三)传记文学

传记文学包括名人传记和回忆录两类。在名人传记方面，著名传记作家亨利·特罗亚(1911—)还在继续创作，出版了《叶卡捷琳娜女皇》(1977)、《彼得大帝》(1979)和《亚历山大一世》(1981)等几部关于俄国皇帝的传记。另外一些作家传记，包括让·拉古居尔的《莫里亚克传》(1980)、克里斯蒂安娜·布洛·拉巴雷尔的《杜拉斯传》(1992)。2000年适逢萨特去世20周年，关于他的传记就不止一部，有贝尔纳-亨利·莱维的《萨特的世纪》、米歇尔·安托万·布尔尼埃的《向萨特告别》和奥里维埃·韦克的《让-保尔·萨特的三次奇特冒险》等。在作家自己的回忆录中，有娜塔丽·萨洛特的《童年》(1983)、萨冈的《我的美好回忆》(1984)、罗伯-格里耶的《重现的镜子》(1984)等。特别应该提到的是在1985年获得诺贝尔文学奖的西蒙，他在《植物园》里继续进行文体实验，没有标点符号，文字排成长短不等的块块，在形式上类似于巴黎的植物园的形状，但讲述的是战争和当战俘的生活，所以它名为小说，实际上也是他的自传或回忆录。

(四)科普读物

随着科技的发展，人们对于宇宙、生命和人类的起源等问题越来越关注。所以在1996年，法国首次出版了在天体物理、生物学和古人类学方面的三位权威科学家合写的科普读物《人类的起源和未来》。另外伽里玛出版社的《发现之旅》丛书，选择世界起源、探险考古、历史事件、名人传记等重大题材，如浩瀚星空、恐龙灭绝、玛雅文化、古代埃及、极地探险、茫茫非洲、伽利略、牛顿等等，制作成文字简明生动、图片精美的小册子，在世界上大为流行。我国在20世纪末大量出版有关人类文明的丛书，与国外这类作品的影响是分不开的。

二、通俗作家概况

(一)20世纪90年代新作家

20世纪90年代登上文坛的新作家中，有几位比较突出。

米歇尔·乌勒贝克(1958—)由祖母抚养长大，精神忧郁。他从1991年开始创作，先后发表诗集《战斗的意义》(1996)和《活着》(1997)。他的第一部小说《格斗领域的扩展》(1994)是他的成名作，以冷酷的手法描写一个企业管理人员的噩梦以及人类的不幸和痛苦。第二部小说《基本粒子》(1998)引起更为强烈的反响，在内容和形式上都独具特色，堪称在文学发展方面一部具有开拓意义的作品。《基本粒子》以交叉叙述的方式描写布吕诺和米歇尔这两个同父异母兄弟的不同经历。米歇尔从小喜欢凡尔纳的科幻小说，热衷于化学、生物学、天文学以及克隆技术，最后出于对人类世界和社会现实的失望，他研究和创造了人类无性繁殖的理论，导致了现有人类的灭亡和新人类的诞生。此外，源自美国的追求享乐风气自20世纪50年代以来侵袭了法国，导致法国社会家庭解体、道德沦丧，布吕诺也成了法国70年代性解放潮流的代表，最后进了精神病院。因此，《基本粒子》是一部反映法国当代社会现实的小说。

《基本粒子》在艺术形式上也有独特的创新之处。它的叙述虽然采取交叉和倒叙的形式，但是条理清楚、词句流畅，显然已经摆脱现代主义小说模糊朦胧、扑朔迷离的一面。它对自然科学的重视,令人想起左拉的作品,这也是乌勒贝克被称为新自然主义小说家的原因。书中的议论与描写交叉或重叠,受到了法国19世纪著名作家萨德侯爵的影响。小说从现在写到未来的2009年以后,又可以看出凡尔纳风格的痕迹。总体来说,《基本粒子》吸取了以往许多有益的创作经验,在科技迅猛发展、思想观念日新月异的当代形成了自己的特色,可以说在继承前人经验的基础上有所发展,已经孕育着新世纪文学的萌芽。

让·埃什诺兹(1947—)生于奥朗日,曾在里尔大学和梅兹大学学习有机化学和桥路工程学。他的作品几乎都是在午夜出版社出版的。第一部小说《格林尼治子午线》(1979)只售出了400本,但第二本小说《切罗基》(1983)大受欢迎,获得文学大奖之后还被搬上了银幕。以后陆续出版了《出征马来亚》(1986)、《湖》(1989)、《我们三个人》(1992)、《高大的金发女郎》(1995)和《我走了》(1999)等。

埃什诺兹的小说带有游戏性质,每一部作品都是对一种文体的实验,也可以说是继新小说派之后对文体探索的继续。例如,《切罗基》是侦探小说,《出征马来亚》是惊险小说,《湖》是间谍小说。《我们三个人》是科幻小说,写法国南部发生强烈地震后,五个人乘宇宙飞船逃命的故事。《高大的金发女郎》是对影视文化的参照,写一个电视制片人为了制作"高大的金发女郎"的系列节目而去寻找一个失踪女明星的故事,其中加进爱情和凶杀的内容,影射了法国当代的文化现实。

《我走了》在法国《读书》杂志当年评选的20种最佳图书中高居榜首,为了确保这部小说获得龚古尔文学奖,龚古尔奖的评委们一致同意抢在其他文学奖开奖之前为它颁奖。小说主人公名叫费雷,他为了寻求更好的前程而离开妻子苏姗娜,独自到北极探险,历尽艰险找到印第安人的艺术珍品。但是他回到巴黎后遭到抢劫并上当受骗。后来生病住院、妻子离婚,使他在出走一年之后依然心力交瘁,只得再次出走。作品看似侦探小说,其实通过人物的犯罪、逃亡等曲折经历,以极为简洁幽默的语言反映了当代法国人的精神面貌。所以,埃什诺兹的文体实验与新小说派有所不同,它属于个人的风格,没有形成什么流派,而且也不像新小说那样脱离现实。

克里斯蒂娜·安戈(1959—)出生于法国沙托鲁,1985年在布鲁日国际法学院毕业后开始写作,从1990年至今共出版了七部小说,其中引起轰动的是《乱伦》(1999)。小说女主人公与父亲有乱伦关系,还与一位女医生有过三个月的同性恋。安戈的这个题材,并非是因为她有过这种经历,而是出于作家的义务,去揭露生活中令人痛苦的现实。因此,她的小说与色情小说不同。没有任何描写乱伦或者同性恋的细节。她在充分吸取现代派小说特色的基础上,创造了一种适合于表现这类题材的新文体:行文漫无边际,地点忽东忽西,人物变幻不定,类似意识流的笔法。句子简短,没有合乎语法的标点,经常重复单调的词语或动作,像谵语一样颠三倒四,使读者感到压抑,并由此体会到从字里行间流露出来的女主人公的痛苦与不幸。书中充满了俗语、双关语和俏皮话,也是小说的特色之一。

(二)移民作家和国外法语作家

继20世纪50年代的尤内斯库、贝克特和阿达莫夫等荒诞派戏剧家之后,当代又有一些著名作家流亡法国,其中最主要的是昆德拉和马金。

米兰·昆德拉(1929—)是捷克作家,当过工人、爵士乐手,毕业于布拉格音乐学院,20世纪50年代初期曾担任文学教员并开始创作,但他真正成为作家是在而立之年。他早期出版了怀疑现实的诗集《人,一座广阔的花园》(1953)和《独白》(1957),60年代起开始创作短篇小说,后来结集为《可笑的爱情》(1963)出版。昆德拉多次表明他的灵感来自文艺复兴时期和启蒙时代,来自薄伽丘、拉伯雷、狄德罗,但也来自卡夫卡和海德格尔。他的第一部长篇小说《玩笑》(1967)写一个学生会干事在给一个女同学写的明信片中开了几句玩笑，结果被开除党籍和学籍，被当成人民敌人下放劳动，15 年后他获得平反，却发现当年带头批判他的党小组长又变成了新时代的英雄。昆德拉没有想到小说主人公的命运会落到自己的头上，他在受到审查后于 1968 年被开除党籍和公职，7 年之后才发表《生活在别处》(1973)和《告别圆舞曲》(1976)。

《玩笑》于 1968 年在法国出版，受到阿拉贡的好评和推荐。1975 年，昆德拉应邀担任雷恩大学客座教授，和妻子一起来到法国。1979 年，他被剥夺捷克公民身份，于是在 1981 年加入法国国籍。法国人一开始把他看成意识形态作家，所以他一再强调自己是“小说家，只是小说家”，并且从 1985 年 6 月开始，几乎拒绝了所有采访。与福克纳或贝克特等许多不愿出头露面的大作家一样，他认为重要的只有作品。小说家如果想成为公众人物的话，他的作品就会处于危险境地，会被人们视为是一种工具。后来昆德拉的作品又被人们看成哲理小说，实际上他的小说要比哲理小说的内容更加广阔，手法也更加新颖。

昆德拉现在被公认为是当代的一位重要作家，在世界上拥有许多忠实的读者。他的小说通常初版就超过 15 万册，袖珍版为 20 万至 40 万册。他的长篇小说《笑和忘却集》(1976)体现了“人与权力的斗争是记忆与忘却的斗争”的思想，认为忘却是道德堕落的表现。《存在中不能承受之轻》(1984)以 1968 年苏联对捷克斯洛伐克的入侵为背景，描写几个知识分子的人生选择和感情生活，发行量达到 60 万册。不过他是 45 岁才开始学习用法语写作的，由此带来了一些麻烦和问题，如《玩笑》的法译本的风格与原著相去甚远，所以他从此坚持要审读所有的译本，并且在每部译本后面都加上“译本已由作者审阅全文，因此与捷克文本具有同样可靠的价值”的说明。

昆德拉在 20 世纪 90 年代继续发表作品。《不朽》(1990)不再以捷克而是以法国为主要背景。以后他直接用法语写作，如小说《缓慢》(1995)采用幽默的笔调，将 18 世纪一位贵夫人和一个骑士缓慢地谈情说爱的场面与现代人仓促的风流韵事进行对照。

但与他的前几部作品相比,《缓慢》中不再有看似轻松,其实内心沉重的人物,成了一部近于庸俗的玩笑之作,因而受到了一些法国报刊的批评。他的新作《隔膜》(2000)写一对捷克男女 20 年后重返故乡,现实面前感到物是人非的故事。昆德拉特地把它放在西班牙首先出版,希望能得到更为宽容的评论。

安德烈·马金(1957—)出生在苏联的克拉斯诺雅尔斯克,1987 年从苏联来到巴黎,在拉歇兹神父公墓的一个地下墓室里住过一段时间,写过几部为了出版而佯称译自俄文的小说。1990 年发表的《一个苏联英雄的女儿》,1995 年发表的《法兰西遗嘱》获得龚古尔奖、中学生龚古尔奖和美第契奖,已经被译成 30 种语言。小说的内容是主人公在西伯利亚每天夜里听他的法国籍老祖母给他讲述故事。他祖母经历了两次世界大战、十月革命、斯大林时代的统治和戈尔巴乔夫的改革,是 20 世纪俄国历史的见证人。她曾被士兵轮奸,经受过失去爱情和丈夫、亲人纷纷死去等无数苦难,却变得无比坚强。她留给主人公的遗嘱是一份手稿,名为《关于一个女人的故事》,其中描绘了 1921 年俄国饥荒时期以吃人肉求活命、伤兵们因缺医少药而痛不欲生等可悲场面。

马金的小说《一生的音乐》(2000)的主人公阿列克赛·贝尔格,是作者在西伯利亚一个寒夜里在冰冷的车站上碰到的一位老人,他年轻时是个前途光明的钢琴家,可是在即将举办第一次音乐会的时候,不得不在 1941 年逃离莫斯科,躲藏在乌克兰,以一个阵亡战士的身份为掩护逃过了战争。他一直担心被人识破真相,后来在雪地的墓穴里被一个女人救出来,回到莫斯科重新打开钢琴盖的时候,觉得就像在打开棺材盖一样。《一生的音乐》是一个人不得不变成另一个人的故事,是一部令人悲痛而又震撼人心的小说。

马金认为俄罗斯的文明是一种沉默的文明。俄罗斯人的写作不是为了引起轰动、练练文笔,而是为了讲述某种超越沉默的非常重要的东西。他的写作是要让那些被社会排斥的人,那些在日常生活中处于地狱边缘的幽灵说话,以恢复他们的存在。

参考文献

恩格斯.1972.费尔巴哈和德国古典哲学的终结[A].马克思恩格斯选集[C].中央编译局.北京:人民出版社.

户思社,孟长勇.2015.法国现当代文学:从波德莱尔到杜拉斯[M].北京:北京师范大学出版社.

蒋孔阳,朱立元.1999.西方美学通史:二十世纪美学(上)[M].上海:上海文艺出版社.

列宁.1957.唯物主义和经验批判主义[A].列宁全集[C].中央编译局.北京:人民出版社.

柳鸣九.1991.法国文学史[M].北京:人民文学出版社.

[英]马丁·埃斯林.1992.荒诞派戏剧[M].刘国彬译.北京:中国戏剧出版社

马克思.1972.路易·波拿巴的雾月十八日[A].马克思恩格斯选集[C].中央编译局.北京:人民出版社.

墨彩书坊编委会.2014.超值全彩十万个为什么:人类社会[M].北京:旅游教育出版社.

吴元迈.2004.20世纪外国文学史(第2卷)[M].南京:译林出版社.

吴岳添.2005.法国文学简史[M].上海:上海外语教育出版社.

雅思贝尔斯.1986.悲剧的超越[M].北京:工人出版社.

游英慧.2016.比较视角下的欧美文学[M].北京:光明日报出版社.

郑克鲁.2018.法国诗歌史[M].北京:商务印书馆.

郑克鲁.2003.法国文学史[M].上海:上海外语教育出版社.

郑克鲁.1998.现代法国小说史[M].上海:上海外语教育出版社.

崔敏.2016.浪漫主义之花一从《红与黑》和《巴马修道院》看司汤达笔下的女性形象[D].北京:北京外国语大学.

段妍.2013.论19世纪法国文学中的吉普赛人形象[D].保定:河北大学.

何小丽.2014.莫里哀喜剧中的小人物分析[D].重庆:西南大学.

齐保云.2016.拉伯雷《巨人传》的道德教育思想研究[D].沈阳:沈阳师范大学.

杨俊俊.2018.论司汤达小说《吕西安·娄万》的喜剧性[D].上海:上海外国语大学.

赵辉华.2009.拉封丹的寓言世界[D].湘潭:湘潭大学.

郑万玲.2018.论《玫瑰传奇》中的爱情观[D].南京:南京大学.

陈治云.2017.从弗洛伊德人格理论看司汤达《红与黑》的"心灵辩证法"[J].湖南科技学

院学报(5).
冯傳.2018.再论福楼拜对现代小说艺术的开拓[J].台州学院学报(1).
宫宝荣.2014.漫谈莫里哀的《太太学堂》[J].上海戏剧(10).
郭冬梅.2010.拉伯雷《巨人传》人文主义战争思想分析[J].山东省青年管理干部学院学报(6).
黄雪莹.2013.从《熙德》看高乃依的悲剧思想[J].安徽文学(12).
蓝泰凯.2018.巴尔扎克:死于贫困的现实主义大师[J].文史天地(7).
李冉,季明举.2019.通俗与经典——读者反应批评视角下的莫泊桑小说叙事[J].中国海洋大学学报(社会科学版)(2).
李炫烨.2017.莫泊桑小说的语言风格分析[J].农家参谋(22).
李志花.2012.浅谈龙萨抒情诗的艺术特点[J].吕梁学院学报(6).
刘海清.2019.无我之境与艺术之境——论福楼拜小说的客观化叙述和视觉性风格[J].国外文学(1).
马益平.2019.论居易·德·莫泊桑《羊脂球》的"替罪羊"主题[J].湖北经济学院学报(人文社会科学版)(6).
穆里埃·德特利.2008.中国女性在十九世纪法国文学中的形象[J].法国研究(4).
彭建华.2016.论莫里哀《达尔杜弗》[J].法语学习(3).
沈澍,史忠义.2018.论拉辛名剧《安德洛玛克》的三种解读[J].外国美学(1).
宋璐.2019.巴尔扎克《人间喜剧》中上层妇女形象分析[J].兰州教育学院学报(3).
孙艳.2017.莫泊桑短篇小说的心理描写艺术[J].开封教育学院学报(12).
唐俊峰.2013.拉伯雷与"巨人的时代"[J].中国社会科学报(9).
王俊卿.2019.莫泊桑小说作品中女性形象分析[J].哈尔滨学院学报(4).
王向远.2009.从宏观比较文学看法国文学的特性[J].法国研究(1).
王允道.1991.法国当代七星诗社[J].当代法国文学(4).
魏羽忻.2018.高老头和拉斯蒂涅人物形象探究——读巴尔扎克《高老头》有感[J].读与写(教育教学刊)(1).
吴雅凌.2019.拉辛与古希腊悲剧传统[J].国际比较文学(中英文)(1).
席小妮.2016.从《熙德》和《费德尔》比较高乃依和拉辛的悲剧思想[J].辽宁广播电视大学学报(3).
杨有庆.2014.空间批评的物质性维度——哈维对19世纪法国文学的现代性阐释[J].文化研究(4).
张成军.2014.骑士文学的"名"与"实"[J].邵阳学院学报(6).
张桂琴,许明.2007.十九世纪法国文学政治意识的表现形态[J].河北大学成人教育学院学报(3).
张慧,张燕楠.2018.爱与死的诗学:中古骑士文学的精神嬗变[J].文艺争鸣(6).
张丽丽.2019.人文主义及生态主义视角下《巨人传》的战争思想探析[J].黑河学院学报(1).

张天然.2018.司汤达《红与黑》中的现实主义的特色分析[J].海外英语(24).
张岩.2015.从巨人英雄庞大固埃看拉伯雷《巨人传》中的巨人意识[J].四川省干部函授学院学报(2).
赵继红.2016.从《列那狐传奇》看西方中世纪城市文学的特点[J].艺术科技(8).